MORRAVAGIN

seguido de

O FIM DO MUNDO
filmado pelo Anjo Notre-Dame

BLAISE CENDRARS

Morravagin
Romance

seguido de

O fim do mundo
filmado pelo Anjo Notre-Dame

Tradução e notas
Dorothée de Bruchard

*Coordenação editorial,
notas e posfácio*
Carlos Augusto Calil

COMPANHIA DAS LETRAS

Copyright de *Moravagine* © 1926 by Éditions Grasset
Copyright de *La fin du monde (filmée par l'Ange N.-D.)* © 2003 by Miriam Cendrars
Copyright do "Pós-posfácio" © 2003 by Carlos Augusto Calil

Títulos originais
Moravagine /
La fin du monde (filmée par l'Ange N.-D.)

Obra publicada com o apoio do Ministério
Francês da Cultura — Centro Nacional do Livro

Indicação editorial
Carlos Augusto Calil

Capa
Angelo Venosa sobre *Scissors and butterflies* (1999), de Francesco Clemente
The Solomon R. Guggenheim Foundation, Nova York

Revisão técnica
Elena Vássina (termos russos) e Beatriz Perrone (termos indígenas)

Preparação
Cláudia Cantarin

Revisão
Beatriz de Freitas Moreira e Maysa Monção

Crédito das ilustrações
Arquivos literários suíços — Berna

Os personagens e as situações desta obra são reais apenas no universo da ficção;
não se referem a pessoas e fatos concretos, e sobre eles não emitem opinião

Dados Internacionais de Catalogação na Publicação (CIP)
(Câmara Brasileira do Livro, SP, Brasil)

Cendrars, Blaise, 1887-1961.
    Morravagin : romance. O fim do mundo filmado pelo anjo Notre-Dame / Blaise Cendrars ; tradução e notas Dorothée de Bruchard ; coordenação editorial, notas e pós-posfácio Carlos Augusto Calil. — São Paulo : Companhia das Letras, 2003.

    Títulos originais: Moravagine / La fin du monde (filmée par l'ange N.-D.).
    Bibliografia.
    ISBN 85-359-0340-2

    1. Romance francês I. Calil, Carlos Augusto. II. Título. III. Título: Morravagin.

03-1086   CDD-843

Índice para catálogo sistemático:
1. Romances : Literatura francesa 843

[2003]
Todos os direitos desta edição reservados à
EDITORA SCHWARCZ LTDA.
Rua Bandeira Paulista 702 cj. 32
04532-002 — São Paulo — SP
Telefone (11) 3707-3500
Fax (11) 3707-3501
www.companhiadasletras.com.br

Sumário

Apresentação — *Benedito Nunes* 7

MORRAVAGIN

Prefácio 15

1. O espírito de uma época
   a) Residência médica 19
   b) Sanatório internacional 24
   c) Fichas e dossiês 29
2. Vida de Morravagin, idiota
   d) Sua origem — sua infância 34
   e) Sua fuga 49
   f) Nossos disfarces 50
   g) Chegada a Berlim 51
   h) Sua formação espiritual 52
   i) Jack, o estripador 60

j) Chegada à Rússia 62
k) Macha 67
l) A travessia do Atlântico 139
m) Nossas andanças pela América 144
n) Os índios azuis 154
o) Regresso a Paris 195
p) Aviação 199
q) A guerra 208
r) A ilha de Santa Margarida 210
s) A morfina 212
t) O planeta Marte 216
u) O Máscara de Ferro 217
3. Os manuscritos de Morravagin
   v) O ano de 2013 224
   w) O fim do mundo 225
   x) A única palavra da língua marciana 226
   y) Página inédita de Morravagin, sua assinatura,
   seu retrato 227
   z) Epitáfio 229

Pro domo: Como escrevi *Morravagin* — Blaise Cendrars   231
Posfácio — Blaise Cendrars 255
Bibliografia de *Morravagin* 257

O FIM DO MUNDO (filmado pelo Anjo Notre-Dame) ... 259

Pós-posfácio — *Carlos Augusto Calil* 285
Notas 301

Apresentação

Este livro contém dois romances num só: o de Morravagin, anti-herói, assassino, louco e sanguinário, na companhia do narrador; e o da própria narração, datada de modo a confundir o leitor, e que inclui, quase no final, Cendrars como personagem, mas que é a mesma pessoa do autor, pois dele se diz que tal como o verdadeiro desse nome, perdeu um braço na guerra de 14. Mas esse romance do poeta de A *prosa do Transiberiano*, datado de 17, quando o autor terá começado a escrevê-lo, só foi terminado em 1925, e saiu no ano seguinte. Sua redação, tantas vezes abandonada e recomeçada, continuou no Brasil, quando Cendrars esteve visitando Rio e São Paulo, onde permaneceu na fazenda de seu amigo Paulo Prado, e escreveu os poemas de *Feuilles de route*, esteticamente híbridos, mestiçados, tão eurobrasileiros como os de *Pau-brasil*, componentes do livro, sob igual título, de Oswald de Andrade, ao francês também ligado, nessa época, por laços de amizade. Acrescente-se à dança das datas o ano de 51, que é de quando está assinado por Blaise Cendrars o posfácio do documento inédito explicando como escreveu essa obra, não menos parte integrante do romance da narrativa do que a dedicatória do autor, com as iniciais B. C. ao editor, que é de agosto de 17. A esse último romance também pertencem os dois esboços — do tipo que teria dado origem ao personagem e do nome que seria dado à narrativa (*Vie de Moravagine, idiot*). Curiosamente, a tradução para a nossa língua tem o mérito de acrescentar um terceiro dado, o da origem agressiva, sádica, do próprio nome do personagem — Morravagin — acentuando-lhe a ressonância genital. Ao romance de Morravagin somam-se ainda os baratos ou as curtições do anti-herói morfinômano, viajando a Marte em 2013, seus manuscritos autógrafos e sua fisionomia a lápis desenhada por Conrad Moricand, personagem de Henry Miller, além de minucioso laudo médico do especialista doutor Montalti. Afinal de contas, o prefácio de 51 como que reabre o processo da vida de Morravagin e o da biografia do próprio Cendrars, entremisturando as páginas dos dois romances, como deviam entremisturar-se os textos diferentes que o autor tinha por hábito escrever ao mesmo tempo, pondo acronicamente um dentro do outro.

Benedito Nunes
Outubro de 2002

MORRAVAGIN

Este livro é dedicado ao seu editor.
B. C.
La Pierre, agosto de 1917

Humanum paucis vivit genus
[O ser humano vive com pouco]
Júlio César

[...] *vou mostrar como esse pouco ruído interior, que não é nada, contém tudo; como, bacilarmente apoiado numa só sensação, sempre a mesma e deformada desde a origem, um cérebro isolado do mundo pode criar para si um mundo* [...]
Remy de Gourmont, *Sixtine*

Prefácio

Quando se viajou muito pelos países, pelos livros e pelos homens, sente-se às vezes a necessidade de parar um dia...
Morei durante doze anos na rua de Savoie, 4, Paris VI, mas sempre tive, e ainda tenho, vários outros domicílios na França e no estrangeiro. O número 4 da rua de Savoie servia-me de despejo: passava por ali entre dois trens, entre dois navios, para esvaziar as malas, ou deixar um homem, ou consultar um livro. Sempre saía de lá o mais depressa possível, a cabeça cheia, mas o coração e as mãos livres...
Existe na região de Isle-de-France[1] um antigo campanário. Ao pé do campanário, uma pequena casa. Nessa casa, um sótão fechado à chave. Atrás da porta fechada à chave, uma arca de fundo duplo. No compartimento secreto há uma seringa Pravaz;[2] no baú propriamente dito, manuscritos. Seringa, manuscritos e arca são os pertences de um prisioneiro, um prisioneiro espanhol; não fui vítima, porém, do célebre golpe da arca do prisioneiro espanhol.
A seringa está usada. Os manuscritos, em estado lamentável. São as obras de Morravagin. Mas foram-me consignados pe-

lo... pelo... pelo prisioneiro espanhol, caramba, e não posso dizer o nome dele...

Não vou continuar com este Prefácio, pois o presente volume é, ele próprio, um Prefácio, um Prefácio demasiado longo às *Obras completas* de Morravagin, que hei de editar um dia mas ainda não tive tempo de organizar. Por isso os manuscritos vão continuar na arca de fundo duplo, a arca, no sótão, no sótão fechado à chave, na pequena casa, ao pé do antigo campanário, numa pequena aldeia de Isle-de-France, enquanto eu, Blaise Cendrars, ainda estiver vagando por este mundo, pelos países, pelos livros e pelos homens.

Países, há muitos; livros, aqui temos um; homens, conheço tantos e tantos, e não me canso de conhecê-los; mas nunca encontrei nenhum tão robusto e tão próximo do meu coração como o pobre rapaz que me enviou a seguinte carta, na primavera passada. (Eu estava no Brasil, numa *fazenda*, em Santa Veridiana, e quando li aquela carta tudo escureceu à minha volta, o céu azul dos trópicos, a terra roxa da América do Sul e a vida que eu levava naquela natureza livre, em companhia de meu cavalo Canari e de meu cachorro Sandy, pareceu-me de repente inconseqüente e mesquinha, e me apressei em voltar para a Europa. Um homem acabava de morrer, entre quatro paredes, ao alvorecer, com uma coleira de ferro no pescoço, um garrote, a língua pendente... como numa estampa de Goya...)

2 horas da manhã
Cela dos condenados à morte,
Montjuïc, 11 de maio de 1924
cela 7

Meu caro Blaise Cendrars,
Eu sabia que, recorrendo a você, você faria o impossível para obter-me a graça, junto ao rei da Espanha, a graça de ser imediatamente executado.

Pronto, você obteve essa coisa difícil, vou ser executado ao alvorecer. Obrigado, obrigado, do fundo do coração. Um Grande de Espanha[3] (é o costume daqui) está me fazendo companhia em minha cela esta noite; ele treme e reza, treme e reza; reza; treme. É um jovem encantador, desses que se encontram no golfe, na Inglaterra e fora dela, muito surpreso de ver que não lhe inspiro nenhum horror, quero dizer, repulsa física, pois ele devia estar preparado para se deparar em minha cela com uma espécie de monstro (imagine, um regicida!) e está muito surpreso de ver que não sou nenhum nanico anarquista, nem um pálido marginal de subúrbio, que é como em geral nos representam no cinema. Percebendo que reagia à minha perna cortada, expliquei que se tratava de um ferimento de guerra; então falamos da guerra, comportadamente, suavemente, como no clube, e durante um quarto de hora ele esqueceu por que estava ali...

A hora se aproxima. Meu jovem Grande de Espanha em uniforme de gala está ajoelhado num genuflexório. Já não treme mais. Está rezando... rezando; como lhe sou grato por estar aqui... correto, emocionado, crente, limpo (a cabeça cheia de brilhantina e os cabelos loiros cuidadosamente repartidos no meio por uma risca impecável)... como lhe sou grato por ter passado uma hora se arrumando antes de vir... exala o perfume da moda, o perfume marca... É realmente mais agradável do que ter de tratar com o capelão ou o diretor da prisão ou um último carcereiro... não verei o rosto do carrasco, nada verei debaixo do meu capuz...

Obrigado. Aceite meu aperto de mão. E um abraço. Faça o que quiser com aqueles papéis, você sabe quais.

Adeus.

R.

E agora, já que é mesmo necessário um nome para a correta compreensão deste livro, digamos que R. seja... seja... digamos que seja RAYMOND A CIÊNCIA.[4]

Blaise Cendrars
La Mimoseraie, abril-novembro de 1925

1. O espírito de uma época

A) RESIDÊNCIA MÉDICA

Em 1900, concluí o curso de medicina. Deixei Paris em agosto e fui para o sanatório de Waldensee, perto de Berna, na Suíça. Meu mestre e amigo, o famoso sifilígrafo d'Entraigues, tinha-me calorosamente recomendado ao doutor Stein, o diretor, de quem eu devia tornar-me primeiro assistente. Stein e sua clínica eram então renomados.

Recém-saído da faculdade e desfrutando de alguma merecida notoriedade, que minha tese sobre o quimismo das doenças do subconsciente me rendera entre os especialistas, não via a hora de libertar-me do jugo da escola e desferir um golpe brilhante no ensino oficial. Todos os jovens médicos passaram por isso.

Tinha-me especializado no estudo das assim chamadas "doenças" da vontade e, mais especificamente, dos distúrbios nervosos, dos tiques manifestos, dos hábitos peculiares de cada ser vivo, causados por fenômenos dessa alucinação congênita que é, a meu ver, atividade irradiante, contínua, da consciência. Esse estudo, por seus múltiplos aspectos, todos ligados às mais candentes questões da medicina, das ciências, da metafísica, por tudo o que exige de observações precisas, de pacientes leituras e de conhecimentos gerais, de golpe de vista e de tato, de nexo, de lógica nas idéias, de divinação no espírito, por tudo o que ele oferece de brilhante e vasto a uma inteligência espontânea e clarividente, só podia seduzir um caráter tão ambicioso e interessado como o meu e permitir-lhe um êxito rápido e veemente. Eu contava bastante, além disso, com meu talento dialético e... com a histeria.

A histeria, a Grande Histeria, estava então na moda nos meios médicos. Depois dos trabalhos preliminares das escolas de Montpellier e do Salpêtrière, que não tinham, por assim dizer, feito mais que determinar, situar o objeto de seu estudo, vários cientistas estrangeiros, notadamente o austríaco Freud, tinham-se apoderado do assunto, tinham-no ampliado, aprofundado, tirado, extraído de seu campo puramente experimental e clínico para transformá-lo numa espécie de patafísica[5] da patologia social, religiosa e artística, onde se tratava menos de chegar a conhecer a climatérica de tal idéia-força surgida espontaneamente na região mais longínqua da consciência e determinar a simultaneidade do "autovibrismo" das sensações observadas no sujeito do que de criar, forjar integralmente um simbolismo sentimental, dito racional, dos lapsos adquiridos ou inatos do subconsciente, espécie de chave dos sonhos para uso dos psiquiatras, tal como Freud codificara em suas obras sobre a psicanálise e o doutor Stein estava justamente pondo em prática pela primeira vez no seu tão freqüentado sanatório de Waldensee.

Enquanto capítulo especial de uma filosofia geral, a patogenia ainda não havia sido tentada. Ainda não fora, a meu ver, abordada de modo estritamente científico, ou seja, objetivamente, amoralmente, intelectualmente.

Todos os autores que trataram do assunto estão repletos de preconceitos. Antes de pesquisar e examinar o mecanismo das causas mórbidas, consideram a "doença em si", condenam-na enquanto estado excepcional, nocivo, e indicam de saída as mil e uma maneiras de combatê-la, perturbá-la, suprimi-la, definindo, para tanto, a saúde como um estado "normal", absoluto, fixo. As doenças são. Não as fazemos, nem desfazemos, a belprazer. Não somos senhores delas. Elas nos fazem, nos moldam. Talvez nos tenham criado. São próprias desse estado de atividade chamado vida. Talvez sejam sua principal atividade. São uma das inúmeras manifestações da matéria universal. Talvez sejam a principal manifestação dessa matéria de que nunca poderemos estudar mais que os fenômenos de relação e analogia. São um estado de saúde transitório, intermediário, futuro. Talvez sejam a própria saúde.

Traçar um diagnóstico equivale, de certa forma, a estabelecer um horóscopo fisiológico.

Aquilo a que convencionalmente se chama saúde não passa, em suma, de determinado aspecto momentâneo, transportado para um plano abstrato, de um estado mórbido, um caso específico já ultrapassado, reconhecido, definido, eliminado e generalizado para uso comum. Como aquela palavra que só entra para o *Dicionário da Academia francesa* depois de gasta, destituída do frescor de sua origem popular ou da venustidade de seu valor poético, não raro mais de cinqüenta anos depois de ter sido criada (a última edição do douto *Dicionário* data de 1878), e a definição que aí lhe é dada conserva-a, embalsama-a, muito embora decrépita, numa pose nobre, falsa, arbitrária, que ela jamais conheceu em seu momento de voga, quando era atual, viva, imediata; assim a saúde, reconhecida como patrimônio público, não passa do triste simulacro de uma doença obsoleta, ridícula, imóvel, algo solenemente antiquado mantendo-se vagamente em pé pelos braços de seus aduladores e sorrindo-lhes com a dentadura. Lugar-comum, clichê fisiológico, é algo morto. E quem sabe seja a própria morte.

As epidemias e, mais especificamente, as doenças da vontade, as neuroses coletivas, como os cataclismos telúricos na história do nosso planeta, assinalam as diferentes épocas da evolução humana. Há nisso um quimismo elementar e complicado que ainda não foi estudado.

Por mais sábios que sejam, os médicos de hoje em dia não são *physicians*, como se chamam em inglês. Afastam-se cada vez mais do estudo e da observação da natureza. Esqueceram-se de que a ciência deve permanecer como uma espécie de edificação, submissa e proporcional à dimensão de nossas antenas espirituais.

"Profilaxia! Profilaxia!...", dizem eles; e, para manter as aparências, arruínam o futuro da espécie.

Em nome de que lei, de que moral, de que sociedade é que eles se permitem seviciar? Internam, seqüestram, isolam os indivíduos mais marcantes. Mutilam os gênios fisiológicos, portadores, anunciadores da saúde do amanhã. Autodenominam-se orgulhosamente príncipes da ciência e, padecendo de mania de perseguição, posam facilmente de vítima. Sombrios, obscurantinos, vestem sua linguagem de trapos gregos e, assim trajados, insinuam-se por toda parte em nome de um liberalismo racional de mercador. São pura dejeção, puro hipômano,[6] suas teorias! Transformaram-se em sequazes de uma virtude burguesa, ignóbil, outrora propriedade exclusiva dos hipócritas; puseram seu saber à disposição de uma polícia de Estado e organizaram a destruição sistemática de tudo o que é fundamentalmente idealista, ou seja, independente. Castram os criminosos passionais e atacam até mesmo os lobos do cérebro. Senis, impotentes, eugênicos, acreditam-se capazes de extirpar o mal. Sua vaidade só se iguala à sua falsidade e somente a hipocrisia põe um freio à sua fúria niveladora, a hipocrisia e a concupiscência.

Vejam os alienistas. Transformaram-se em servidores do crime dos ricos. Seguindo o modelo de Sodoma e Gomorra, instalaram paraísos ao avesso, edificaram casas de tolerância cujas soleiras se atravessam à custa de cédulas de dinheiro, e cujo "abre-te sésamo" é o ouro. Ali, tudo é planejado para a manutenção e o desabrochar dos mais raros vícios. Ali, a ciência mais refinada favorece o sibaritismo de doidos e maníacos de uma complexidade tão aterradoramente moderna que os caprichos de um Luís II da Baviera ou de um marquês de Sade não passam de brincadeiras requintadas. Ali, o crime é regra. Nada é monstruoso ou antinatural. Ali, tudo o que é humano é estranho. A prótese funciona num silêncio impermeável. Colocam-se retos de prata e vulvas de couro cromado. Os últimos comunais[7] igualitários, os doutores Guillotin,[8] operam cinicamente os rins e os lombos dos aristocratas. Transformaram-se nos diretores espirituais da medula espinhal e praticam friamente a laparotomia das consciências. Exercem a chantagem, o dolo, a seqüestração, e cometem terríveis extorsões. Compelem ao éter, ao ópio, à morfina e à cocaína, por restrições e por doses. Tudo se baseia num barema estabelecido segundo estatísticas irrevogáveis. Fixam-se as duchas, os venenos; contam com a prostração nervosa e com a exaltação da sensibilidade. Nunca a história conheceu tal associação de predadores; o que se diz da Inquisição e dos jesuítas nunca alcançou tal virtuosismo na arte de explorar as taras das famílias armoriadas. E às mãos deles é que foi confiada a sociedade de hoje! E nas mãos deles é que se elabora a vida de amanhã!

Eis aonde eu queria chegar; queria elaborar um terrível libelo contra os psiquiatras, determinar sua psicologia, circunscrever, definir sua consciência profissionalmente deformada, destruir seu poder, entregá-los à vindita pública.

Segundo esse ponto de vista, eu não podia ter ido parar em melhor lugar que na famosa clínica de Waldensee.

B) SANATÓRIO INTERNACIONAL

O doutor Stein alcançara o apogeu da celebridade. Era um homem alto e forte, sempre de roupa nova. Boa prosa, palrador incansável, usava uma barba viçosa esmeradamente tratada que ampliava mais ainda sua corpulência. Alimentava-se exclusivamente de coalhada, arroz parboilizado e fatias de banana com manteiga. Com um fraco acentuado pelas mulheres, seus modos melosos escondiam um temperamento brutal, denunciado pelos pés chatos, as unhas espatuladas, o olhar fixo e o sorriso forçado. Tinha muitos pêlos no dorso dos dedos.

Sábio, mundano, pró-ginasta, percorria os congressos internacionais em que se tritura a ciência domesticada, sempre escoltado por uma de suas equipes de enfermeiros-guardas-modelos que o acompanhavam por toda parte e ganhavam, sob sua direção pessoal, todos os primeiros lugares nos concursos de ginástica, atletas completos, reclames ambulantes, orgulho, especialidade da casa, encarnação e prova gratuita da preexcelência de seu método. Trabalhador demagógico, não se cansava de escrever. Publicava todo ano um grosso volume anfigúrico, prontamente traduzido para todas as línguas. Inúmeros artigos nos jornais tinham divulgado o seu nome. Ele é quem lançara aquelas primeiras vulgarizações sobre a questão sexual que alguns anos mais tarde iriam inundar o mundo numa onda obscena e protestatória. Já então defensor do vestido-reforma e da roupa íntima higiênica feita de pêlo de camelo, era também o promotor do "tudo esterilizado", esse volapuque[9] da culinária.

Stein gostava de dinheiro. Sua avidez pelo lucro era proverbial. Seqüestrara friamente a esposa, uma rica judia romena, disforme e corcunda, que lhe trouxera um dote de vários milhões. Diziam que detinha, em parceria com o cáiser, as ações do Grande Teatro de Berlim, e que criara o truste dos lupanares levantinos do Mediterrâneo, de Constantinopla a Alexandria. Stein era amigo pessoal de vários chefes de Estado. Recrutava seus intermediários entre a alta canalha diplomática, espiões, contra-espiões, detetives de embaixada. Sua clientela era constituída por essa sociedade singular, meio tarada, meio ociosa, um tantinho arrogante e muito jovial que freqüenta os fáceis salões de Roma, as estâncias termais, as mesas de jogo e os palácios internacionais do centro de Paris, cujo patrimônio é constituído por uma série de *suitcases*,[10] passe para os *sleepings*,[11] maços multicoloridos de recibos da casa de penhor, faturas por pagar e um eventual contrato num music-hall. Princesas russas extravagantes, duras americanas percorrendo o mundo em busca do pianista ideal, cavalheiros do Danúbio, jovens milionários alemães complicados e provocantes, algum autêntico margrave e alguma autêntica Adelaide escocesa, sem idade, furiosamente sentimental. Toda aquela gente marcava encontro em sua clínica, uns para descansar, outros para desfrutar, todos para fugir das preocupações cotidianas entregando-se integralmente aos cuidados do mestre. E Stein se pavoneava, perorava, distribuía conselhos, dava ordens, abusava, divertia incansavelmente seu público.

À meia encosta de uma colina baixa que dominava o lago de M..., as seiscentas janelas do Kurhaus abriam-se ao sol. Tudo ali fora calculado para a fruição de um voluptuoso conforto. Tudo era novo, brilhante, de um gosto duvidoso porém agradável. Inteira liberdade era permitida às idas e vindas dos hóspedes do sanatório. Os pensionistas podiam excursionar pela região, ir até Berna e Interlaken. As estradas eram cruzadas por casais estranhos e distintos escoltados à distância por campônios apagados cujas formas hercúleas sobressaíam sob o leve paletó de alpaca. Um parque de vários hectares cercava o instituto, salpicado de pequenas vilas luxuosas onde eram às vezes celebradas, sob o olhar impávido dos guardas, assombrosas orgias e dramas obscuros. Uma maquinaria requintada, niquelada, suave, tivera acesso àquela arca do vício. Domesticada, pouco arisca, silente e flexível, ia de um para o outro, dobrava-se, adaptava-se ao menor capricho, acariciava a necessidade final dos sentidos. Tornava a vida e suas funções tão fáceis, tão naturais e operava com tal sedução que muitos "doentes" já não queriam deixar a estância, encantados que estavam por serem estimulados e mantidos por ela.

Mas por detrás daquela fachada brilhante, por detrás dos vidros despolidos da estufa quente onde desabrochavam os superherdeiros da vida, úmidos de bem-estar, por detrás do cenário artificial e faceiro, sentia-se em toda parte a disciplina trágica, o duro horário que rege, feito geometria, o cotidiano dos loucos e destrambelhados. Emergia na ordenação flagrante dos jardins, na disposição sistemática dos quartos, no agenciamento particular das refeições, nas mil e uma distrações sensualmente oferecidas à vista, e enchia o ar como um aroma sutil e traiçoeiro, aroma de espionagem. Nada podia resistir àquele ambiente, todos se tornavam sub-repticiamente presas dele, aquilo impregnava a vida, a alma, o cérebro, o coração e rapidamente desagregava a mais rija das vontades.

No fundo do parque erguiam-se as construções vermelhas de uma quinta inglesa com aspecto de cavalariças de haras. Era lá que, em baias muito estritas e cercadas de prodigiosos cuidados, os incuráveis, milionários, esperavam lentamente pela morte.

Em virtude de sua excepcional posição de mundano internacional, o doutor Stein era detentor de vários segredos de Estado; e, se tivesse consentido, em apenas uma hora muito poderia ter dito sobre os fatos trágicos que ensangüentaram a corte austríaca; mas seu jorro incessante de palavras nunca revelava nada, e a glicínia que floria a fachada da Quinta inglesa tampouco revelava que aquela quinta agreste era também prisão de Estado.

Stein não desconfiava do intruso que introduzira em sua casa, nem dos meus funestos desígnios.

Nossas relações se estabeleceram desde o início.

Eu tinha de apresentar-lhe um relatório toda manhã, às quatro horas, quando ele, completamente nu, praticava seus quinze minutos de ginástica sueca, de cócoras no assoalho do seu quarto. Depois disso, não tornava a encontrá-lo; acorria diretamente ao meu setor para supervisionar o acionamento da caldeira e da maquinaria. Às sete horas tinha início a visita aos doentes, que durava até às treze. Um almoço sucinto era então servido em meu apartamento. Das quinze às dezessete, eu tinha livre acesso à biblioteca instalada num dos pavilhões do parque; minha função específica me autorizava a conservar a chave do gabinete das fichas já que, ia esquecendo de dizer, estava encarregado da direção das dependências da Quinta inglesa. À noite, após uma última ronda de inspeção, eu mesmo preparava as poções e os calmantes.

"Depois de três meses com os incuráveis, vou empregá-lo mais particularmente no meu serviço pessoal de audiência", dissera-me Stein ao dispensar-me. "Exige muito tato. Será seu melhor aprendizado. Daqui a seis meses, vou nomeá-lo diretor espiritual de uma das pensionistas que mais prezo. Ela sofre de fobia do escrúpulo, um delírio moral do contato, e será para você um belo começo."

Via-me, assim, senhor de mim mesmo. Era esse o meu maior desejo. Podia prosseguir com minha pesquisa sobre o quimismo patogênico. Podia documentar-me no local, preparar com antecedência o panfleto que destinava à brilhante sociedade e a meus colegas de outros setores.

Um ardor secreto me animava, permitia-me superar as vacilações de minha saúde fisiológica, empobrecida por dez anos de sobrecarga intelectual e privações em Paris.

Já disse que a atividade da consciência é uma alucinação congênita. Sendo nossa origem aquosa, a vida é o ritmo perpétuo de uma água amornada. Temos água no ventre e dentro do ouvido. Apreendemos o ritmo universal no peritônio, que é o nosso tímpano cósmico, um tato coletivo. Nosso primeiro sentido individual é o ouvido, que apreende os ritmos de nossa vida particular, individual. Eis o porquê de todas as doenças principiarem com distúrbios auditivos que, como as eclosões da vida submarina, são a chave do passado e as primícias de um inesgotável devir. Portanto, não cabia a mim, um médico, querer travar tal desenvolvimento. Eu antes considerava a possibilidade de acelerar, multiplicar esses acidentes tônicos e realizar, mediante uma prodigiosa inversão, o acordo perfeito de uma nova harmonia. O futuro.

Tinha vontade de abrir todas as gaiolas, todas as jaulas, todas as prisões, os hospícios de loucos, ver as grandes bestas-feras em liberdade, estudar o desenvolvimento de uma vida humana inesperada. E se posteriormente abandonei meus planos maquiavélicos de combate e arrivismo, se me desviei de minha carreira, se deixei para mais tarde os grandes livros por escrever, se renunciei deliberadamente à fama que meus primeiros trabalhos já prenunciavam, foi porque deparei, no meu serviço da Quinta inglesa, com o magnífico indivíduo que me faria assistir a um tal espetáculo de revolução e transformação, à reviravolta de todos os valores sociais e da vida.

Deixei que se evadisse um incurável.
Mas isso é outra história, a história de uma amizade.

c) FICHAS E DOSSIÊS

Como chegara pela manhã, passei parte da tarde me instalando em meu apartamento, que era no primeiro andar, na ala central da Quinta inglesa, um pequeno e encantador apartamento de *jockey*, ou melhor, de treinador. Meu jantar foi servido às dezoito horas em ponto, como eu tinha pedido; então fui me deitar, já que queria estar em forma para o dia seguinte. Antes de adormecer, consultei as anotações de serviço e os dossiês deixados, para esse efeito, sobre o criado-mudo. Eu era responsável por dezessete internos. Todos incuráveis. A julgar pelas anotações, loucos absolutamente clássicos, comuns. O que há de mais corriqueiro. Adormeci decepcionado. Na manhã seguinte, dei início ao meu serviço. Fui participar a Stein que eu tomara conhecimento das anotações e dos dossiês. Depois, dei uma volta para os lados da maquinaria. A instalação era realmente modelar. Aparelhos de hidro e de eletro, parafernália de mecanoterapia, bolas, bocais, provetas, tubos em cotovelo, de vidro, borracha, cobre, molas de aço, pedais esmaltados, alavancas brancas, torneiras, tudo reluzente, bem areado, bem esfregado, tudo de uma limpeza meticulosa, implacável. Nas paredes, os bicos de lança, escalonados qual flautas de Pã, rutilavam como cabides de armas ameaçadoras e, sobre as mesas e prateleiras de cristal jaziam, bem ordenadas, armas menores, mais secretas, de formas contornadas e de elipse, as madeiras, as placas, as esferas, as chaves das massagens anestésicas. No ladrilho branco das salas, banheiras, ergômetros, percoladores surgiam como que numa tela, com a mesma grandeza selvagem e terrível que os objetos adquirem no cinema, grandeza de intensidade, que é também a escala da arte negra, das máscaras indígenas, dos fetiches primitivos e exprime a atividade latente, o ovo, a formidável soma de energia permanente contida em todo objeto inanimado.

Os funcionários eram bem treinados. O químico enfiava religiosamente as luvas; em sua cabine de guta-percha, o eletricista punha o motor em marcha; as análises de urina eram ritualmente efetuadas; os termômetros sacudidos recaíam a zero. Em toda a casa, subia a equipe diurna, vindo substituir a noturna. Toalhas eram estendidas, estojos esvaziados de seu conteúdo. Fechava-se à chave o armário dos venenos. Puxava-se um assento. Uma cadeira de balanço. Até um instrumento musical abria-se devagar. Tudo era feito em silêncio, segundo um ritmo preestabelecido, requerido, segundo uma disciplina severa, estrita, segundo um ditatorialismo que imperava até nos mínimos detalhes, sem deixar nada ao acaso.

Uma polícia interna, um corpo de guardas treinados, pessoalmente subordinados a Stein, assegurava militarmente o andamento do dia.

Às sete horas em ponto, eu começava a minha ronda, acompanhado de dois enfermeiros e de uma tropa de guardas uniformizados que pareciam estar vigiando também a mim. Nunca acontecia de modo diferente, e era o chefe dos guardas que detinha o molho de chaves e que abria a porta dos apartamentos. Conheci meus dezessete doentes passando rapidamente de um ao outro. Nada de especial. Aliás, como já disse, "estes" pouco me interessavam. Estava para voltar aos meus aposentos, bastante mal-humorado, afigurando-se aquele serviço como enfadonha obrigação, quando o chefe dos guardas respeitosamente observou que eu estava omitindo uma visita.

"Como?", retruquei, surpreso. "Tenho dezessete doentes, e visitei todos eles."

"Falta o 1731, que está na dependência."

"1731? Não consta da minha listagem."

"Mas faz parte do seu serviço."

E, para comprovar o que dizia, o chefe dos guardas apontou, numa ficha que me mostrava, o parágrafo II do serviço diário: *Levar o médico da Quinta inglesa para visitar o 1731.*

O chefe dos guardas me fez atravessar o pátio e penetrar num pavilhão no qual eu ainda não reparara. No meio de um jardim cercado, uma deliciosa casinha, constituída de um corpo principal e de um grande hall envidraçado que podia servir de estúdio. Ali residia o 1731.

Entro. Um homenzinho de aspecto deplorável queda-se a um canto. Sua calça está arriada. Moroso deleite. Algo branco jorra de entre seus dedos e cai dentro de uma redoma que ele segura entre as coxas, onde nada um peixinho dourado. Cumprida a sua ocupação, ele se ergue, abotoa as calças, olhando sério para mim. Parece um palhaço. Plantou-se ali, de pernas abertas, balançando-se um pouco para a frente e para trás, como que tomado por ligeira vertigem. É um homenzinho escuro, magro, contraído, seco como a cepa, e como que ardendo na chama que brilha no fundo de seus olhos dilatados. Sua fronte é baixa; as órbitas, profundas. As olheiras alcançam as linhas da boca. Com a perna direita dobrada em ângulo reto, tem um joelho anquilosado e manca terrivelmente. É um pouco encurvado. Suas mãos balançam na ponta de braços compridos como os de um macaco.

E, de repente, põe-se a falar, sem nenhuma volubilidade, lentamente, pausadamente. Sua voz quente, grave, de alto feminino, deixa-me estupefato. Eu nunca escutara um órgão com aqueles prolongamentos, com aquela profundidade, com aqueles bastidores sexualmente melancólicos, sobressaltos apaixonados, registros profundos de felicidade. De tão voluptuosa e ampla, aquela voz parecia emitir cor. Tomou conta de mim. Senti instantaneamente uma simpatia irresistível por aquele homenzinho singular e trágico que se arrastava em sua voz cintilante como lagarta na própria pele.

Ao deixá-lo, corri consultar as fichas.

Ficha 1731. MORRAVAGIN. Professor de tênis. Admitido em 12 de junho de 1894. Financiou a construção do pavilhão anexo da Quinta inglesa. Descrição: olhos, pretos; fronte, baixa; nariz, regular; rosto, alongado; altura, 1,48 m; sinais característicos, anquilose do joelho direito, encurtamento de 8 cm na perna direita. Para estado civil e diagnóstico, consultar o dossiê secreto 110 em nome de G...y.

O dossiê secreto 110 não existia enquanto tal. Uma simples folha de papel azul continha a seguinte menção manuscrita:

1731. G...y. Em caso de falecimento, telegrafar para a embaixada da Áustria.

Não encontrei nem vestígio do diagnóstico. Provavelmente nunca fora estabelecido.

Reportei o fato a Stein.

Stein me escutou, mas não acrescentou nenhuma explicação.

Nada daquilo fazia sentido para mim. Minha curiosidade fora atiçada. Tudo o que eu suspeitava de irregularidades cometidas no caso Morravagin só vinha avivar a simpatia que eu sentia pelo pobre sujeito. Daí em diante dediquei-lhe todo o meu tempo, negligenciando meus outros doentes para passar longas horas conversando com ele. Era um homem doce, muito calmo, muito frio, desencantado e cansado. Ignorava tudo da vida e não manifestava nenhuma animosidade em relação aos que o tinham mandado prender ou aos que vigiavam seu internamento. Era sozinho. Sempre estivera sozinho, entre quatro paredes, atrás de barras e grades, com seu orgulho, seu desprezo, sua grandeza. Sabia que era grande. Sabia-se poderoso.

O chefe dos guardas não via nossos colóquios com bons

olhos. Apresentou seus relatórios. Stein convocou-me várias vezes a fim de pôr um termo à nossa relação, determinando que eu deixasse de me ocupar de Morravagin. Não o levei em conta. Já tínhamos feito amizade. Morravagin e eu estávamos inseparáveis. Tinha a obrigação de ajudá-lo a fugir.

2. Vida de Morravagin, idiota

D) SUA ORIGEM — SUA INFÂNCIA

Eis o que Morravagin me contou sobre sua origem e sua infância, durante as longas conversas que antecederam sua fuga.

"Sou o último rebento da poderosa família dos G...y, o único autêntico descendente do último rei da Hungria. Em 16 de agosto de 1866, encontraram meu pai assassinado na banheira; minha mãe, acometida de convulsões, teve um parto prematuro e morreu, e eu vim ao mundo três meses adiantado, segundo o relógio do castelo que soava exatamente meio-dia.

"Passei os cem primeiros dias de minha vida numa incubadeira superaquecida, cercado dos prodigiosos cuidados que me acompanharam por toda parte e me fizeram tomar horror às mulheres e à sentimentalidade. Mais tarde, no castelo de Fejervar, na prisão de Presburgo,[12] aqui, na minha cabana de Waldensee, empregados e soldados, carcereiros, enfermeiros e assalariados é que me dispensaram esses mesmos cuidados sem chegar a me extenuar. Isso em nome do Imperador, da Justiça, da Sociedade. Nunca irão me deixar em paz, permitir que eu viva à vontade, do jeito que eu quiser! Se minha liberdade incomoda alguém, ou o mundo, não estou nem aí, sabe, por mim podem me fuzilar, até prefiro. Aliás, isso ou qualquer outra coisa, ou nada, para mim tanto faz. Estar aqui ou em outro lugar qualquer, em liberdade ou na prisão, o importante é se sentir feliz; de exterior, a vida se torna interior, sua intensidade permanece a mesma e, sabe, é curioso como a alegria de viver às vezes se oculta onde não se esperava.

"Então, como ia dizendo, não sei quem se ocupou de minha primeira infância. Mercenários. Sempre estive entregue a mercenários. Não tenho recordação de uma ama-seca ou de uma criada preferida. Tantas pessoas me seguraram, tantas mãos me apalparam. Bunda à parte, nunca um rosto humano se debruçou sobre o meu berço. É assim mesmo. Vejo-me muito bem, aos três anos de idade. Eu estava com uma roupinha cor-de-rosa. Estava sozinho. Gostava muito de estar sozinho. Gostava muito de brincar em recantos sombrios e perfumados, debaixo da mesa, dentro dos armários, atrás da cama. Aos quatro anos, ateava fogo nos tapetes. O cheiro oleoso da lã carbonizada me dava convulsões. Era uma delícia. Eu devorava limões crus e chupava pedaços de couro. Havia também o cheiro dos livros antigos, que fazia minha cabeça rodar. Eu tinha um cachorro. Não, espere. Só muito mais tarde é que um cachorro se tornou meu companheiro de jogos. Lembro-me de ter estado doente por muito tempo e nunca esqueci o gosto profundamente insípido do leite com flor de laranjeira que me faziam tomar.

"Antiga residência real, o castelo de Fejervar servia, desde várias gerações, de exílio à minha família destronada. Os imensos salões estavam desertos, assim como os grandes cômodos. Somente uma vasta criadagem ainda desfilava de calção curto, meias brancas, casaco com águias bicéfalas bordadas e largamente galonado de ouro. Todas as saídas do parque, no entanto, estavam ocupadas pela infantaria. Hussardos e couraceiros brancos montavam alternadamente a guarda do castelo.

"Sempre tive a maior admiração pelos altos couraceiros brancos. Quando eu passava pelos corredores, as sentinelas com porte de armas davam automaticamente meia-volta, com um golpe seco do calcanhar esquerdo que terminava num suave murmúrio das esporas, segundo o costume em voga na corte da Áustria, que prescreve aos soldados de guarda nos aposentos privados de uma Alteza que, à sua passagem, se voltem para a parede. Não raro eu permanecia mais de meia hora diante de um daqueles brutamontes virados de costas, escutando sumir o som argentino das esporas e o tilintar da corrente do sabre; passava então ao seguinte para ver repetir-se o mesmo movimento. Nada no mundo teria me levado a aprontar alguma arte com um daqueles gigantes impassíveis, de tal modo me assustava sua uniformidade, a regularidade de seus raros movimentos bruscos, procurando a mola que os fazia agir como máquinas pesadas, reluzentes. E aí está, provavelmente, a origem do meu amor pela máquina. Certo dia em que eu escapara para a pradaria que se estendia ao fundo do parque, uma imensa pradaria, sempre repleta de sol e de grilos luminosos, onde o céu era maior, mais azul que nos outros lugares, onde eu sempre sonhara viver, esvaecer-me na liberdade, sumir para sempre, pensei que ia morrer de felicidade e emoção quando, à tardinha, um dos soldados que me procuravam me encontrou e me carregou triunfalmente de volta. Eis o motivo de todo ruído mecânico de motor, de atividade de máquina, estar desde então ligado a imagens de extensão, de luz, de céu, de espaço, de grandeza, de liberdade, e me eleva e me balança com uma força prodigiosa.

"Certo dia, o palácio ficou de pernas para o ar. Ordens eram dadas em voz alta. A lacaiada subia e descia as escadas. As janelas estavam abertas, as grandes salas, arejadas, as cobertas escorregavam descobrindo móveis dourados. Vieram me acordar bem cedo. Eu tinha seis anos. Houve, durante o dia inteiro, um vaivém de carros de pompa. Nos pátios externos, comandos breves ressoavam, companhias bem alinhadas apresentavam armas ao som dos pífaros e dos tambores. Então vieram me buscar e eu desci. O vestíbulo estava cheio de gente, mulheres em roupas de gala e oficiais condecorados. E, súbito, os trompetes de prata da guarda ressoaram nos campos. Um carro acabava de parar em frente à escadaria. Dele desceram um venerável general e uma menina enfitada. Empurraram-me para diante deles, cumprimentei a garotinha. Ela escondia o rosto atrás de um buquê e eu só enxergava seus olhos, cheios de lágrimas. Segurei sua mão. O velho general nos conduzia, tartamudeando coisas incompreensíveis. O cortejo formou-se atrás de nós e seguiu para a capela do castelo. A cerimônia desenrolou-se sem que eu prestasse muita atenção. Ajoelhados na mesma almofada, envoltos no mesmo véu, unidos pelas mesmas fitas cujas pontas o séquito de honra segurava, prestamo-nos mutuamente fé e juramento. Na hora da bênção nupcial, a menina sorria por entre as lágrimas.

"Estávamos unidos. A princesinha Rita era minha mulher.

"Agora estávamos em pé sob um céu de rosas brancas. As testemunhas, os convidados desfilavam diante de nós, faziam-nos reverências. Um pouco mais tarde, estávamos sozinhos à mesa diante de montes de guloseimas. Então, sobreveio o general para levar a menina. Beijei Rita rapidamente e, quando o carro deu a partida, fugi correndo para o imenso salão das bodas, com luz *a giorno*[13] e deserto. Todo encolhido no trono ancestral, passei minha primeira noite de insônia sob a mirada de dois olhos perfumados que surgiam de um buquê de flores lacrimosas.

"Aquela cerimônia causara-me uma impressão capital. De solitário, tornei-me sonhador. Agora, andava percorrendo a casa, atravessando aposentos silenciosos, rondando os pavimentos. Sempre tinha flores brancas nas mãos. Às vezes, virava-me depressa, pensando que alguém estava me olhando. Dois olhos me seguiam por toda parte. Estava enfeitiçado por eles. Meu coração batia. Esperava deparar-me com a princesa atrás de cada porta. Atravessava os salões, as galerias, na ponta dos pés. Tudo à minha volta palpitava no silêncio. Os parquês eram compostos por trêmulos coraçõezinhos sobre os quais eu mal ousava dar um passo. O coraçãozinho, os olhos da princesa Rita, repercutiam por toda parte e retornavam, do outro lado dos aposentos, no infinito dos espelhos. Eu avançava sobre um olhar como sobre uma ponte filigranada, tênue, frágil e extensível. Só a pesada mobília se compadecia de minha melancolia e, quando estalava surdamente, enchia-me de pavor. E quando, no final de algum corredor sombrio ou embaixo de alguma escadaria, um couraceiro de serviço dava uma súbita meia-volta, com um ruído de esporas, eu era transportado de volta ao grande dia da festa. Ouvia o ressoar dos trompetes e o rolamento dos tambores. As salvas de artilharia. Os sinos. Os órgãos tocavam. A caleça da princesa Rita atravessava o meu céu como um foguete e ia abater-se com estrondo do outro lado da pradaria. O velho general caía de cabeça para baixo, dava piruetas de palhaço, gesticulava com braços e pernas me fazendo sinal. Pedia que eu fosse lá, que fosse ao encontro deles, que a princesa estava me esperando, que estava lá, na pradaria. O ar se enchia de um perfume encarnado de trevo. Eu queria penetrar na pradaria. As sentinelas me impediam. Um mar de fogo caía perpendicularmente em minha vida. Tudo girava. Um motor vertiginoso erguia-me pelos ares. Sóis tigrados incendiavam as nuvens, onde eu despencava com muita força.

"É noite. Uma mosca metálica me irrita. Grito. Suores frios inundam-me. É só. Estendo-me como um elástico.
"Em pouco tempo, tudo o que sempre me deixara indiferente passou a me exasperar. Intendente, preceptor, mestre-de-armas, professor de línguas, lacaio de estrebaria, não, ninguém possuía os olhos de Rita. Quisera matá-los, furar-lhes os olhos quando olhavam para mim; os do mordomo, principalmente, injetados como os de um eunuco, e aqueles, castrados, da criadagem, desviados por uma pontinha de malícia. Eu tinha freqüentes ataques de raiva, acessos de violência que apavoravam quem estava à minha volta. Organizava meus dias como bem me convinha. Queria me destruir. Não raro feria-me a facadas na barriga das pernas.
"Chegou afinal o dia em que tornei a ver a tão desejada Rita. Era o aniversário do nosso casamento. Os sinos não tocaram, nem os tambores, quando Rita desceu do carro. Ela trazia um grande buquê de flores azuis e pela primeira vez reparei nos seus cabelos ondulados. O general a acompanhava. Passamos aquele dia no meu quarto, de mãos dadas e olhos nos olhos. Não proferimos uma palavra sequer. À noitinha, na hora da partida e em presença do general, beijei-a demoradamente na boca. Sua boca tinha um gosto de samambaia.
"Foi no dia seguinte, depois da segunda partida de Rita, que recortei com uma tesoura os olhos de todos os meus antepassados pendurados na galeria dos retratos. Aqueles olhos pintados me apavoravam. Eu os estudara demoradamente. Debruçara-me sobre eles. Nenhum possuía aquela profundidade úmida, aquela pigmentação vítrea que a emoção dilui, aquele grão da pupila crescente que uma faísca de vida colore, perturba e faz reluzir; aqueles olhos não se moviam como que na ponta de um comprido pistilo, não tinham dedos para tocar, não tinham perfume. Recortei-os sem nenhum remorso.

"Foi assim que cheguei aos dez anos de idade, vendo Rita uma vez por ano no dia do aniversário de nosso casamento. O sinistro velhote desconhecido que dirigia minha educação passou a me dar atenção. Recebi uma carta determinando que eu fosse encontrá-lo em Viena. Era para eu ingressar no corpo dos pajens. Era para eu deixar Fejervar na véspera da quarta visita anual de Rita. Resolvi fugir. Pela manhã, desci às cavalariças. Estavam ali os cavalos do esquadrão de serviço. A alvorada acabava de tocar. Era a troca da guarda. Os homens estavam todos na caserna, cumprindo seu turno, ou lavando-se na bica. Abri de par em par as portas das cavalariças. Desatei os cabrestos. Então, depois de prender-me sob o ventre de minha égua preta, ateei fogo no feno das manjedouras e na palha das baias. Num piscar de olhos, tudo flamejava e crepitava. Cegos, enlouquecidos, os cavalos saíram em disparada. Em três saltos, minha égua se juntara ao rebanho. Foi assim que passei debaixo das barbas das sentinelas. Mas eu devia estar com azar. Um soldado atirou na direção dos fugitivos. Minha égua desabou e eu rolei na poeira, esmagado sob o animal. Quando me reergueram, estava coberto de sangue. Carregaram-me para o palácio. Estava com o crânio rachado, as costelas trituradas, a perna quebrada. Mas me sentia contente assim mesmo, eu não ia para Viena e Rita estava para chegar.

"Mas Rita não chegou.

"Esperei o dia inteiro por ela, impaciente. Eu estava com febre. Chamava por ela. À noite, tive uma congestão cerebral. Delirei por mais de três semanas. Então, minha juventude prevaleceu. Acalmei-me. Sentia-me melhor. Dois meses mais tarde, estava em franca convalescença. Já conseguia me levantar. Mas minha perna direita pendia, inerte. Não sei, dada a complicação da fratura, se a restauração de meu joelho fora considerada impossível ou se os médicos obedeceram a ordens de altas esferas que os impediram de intervir a tempo. Em suma, meu joelho anquilosou-se. Essa enfermidade que está vendo se deve à vingança do sinistro velhote de Viena. Foi assim que ele me puniu por ter desobedecido a suas ordens.

"Essa aventura me fez refletir sobre minha situação no mundo, minha posição social, sobre os amigos, inimigos que talvez tivesse, meus laços familiares, minha parentela e, mais especificamente, sobre o que deveriam ser minhas relações com a corte de Viena. Nunca antes tinha-me colocado essas questões. Agora, dava-me conta do mistério que me cercava e de tudo o que havia de estranho, de anormal em minha educação enclausurada. Estava, por assim dizer, seqüestrado; mas nas mãos e em poder de quem? Tão logo consegui fazer mínimo uso de minhas muletas, fui à biblioteca estudar meus documentos de família. Foi ali que passei os três anos seguintes, durante os quais não iria rever Rita, estudando, decifrando velhos manuscritos, atos privados, cartas, auxiliado, no latim, pelo capelão do castelo, octogenário generoso e inteiramente devotado à minha família. Conheci, assim, a história de minha casa, qual fora a sua grandeza, o que significava sua atual decadência, e podia avaliar, em toda a sua extensão, o ódio irredutível que nos dedicavam os de Viena. Resolvi confundir, sempre e em tudo, qualquer plano que pudessem tecer a meu respeito, contrariar suas intenções, resistir a suas ordens e escapar ao poder do velho coroado. Quisera fugir, deixar o reino e o império, viver longe da política da dupla monarquia, lá fora, anônimo, em meio à multidão, perdido num país desconhecido, no estrangeiro.

"E é nesse ponto que entra a história do cachorro que eu ia lhe contar ainda há pouco. Um cachorro foi meu único companheiro durante aqueles longos anos de estudo, um cão comum, um pobre cão pastor. Aparecera certo dia na biblioteca e se deitara aos meus pés. Quando eu me levantei, ele me seguiu;

mais tarde, quando comecei a recobrar o uso de minha perna e a me acostumar com esta horrível claudicância, procurando utilizar apenas uma bengala, ele me acompanhava por toda parte, latindo de alegria ao menor progresso e muitas vezes me oferecendo o apoio vigoroso do seu lombo. Por isso eu me afeiçoara a ele.

"Mas eis que Rita voltou. Certo dia, apareceu sem avisar. Estava sozinha. Aqueles três anos de separação tinham-na feito crescer. Já não era a menina de outrora, mas uma moça esbelta, robusta e bem-feita. Não deu mostras de ter notado minha enfermidade, e disparou pelo labirinto dos corredores. Fui atrás dela claudicando. Chegando ao boudoir que fora de minha mãe, desabou numa poltrona e desatou a soluçar. Misturei minhas lágrimas às dela. Passamos algumas horas abraçados, beijando-nos no pescoço. Então Rita desprendeu-se de mim e partiu em disparada, assim como viera.

"Aquela rápida aparição de Rita causou-me uma estranha perturbação. Comparando-me a ela, achava que algo em mim havia mudado. Em primeiro lugar, minha voz tinha se rachado, apresentava agora sonoridades baixas, úmidas e longos sons flautados, mudava bruscamente de registro e modulação. Por mais que me esforçasse, não lograva corrigi-la. Estava com a voz de Rita. Essa descoberta me deixou consternado. Não tardei a fazer outra, que viria a ser trágica. Eu desertara a biblioteca. Encarapitado na janela mais alta, em cima de um banco alto, passava dias inteiros olhando na direção do sol poente por onde Rita fugira. Era exatamente a direção da pradaria. Assim, meus sonhos nervosos vinham se confirmar; eram reais e tinham sua razão de ser. Tornei-me excessivamente atento à minha vida interior. Observei pela primeira vez o silêncio em que sempre estivera mergulhado. Depois de minha fuga fracassada, tinham-me tirado a guarda de honra, substituindo-a por uma companhia de infantaria eslovaca. Já não havia, portanto, a intervalos regulares, nem trompetes, nem tambores, nem o trilintintar inimitável das esporas que sempre me encantara; somente a voz rouca dos homens de tropa que às vezes me alcançava, o baque surdo de uma coronha em algum corredor, atrás de alguma porta, ou um ruído familiar qualquer para riscar, arranhar, como com diamante, o cristal de minha indolência. A esse choque, tudo se punha em movimento. Tudo voltava a ser voz, articulação, encantação, tumescência. Eu observava o vaivém da copa das árvores; as folhagens do parque se abriam, fechavam, agitavam-se como formas voluptuosas; o céu era tenso, arqueado como um dorso. Eu estava desenvolvendo uma sensibilidade extrema. Tudo para mim era música. Orgia colorida. Seiva. Saúde. Estava feliz. Feliz. Percebia a vida profunda, a raiz suscetível dos sentidos. Meu peito se inflava. Achava-me forte, todo-poderoso. Sentia ciúmes da natureza inteira. Tudo deveria ceder ao meu desejo, obedecer ao meu capricho, curvar-se sob meu sopro. Eu ordenava às árvores que voassem, às flores que se erguessem no ar, às pradarias e aos subsolos que se virassem, se revirassem sobre si próprios. Rios, dêem meia-volta aos seus cursos: que tudo vá para o Oeste, alimentar o braseiro do céu diante do qual se ergue Rita como coluna de perfume.

"Eu estava com quinze anos.

"Naqueles momentos de exaltação, tudo o que me lembrava a realidade me exasperava. Punha a culpa no meu pobre cachorro, sempre correndo entre as minhas pernas. Seus olhos, olhos de animal fiel, sempre fixos nos meus, me punham fora de mim; julgava-os obtusos, vazios, lacrimejantes, imbecis. Tristes e dissimulados. Sem alegria, sem delírio. E o sopro, aquele sopro de animal, aquele sopro irregular, curto, que estira as costelas como um acordeom, que agita ridiculamente o ventre, que sobe e que desce, irritante como um exercício de piano, que nunca pula uma nota, que nunca desafina, que nunca se esquece! À noite, enchia todo o meu quarto. Fraquinho, tornava-se enorme, inchado, grotesco. Aquilo me dava nojo. Aquilo me ofendia. Às vezes também me dava medo. Parecia que era eu quem respirava daquele modo, vil e pobre, mísero e humilhado. Certo dia, não agüentei mais. Chamei o bicho nojento e furei-lhe os olhos, lenta, longa, sabiamente. Então, acometido de súbita loucura, empunhei uma pesada cadeira e quebrei-a no seu lombo. Foi assim que me desfiz de meu único amigo. Compreenda. Fui forçado a fazê-lo. Tudo me doía. O ouvido. Os olhos. A coluna vertebral. A pele. Eu estava tenso. Eu tinha medo de enlouquecer. Dei cabo dele como se fora um canalha. E, no fundo, nem sei por quê. Mas, Deus do céu, eu fiz isso! E faria novamente, nem que fosse apenas para gozar mais uma vez da tristeza em que aquela história me jogou. Tristeza, comoção nervosa, descarga de toda a sensibilidade. E agora me chame de assassino, de demiurgo ou de selvagem, como queira; não estou nem aí, pois a vida é uma coisa realmente idiota.

"Aliás, escute bem. Repeti o troço, a coisa, o crime, a genial idiotice, o ataque de loucura e, dessa vez, de um modo tão espetacular que talvez você entenda o porquê.

"Os dias, as semanas, os meses passavam. Eu havia acabado de completar dezessete anos quando Rita veio morar num castelo das cercanias. Durante um ano, encontrei-me com ela quase que semanalmente. Ela vinha toda sexta-feira. Passávamos o dia na sala de armas, de que eu gostava particularmente em razão de sua claridade e ausência de mobília. Estendidos num colchão de ginástica, apoiados nos cotovelos, face a face, olhávamo-nos nos olhos. Algumas vezes, também, subíamos ao primeiro andar, onde Rita praticava música na saleta quadrada. Outras vezes ainda, mas isso muito raramente, Rita punha vestidos fora de moda, vestia antigos trajes que desencavava nos armários, e dançava sobre a relva, à luz do sol. Eu via seus pés, suas pernas, suas mãos, seus braços. Seu rosto se coloria. Seu pescoço, sua blusa inflavam-se. E, depois que ela ia embora, eu ficava muito tempo sob o efeito do encantamento de tê-la segurado, flexível, quente, palpitante em meus braços, no instante da despedida. No entanto, mais do que tudo, eu apreciava nossas longas sessões taciturnas da sala de armas. Ela exalava um perfume — extrato de nogueira e agrião — de que eu silenciosamente me impregnava. Ela, por assim dizer, não existia, estava como que dissolvida, eu a absorvia por todos os meus poros. Sorvia o seu olhar como se fosse álcool. E, de quando em quando, passava-lhe a mão nos cabelos.

"Eu era o pente que imantava seus longos cabelos. O corpete que lhe modelava o torso. O tule transparente das mangas. O vestido movente em volta de suas pernas. Eu era a meinha de seda. O salto que a suportava. A deliciosa gargantilha. A cândida almofada do pó-de-arroz. Eu era rouco como o sal de suas axilas. Convertia-me em esponja para refrescar suas partes molhadas. Tornava-me triangular e iodado. Úmido e terno. Então me transformava em mão para desatar o seu cinto. Era a sua cadeira, o seu espelho, o seu banheiro. Possuía-a toda e por todos os lados, como uma onda. Eu era a sua cama.

"Não sei como meu olhar lhe dizia aquilo tudo, mas muitas vezes a hipnotizei, sem querer, sem saber.

"Desejava vê-la nua. Disse-lhe isso um dia. Ela jamais consentiu. E foi espaçando suas visitas.

"Sem ela, privado de sua presença semanal sem a qual não sabia mais passar, fui me tornando nervoso, suscetível, melancólico. Já não dormia. À noite, visões carnais me perseguiam. Mulheres me cercavam, de todas as cores, de todos os tamanhos, de todas as idades, de todas as épocas. Dispunham-se diante de mim, rígidas feito os tubos de um órgão. Ficavam em círculo, deitadas, derrubadas, lúbricas como instrumentos de corda. Eu as dominava todas, atiçando umas com o olhar, outras com o gesto. Em pé, erguido como um maestro, marcando o compasso de suas luxúrias, acelerando, diminuindo seus enlevos *ad libitum*,[14] ou cessando-os bruscamente só para fazê-los recomeçar mil e mil vezes *da capo*,[15] repetir, retrabalhar seus gestos, suas poses, seus jogos, ou fazendo-as partir todas ao mesmo tempo, *tutti*,[16] para precipitá-las num vertiginoso delírio. Aquele frenesi me matava. Eu estava exaltado, magro. Olheiras me encovavam as faces. Trazia no rosto, listrado como página de música, marcas da minha insônia. A acne pontilhava minha pele com tercinas,[17] baixo-cifrado em partitura inacabada.

"Estava todo arrepiado.

"Tornei-me envergonhado, tímido, angustiado. Não queria mais ver ninguém. Não saía mais da sala de armas onde estava acantonado. Tornei-me relaxado. Não me lavava mais. Não trocava de roupa. Até sentia certo prazer nos odores equívocos de minha pessoa. Urinava tranqüilamente pelas pernas.

"Fui então tomado por uma violenta paixão pelos objetos, pelas coisas inanimadas. Não estou falando dos objetos, utensílios, móveis de arte que abarrotavam o palácio e, por algum eretismo intelectual ou sentimental, evocam, sugerem, lembram uma civilização antiga, uma época passada, uma cena de família ou de história desdourada, e nos encantam, seduzem, por sua forma contornada, suas linhas barrocas, seu refinamento antiquado, por tudo aquilo que os situa, data, nomeia e que revela curiosamente a assinatura da moda que os concebeu; não, apaixonei-me exclusivamente por objetos inestéticos, mal-e-mal moldados, muitas vezes em matéria bruta, matéria-prima. Cerquei-me das coisas mais extravagantes. Uma lata de biscoitos, um ovo de avestruz, uma máquina de costura, um pedaço de quartzo, um lingote de chumbo, um cano de aquecedor. Passava os dias a manipulá-los, apalpá-los, cheirá-los. Trocava-os de lugar mil vezes por dia. Vai ver me divertiam, distraíam, faziam esquecer aquelas experiências emotivas de que eu estava tão cansado.

"Foi para mim uma grande lição.

"Em pouco tempo o ovo, o cano do aquecedor passaram a me excitar sexualmente. O lingote de chumbo tinha, para o tato, a mesma textura suave e morna de uma camurça. A máquina de costura era como o plano, o corte transversal de uma cortesã, uma demonstração mecânica da força de uma dançarina de music-hall. Queria rachar como se fossem lábios o quartzo perfumado e sorver a derradeira gota de mel primordial que a vida das origens depositou naquelas moléculas vítreas, aquela gota que vai e vem como um olho, como o glóbulo do nível d'água. A lata era um sumário crítico da mulher.

"As figuras mais simples, o círculo, o quadrado, e sua projeção no espaço, o cubo, a esfera, comoviam-me, falavam aos meus sentidos como os símbolos grosseiros, lingas vermelhos e azuis, de obscuras, bárbaras, rituais orgias.

"Tudo para mim se tornava ritmo, vida inexplorada. Eu me tornava louco furioso como um negro. Já não sabia o que estava fazendo. Gritava, cantava, berrava. Rolava no chão. Executava danças de zulu. Prosternava-me diante de um bloco de granito que mandara colocar na sala, possuído por um pavor religioso. Aquele bloco era tão vivo como uma feira de quimeras, tão cheio de riquezas como uma cornucópia. Era tão ruidoso como uma colméia e tão oco como uma concha ardente. Eu mergulhava minhas mãos nele como num sexo inesgotável. Lutava com as paredes para derrubar, transpassar as visões que surgiam por toda parte. Entortei, assim, espadas, floretes, rapieiras, e demoli os móveis a porretada. E quando Rita mandava me chamar — ela ainda aparecia de vez em quando, a cavalo, sem nem sequer apear —, eu tinha vontade de rasgar-lhe o vestido.

"Certa vez, no entanto, isso no término do verão, Rita apeou, vestida com sua longa amazona. Deixou-se arrastar com facilidade para a sala de armas e estendeu-se como antes, no chão, à minha frente. Ela esteve especialmente gentil naquele dia, suave, grave, atendendo aos meus mínimos caprichos. '"Vire um pouco a cabeça', eu pedia. 'Assim. Obrigado. Por favor, não se mexa. Você é bonita como um cano de aquecedor, lisa, arredondada sobre si mesma, em forma de L. Seu corpo é como um ovo à beira-mar. Você é concentrada como um sal-gema e transparente como um cristal de rocha. É um desabrochar prodigioso, um turbilhão imóvel. O abismo da luz. Você é como uma sonda descendo em profundezas incalculáveis. É como um ramo de relva mil vezes aumentado.'

"Eu estava apavorado. Com medo. Queria transpassá-la com um sabre. E eis que ela se levanta. Veste, indolente, as luvas? Avisa que está indo embora? Diz que foi a última vez que veio? Ela me conta que foi chamada a Viena, que vai passar o inverno na corte, que já está convidada para bailes, festas, que a temporada promete ser brilhante... Não escuto. Já não ouço mais nada. Atiro-me sobre ela. Derrubo-a. Estrangulo-a. Ela se debate, estria-me o rosto a chicotadas. Mas já estou em cima dela. Ela não pode nem gritar. Enfiei-lhe o punho esquerdo na boca. Com a outra mão, dou-lhe uma facada terrível. Abro-lhe o ventre. Um jorro de sangue me inunda. Lacero intestinos.

"E eis a seqüência. Trancafiam-me. Sou mandado para a prisão. Estou com dezoito anos. O ano era 1884. Sou trancafiado na fortaleza de Presburgo. Dez anos depois, transferem-me em segredo para Waldensee, para junto dos loucos. Então desistiram, para todo o sempre, de me dar atenção? Estou louco. Há seis anos."

E) SUA FUGA

A fuga está decidida. Apresentei minha demissão, resolvido a acompanhar Morravagin aonde quer que ele fosse. Eu finalmente encontrara o tipo que sempre tivera a curiosidade de conhecer. O que eram aos meus olhos um assassinato a mais ou a menos no mundo e a descoberta de outro cadaverzinho de moça impúbere? Finalmente ia viver na intimidade de uma grande bestafera humana, vigiar, partilhar, acompanhar sua vida. Meter-me nela. Fazer parte dela. Transviado, desequilibrado, sem dúvida, mas em que sentido? Morravagin. Amoral. Fora-da-lei. Nervoso, impulsivo, à flor da pele, ou excesso de atividade cerebral? Eu ia poder estudar ao vivo os fenômenos alternados do inconsciente e observar por que minucioso mecanismo passa a atividade do instinto até se transformar, ampliar-se, desviar-se a ponto de se desnaturar.

Tudo se mexe, tudo vive, tudo se agita, tudo se cruza, tudo se encontra. Até mesmo as abstrações se descabelam e suam. Nada está imóvel. É impossível isolar-se. Tudo é atividade, atividade concentrada, forma. Todas as formas do universo estão precisamente calibradas e passam todas pela mesma matriz. É evidente que o osso precisava escavar-se, o nervo óptico ramificar-se em forma de delta e estender-se como árvore, o homem andar na perpendicular. Aquele gosto de salmoura que nos vem das entranhas remonta aos nossos mais longínquos antepassados peixes, ao fundo dos mares, e aquele frêmito epiléptico da epiderme é tão antigo como o sol.

No dia 30 de setembro de 1901, eu esperava por Morravagin a uns duzentos metros da cerca do parque, num atalho da floresta. Alguns dias antes, eu fora a Colmar alugar um automóvel de turismo. Entregara a Morravagin tudo aquilo de que pre-

cisaria para fugir. Ele tinha de pular o muro ao meio-dia em ponto. Estava ligeiramente atrasado. Começava a me impacientar quando escuto um grito alto e vejo meu animal correndo com uma faca ensangüentada na mão. Faço com que entre rapidamente no carro e vamos embora. Ele diz ao meu ouvido: "Peguei!"
"O quê, o quê?"
"A menina que estava apanhando lenha junto ao muro."
Esse foi o começo de um circuito que duraria mais de dez anos, por todos os países do globo. Morravagin sempre deixava atrás de si um ou mais cadáveres femininos. Não raro por pura facécia.

F) NOSSOS DISFARCES

Ainda não eram três horas quando chegamos a Basiléia. Entrei pelo Spalenrain e atravessei o Reno pela ponte São João. Eram dois ingleses no carro. Assim não chamávamos a atenção. Enveredamos pela floresta dos Langen-Erlen e, tomando a estrada campestre que margeia o Birsig,[18] passamos a fronteira alemã sem nenhum problema. Paramos em Weil, primeira aldeia badense,[19] aonde vai passear aos domingos a burguesia de Basiléia. Peguei Morravagin no colo e o acomodei no caramanchel de um albergue. Uma manta escondia suas pernas. Ele grudara suíças brancas no rosto. Era agora um idoso rentista, instalado numa poltrona de junco. Enquanto tomávamos chá, conversávamos em suíço-alemão, em voz bem alta. Partimos à noite. Abandonamos o automóvel no mato. O D-Zug[20] das duas e quinze reduz a velocidade em Leopoldshoeh por causa da curva. Saltamos para dentro do trem em movimento. Descemos em Friburgo-em-Breisgau. Lá, dois ruidosos italianos sobem no trem dos emigrantes, num vagão de quarta classe. Na manhã seguinte, o expresso de Colônia nos traz de volta para Wiesbaden, onde nos instalamos numa pensão familiar, retirada e tranqüila. Morravagin é um diplomata peruano impotente freqüentando as termas. Sou seu secretário. Ali permanecemos dois meses, quietos, para despistar as buscas. Os jornais não tocam no assunto, o caso parece ter sido abafado. Um belo dia, vamos a Frankfurt, visitar M...n, o banqueiro secreto da família G...y. Morravagin entra em posse de um tesouro.* Em seguida, rumamos para Berlim.

G) CHEGADA A BERLIM

Fazia um calor insuportável no trem. Estávamos ambos em mangas de camisa. Morravagin estava num estado de violenta superexcitação. Era seu primeiro dia de liberdade. O aspecto daquela Alemanha industrial o encantava. Atravessávamos a Saxônia a toda velocidade. O trem saltava nos entroncamentos, fazia retinir as plataformas giratórias, jogava-se sob as pontes de asfalto, nas valas, transpunha viadutos metálicos, atravessava na diagonal as imensas estações desertas, rasgava o leque das vias férreas, subia, descia, sobressaltava povoações e aldeias. Por toda parte, usinas, minas, forjas, andaimes, pilastras de aço, telhados de vidro, guindastes, gruas a vapor, reservatórios imensos, penachos de fumaça, pó de carvão, cabos estendidos de uma ponta à outra do horizonte. A terra estalava, drenada, descascada pelos milhares de fogos acesos em todos os fornos e aquele esplêndido dia de final de outono ficava ainda mais tórrido. Morravagin gritava de felicidade. Debruçava-se para fora da janela, mostrava a língua para os chefes de estação de boné vermelho e calça-

* Sobre o tesouro de Morravagin, cf. *Axel*, de Villiers de l'Isle-Adam.[21]

nhares unidos à porta do escritório, fazia caretas para os agulheiros. Queria tirar a roupa e mergulhar, pelado, na vívida corrente de ar gerada pelo rápido. Foi a maior dificuldade dissuadi-lo. Felizmente, estávamos sozinhos no compartimento. Lutei por um instante com ele e consegui deitá-lo no banco. Ele adormeceu. Acabávamos de deixar Magdeburgo, cujas largas torres se erguiam, ameaçadoras, no fim de uma charneca deserta, crepuscular.

Chegamos a Berlim durante a noite, às onze e sete, em Friedrichstrasse.[22]

No hotel, deparamos com nossa bagagem coberta de borboletas multicores. Eram pedacinhos de papel que o carregador e o cocheiro haviam colado pelo percurso. Em todos constavam endereços de mulheres. Morravagin colecionou-os com cuidado.

H) SUA FORMAÇÃO ESPIRITUAL

Morravagin matriculara-se na Universidade de Berlim. Tinham lhe entregado uma carteirinha de ouvinte em nome de Hans Fleicher. Assistia assiduamente aos cursos de música ministrados pelo doutor Hugo Riemann.[23] Retirados no subúrbio industrial de Mohabit, onde alugáramos uma casinha moderna, passamos três austeros anos de estudos e longas leituras. Isso me lembrava a vida de estudante solitário em Paris. Saíamos seguidamente à noite para passear pelos campos. Pobres tufos de relva brotavam de uma areia amarelenta, e magros arvoredos. A lua, em forma de obus, parecia surgir de uma súbita chaminé de usina como que da boca de algum canhão. Lebres passavam correndo pelas nossas pernas. Morravagin punha-se loquaz, impressionado com o silêncio noturno, com a forma fantasmal das coisas e com os casais, militares e moças sem chapéu, que afugentávamos junto das cercas bambas. Ele me falava de sua vida na prisão.

"Em Presburgo, minha cela era bem estreita. Media seis metros de comprimento por dois de largura. Isso não me incomodava, acostumado que era a uma vida enclausurada, sedentária e de quase total imobilidade. Isso não me deixava infeliz. Mas o que me causou imenso sofrimento, desde o início, sem que eu nunca conseguisse me habituar, foi a escuridão ambiente e a falta de ar. Como viver na sombra, e longe da luz que abre e dilata os poros e que nos escava como uma carícia!

"Um pobre ponto de luz abria-se no teto, parecendo atravancado entre as pedras e só deixando filtrar um pálido reflexo, um raio tremulante, insosso, anêmico, azulado, da grande luz lá de fora. Era igual a um cubo de gelo com uma gota d'água turva na ponta. E foi nessa gota d'água que vivi dez anos, como um ser de sangue frio, como uma ameba cega!

"Só as noites me traziam algum alívio. A lamparina do teto ardia até o nascer do dia. De tanto fitá-la, tornava-se enorme, resplandecente, ofuscante. Aquela chama vacilante me cegava. Eu acabava adormecendo.

"Estou falando das coisas que me trouxeram algum alívio no começo. Havia também a água dos sanitários que borbulhava no encanamento a intervalos regulares. Aquele barulho parecia enorme. Enchia toda a cela. Ecoava com estrondo na minha cabeça, feito uma queda-d'água. Eu via montanhas. Aspirava o ar dos pinhais. Via um ramo preso entre duas pedras, que um remoinho empurrava para lá e para cá, para lá e para cá, para lá e para cá. Mas, com o passar do tempo, habituei-me ao inesperado escoamento dos canos. Ficava horas sem ouvi-lo. Então, de repente, perguntava-me se ele já havia ocorrido ou se seria dali a pouco. Fazia esforços insanos para lembrar quantas vezes já acontecera naquele dia. Contava nos dedos. Puxava os dedos a ponto de estalar as falanges. Aquilo estava virando mania. E o barulho ecoava quando eu menos esperava, levando junto todo o meu castelo de contas e cálculos. Eu corria até o vaso para conferir o fato. Ao fundo, o buraco nauseabundo estava imóvel como um espelho. Debruçando-me sobre ele, escurecia-o todo. Eu me enganara. A evacuação se dera dentro da minha cabeça. Não acontecera realmente. Eu perdia a noção de tempo. Tudo estava por recomeçar. Um desespero ilimitado me invadia. "Não queria ouvir mais nada. Tornei-me propositadamente surdo. Surdo, tapado, surdo. Passava os dias deitado no meu catre, os joelhos dobrados junto ao peito, braços cruzados nos ombros, olhos cerrados, ouvidos cheios de cera, encolhido sobre todo o meu ser, pequeno, pequeno, imóvel como no ventre de minha mãe. Então um cheiro forte de pia me beliscava as narinas, me espetava com farpas de álcali. Meu nariz reluzia. Erguia-me desvairado em meu leito. Tinha vontade de morrer. Acariciava-me até sangrar, pensando em morrer de esgotamento. Depois, foi se tornando um hábito, uma mania, um exercício, um jogo, uma espécie de higiene, um alívio. Fazia aquilo várias vezes ao dia, maquinalmente, já sem perceber, indiferente, frio. E aquilo me deu resistência. Estava agora mais forte, mais robusto. Tinha um bom apetite. Começava a ganhar peso.

"Foi assim que se passaram os primeiros dezoito meses de prisão. Nunca pensei em Rita, nem em sua morte. Nunca senti nenhum remorso. Aquilo me deixava perfeitamente tranqüilo.

"Naquele estado de coragem física, de equilíbrio, comecei a me movimentar. Percorria a cela de um lado para o outro. Queria conhecê-la. Colocava os pés em cada ladrilho, em cada fenda, minuciosamente. Ia de uma parede à outra. Dava dois passos para a frente, um para trás. Cuidava para não colocar o pé nos interstícios do pavimento. Saltava alternadamente um ladrilho, depois dois. Arenito pif, paf, puf,[24] bom, muito duro, muito mole. Andava em linha reta, em diagonal, em ziguezague, em círculos. Ia com os pés cruzados, com os pés tortos. Fazia caretas com as pernas. Ensaiava um *grand écart*.[25] Esforçava-me por não mancar. Conhecia a menor aspereza do solo, a menor declividade, o menor desgaste. Reconhecia-os de olhos fechados, pois não havia sequer um centímetro quadrado do chão que eu não tivesse pisado milhares e milhares de vezes, calçado, de meias, descalço, ou mesmo reconhecido com as mãos.

"Aquela manobra acabou me aborrecendo. Meu passo desigual ressoava sob a abóbada qual guizo fúnebre. Renunciando ao combate, passava novamente todo o meu tempo sobre a enxerga, com os olhos fixos na parede. As pedras da alvenaria eram mal talhadas, sem nenhum estuque, com cimento escorrido nas juntas. Ponta com ponta, acavalavam-se em pares, angulares, irregulares, incontáveis. Tinham uma granulosidade densa, suave de tocar. Vezes seguidas, grudava minha língua nelas. Tinham um gostinho acidulado. Cheiravam bem a pedra, pedra-de-fogo e ardósia, sílex e argila, a água e fogo. De tanto olhar para elas, reconhecia suas boas caras graúdas sem malícia.

"Mas, pouco a pouco, minha acuidade foi se tornando mais precisa. Discernia testas abauladas, faces encovadas, crânios sinistros, mandíbulas ameaçadoras. Estudava cada pedra com ansiedade, se não com terror. Um reflexo de luz, uma sombra, destacava-as de modo estranho. Os rastos de cimento desenhavam formas bizarras. Minha atenção se prendia àqueles corpos pouco precisos, tratava de colocá-los em relevo, delimitar seus contornos e, por uma espécie de perversidade, meu espírito insistia em me assustar.

"Estava acabado o meu sossego.

"Cada uma das pedras começou a girar, a rebolar, a se desprender. Cabeças careteiras erguiam-se para mim, goelas abertas, cornos rígidos. Torrentes de larvas brotavam de cada fenda, cada buraco, insetos monstruosos, armados de serras, mandíbulas, pinças gigantes. A parede subia, descia, vibrava, sussurrava. E grandes sombras balançavam na frente. Afrescos, baixos-relevos desfilavam diante dos meus olhos, cenas de miséria e de luto, de tortura e crucificação. E sombras balançavam na frente como corpos de enforcados. Eu me prostrava em minha cama. Fechava os olhos. Então, após um resmungo, escutava um som de esporas. Um couraceiro branco entra em minha cela. Joga-me para cima como se eu fosse uma bola, pega-me de volta, balança-me, faz malabarismos comigo. E Rita olhando para nós. Estou radiante. Gemo. Choro. Escuto-me. Escuto a voz do meu sofrimento. Reconheço minha voz. Queixo-me. Lamento-me.

"Por quê, ó, por quê?

"O teto se escava em forma de funil, vertiginoso turbilhão que absorve gulosamente a natureza em debandada. O universo ressoa como um gongo! Então tudo vai sendo abafado pela formidável voz do silêncio. Tudo some. Recobro a consciência. Pouco a pouco, a cela cresce. As paredes se afastam. A cerca recua. Resta apenas um pouco de carne humana, derrisória, respirando devagar. Estou como que dentro de uma cabeça onde tudo fala em silêncio. Meus co-condenados relatam-me sua vida, seu desespero e suas faltas. Escuto-os em suas celas. Estão orando. Estão tremendo. Caminham. Vão e vêm a passos surdos no fundo de si próprios. Eu sou o pavilhão acústico do universo condensado em minha ruela. O bem e o mal fazem estremecer minha prisão, e o sofrimento anônimo, esse movimento incessante fora de qualquer convenção. Estou aturdido por essa língua enorme buzinando em meu ouvido, me apalermando e me absolvendo.

"Sístole, diástole.

"Tudo palpita. Minha prisão se esvanece. As paredes se abatem, batem asas. A vida me ergue nos ares qual um abutre gigantesco. A essa altitude, a terra se arredonda como um seio. Enxergam-se, através de sua casca transparente, as veias do subsolo transportando as pulsações vermelhas. Do outro lado, os rios sobem de volta, azuis, feito sangue arterial e onde eclodem milhões e milhões de seres. Por cima, como pulmões enegrecidos, os mares alternadamente inflam e desinflam. Os dois olhos das geleiras estão bem próximos e reviram lentamente a pupila. Eis a dupla esfera de uma fronte, a aresta brusca do nariz, planos pedregosos, paredes perpendiculares. Sobrevôo o *mont d'ore*,[26] mais encanecido que a cabeça de Carlos Magno, e aterrisso na beira da orelha que se abre feito cratera lunar.

"É meu terreno.

"Minha zona de caça.

"A entrada é praticamente obstruída por uma famosa protuberância que é um túmulo, a tumba do ancestral, onde me embosco. Atrás, há um buraco onde cai todo ruído externo, feito paquiderme em armadilha. Somente a música se insinua no estreito corredor para deixar-se prender rente às paredes do corneto. Foi ali, na escuridão completa da caverna, que captei as mais belas formas do silêncio.

"Eu as segurei, elas passaram entre meus dedos, eu as reconheci pelo toque.

"Primeiro, as cinco vogais, ariscas, assustadas, espertas como vicunhas; depois, descendo a espiral do corredor cada vez mais estreito com teto cada vez mais baixo, as consoantes desdentadas, encaracoladas numa carapaça de escamas que dormem, hibernam longos meses a fio; mais adiante, as consoantes chiantes e lisas como enguias que me mordiscavam a ponta dos dedos; em seguida, aquelas moles, lassas, cegas, muitas vezes babonas como larvas, que eu beliscava com as unhas ao coçar as fibrilas de uma turba pré-histórica; e então, as consoantes cavas, frias, quebradiças, cascosas, que eu juntava na areia e cole-

cionava como conchas; e, lá no fundo, de barriga para baixo, ao debruçar-me sobre uma fissura, em meio às raízes, não sei que ar envenenado vinha-me açoitar, picotar o rosto, pequenos animálculos corriam-me pela pele nos lugares mais coceguentos; eram espiriformes e peludos como a trompa das borboletas e davam arrancadas bruscas, esfoladas, gritantes. "É meio-dia. O sol derrama óleo fervente no ouvido do demiurgo adormecido. O mundo se abre como um ovo. De dentro dele brota uma língua ondulante e congestionada. "Não. É meia-noite. A lamparina se extenua como um arco elétrico. Meus ouvidos retinem. Minha língua pela. Faço esforço para falar. Cuspo um dente, o dente do dragão.
"Não sou de vossa raça. Pertenço ao clã mongol que vos trouxe uma verdade monstruosa: a autenticidade da vida, do conhecimento do ritmo, e sempre há de devastar vossas casas estáticas do tempo e do espaço, situadas em série como num tabuleiro. Meu garanhão é muito mais selvagem que vossas engrenagens sem fôlego, seu casco de corno mais perigoso que vossas rodas de ferro. Cercai-me com as cem mil baionetas da luz ocidental, pois ai de vós se eu sair da escuridão de minha caverna e me puser a perseguir vossos ruídos. Que em minhas margens vossos pontoneiros nunca despertem meus tímpanos doloridos, pois eu faria soprar sobre vós o vento curvado feito cimitarra. Sou impassível como um tirano. Meus olhos são dois tambores. Estremecei se eu surgir de vossos muros como da tenda de Átila, mascarado, assustadoramente ampliado, vestindo apenas a cogula, como meus companheiros de cárcere na hora do passeio, e se, com minhas mãos de estrangulador, minhas mãos vermelhas de frio, forçar o ventre agudo de vossa civilização!
"No pátio da prisão, o céu noturno ostenta minhas tatuagens. Um incêndio devasta a estepe uniforme da noite, uniforme como o fundo do lago Baikal, uniforme como um dorso de tartaruga.

"Nele me miro.
"Uranismo e música.
"Sou indiferente.
"Nada mais podia me arrancar à minha quietude e a meu sossego. Os anos se passaram. Chegara a ponto de não pensar em mais nada. Estava imóvel. Traziam-me de comer, de beber. Levavam-me para fora. Traziam-me de volta para dentro. Eu estava ausente. Estava imóvel com uma atividade na ponta dos dedos, no joelho, na base da coluna vertebral ou dentro da cabeça. Gozava, mas não pensava. Meus dedos eram ao longe saxífragas numa pedreira. Meu joelho refletia luz, refratava raios, lançava estilhaços de sol como uma gema. Minha coluna vertebral estava enfeitada como uma árvore na primavera, na ponta um broto, uma pínula, um palmito. Minha cabeça, qual estrela-do-mar, tinha um só orifício que lhe servia de boca e de ânus. Como aqueles zoófitos que tocamos, eu trazia a vida para dentro de minhas profundezas. Digeria-me a mim mesmo, no meu próprio estômago. Fisicamente, isso me dessecou.

"Um prego estava plantado na parede de minha cela, no alto da parede. De tanto olhar para ele, acabei enxergando-o. Eu o contemplara durante dez anos sem notá-lo. Um prego, o que é um prego? Torto, enferrujado, sou eu enfiado no meio das pedras. Não tenho raízes. Assim, quando vieram me buscar para transferir-me para Waldensee, puderam me retirar sem esforço, sem sofrimento. Não deixava para trás mais que um pouco de pó esbranquiçado, dez minúsculos anos, um pouco de pó de aranha, um sinal imperceptível na parede da frente, fora do alcance do olhar de meu sucessor."

1) JACK, O ESTRIPADOR

Morravagin estava desesperado. Depois de três anos, notava que seus estudos não o estavam levando a nada. Ele queria estudar música, pensando em se reaproximar do ritmo original e encontrar a chave do seu ser como justificativa de vida. Tal como é praticada (e, sobretudo, tal como é ensinada), a música, em suma, é uma experiência de laboratório, a teoria figurada daquilo que a técnica e a mecânica modernas realizam em escala mais ampla. As máquinas mais complicadas e as sinfonias de Beethoven se movem segundo as mesmas leis, progridem aritmeticamente, são regidas por uma necessidade de simetria que decompõe seus movimentos numa série de medidas minúsculas, ínfimas, e que se equivalem. O baixo-cifrado corresponde àquela engrenagem que, infinitamente repetida, desencadeia, com um mínimo de esforço (desgaste), o máximo de estética (força utilizável). O resultado é a construção de um mundo paradoxal, artificial, convencional, que a razão pode desmontar e tornar a montar à vontade (paralelismo dinâmico: um sábio físico vienense não se deu ao trabalho de traçar todas as figuras geométricas projetadas pela *Quinta sinfonia* e, recentemente, um sapientíssimo inglês não traduziu em vibrações coloridas as vibrações sonoras dessa mesma sinfonia? Esse paralelismo se aplica a todas as "artes" e, portanto, a todas as estéticas. A trigonometria nos ensina que a *Vênus de Milo*, por exemplo, pode ser reduzida a uma série de fórmulas matemáticas, e, se o mármore do Louvre viesse a ser destruído, seria possível, com um pouco de paciência, reconstituí-lo com o auxílio dessas mesmas fórmulas e reproduzi-lo, indiferenciadamente, um número incalculável de vezes, tal como é, inclusive, nas formas, linhas, volume, grão da pedra, desgaste, peso, emoção estética!). O ritmo original só interviria se uma máquina, sem nenhum novo aporte de energia, se pusesse em movimento assim que fosse construída e produzisse eternamente força utilizável (cf. o movimento perpétuo). Por isso, o estudo rigoroso de uma partitura musical jamais nos levará a descobrir essa palpitação inicial que é o núcleo autogerador da obra e depende, no seu período crítico, do estado geral do autor, da sua hereditariedade, fisiologia, estrutura cerebral, da maior ou menor rapidez de seus reflexos, de seu erotismo etc. Não existe ciência do homem, sendo o homem essencialmente portador de um ritmo. O ritmo não pode ser figurado. Somente alguns raríssimos indivíduos, os "grandes dementes", podem dele ter uma revelação veemente, que sua desorientação sexual prefigura. Desse modo, era mesmo em vão que Morravagin se esforçava por encontrar uma causa externa para sua aflição existencial e buscava uma prova objetiva que o autorizasse a ser o que era. A música, como toda ciência, é truncada. O professor Hugo Riemann fizera-se filólogo de todas as notas. Com o auxílio do estudo comparado dos instrumentos musicais, ele reconstituía a etimologia de cada som, remontando cada vez à sua fonte vibratória. Sonoridade, acentuação e timbre eram sempre modalidades, acentos físicos do movimento e nunca revelavam nada da estrutura interna, da articulação inata, do espírito e do sopro que amplificam, até o valor de uma significação, uma sonoridade vazia. No princípio era o ritmo,[27] e o ritmo fez-se carne. Somente os símbolos maiores, os mais obscuros e, por conseguinte, os mais antigos, os mais autênticos da religião poderiam responder a Morravagin, e não as descobertas comentadas de um gramático da música. Morravagin, porém, não tinha nenhum talento religioso. Fosse por atavismo ou orgulho, nunca o ouvi falar em Deus. Uma vez apenas pronunciou esse nome, que parecia ignorar. Foi numa calçada, diante de um mictório. Morravagin pôs o pé numa imundície. Empalideceu e, beliscando-me o braço:

"Merda", disse ele, "acabo de pisar no rosto de Deus!"

E bateu o pé para não sair levando um fragmento.

Morravagin estava desesperado. Já não conseguia ler nenhum livro. A ciência não passa de uma história supersticiosamente adaptada ao gosto do momento. A terminologia científica é sem espírito, sem sal. Aqueles pesados volumes são sem alma, cheios de aflição... Morravagin me escapa. Fico dias inteiros sem vê-lo. Um rumor sombrio então se espalha pelos bairros populosos do centro da cidade. Um maníaco vem se emboscando nas passagens escuras, nas casas de dupla entrada. Atira-se sobre as mulheres, desventra-as e foge. Investe de preferência contra as mais moças e ataca até as crianças. Faz novas vítimas toda noite e chega até os subúrbios externos. Berlim está em comoção. A população está aterrorizada. Os boatos se tornam mais precisos. Os jornais dedicam colunas inteiras à enumeração das vítimas daquele a que chamam de "Jack, o estripador". Divulgam sua descrição. É oferecida uma recompensa por sua detenção. Reconheço a silhueta que emerge desses relatos. É Morravagin. Uma noite, interrogo-o. Ele confessa tudo. É hora de nos mudarmos para longe e despender aquele frenesi de outra maneira. Embarco-o num trem. Três dias mais tarde estávamos em Moscou.

J) CHEGADA À RÚSSIA

Final de setembro de 1904
Moscou é bela como uma santa napolitana. Um céu cerúleo reflete, mira, enviesa as mil e mil torres, campanários, cúpulas, que se erguem e estiram, arqueiam-se ou, tornando a cair pesadamente, abrem-se, bulbam-se como estalactites policromadas numa efervescência, numa aletria de luz. Pavimentadas em bossas redondas, as ruas são repletas da algazarra dos cem mil fiacres que alardeiam dia e noite; estreitas, retilíneas ou cer-

cadas, insinuam-se por entre as fachadas vermelhas, azuis, açafroadas, ocreadas das casas para alargarem-se subitamente diante de um domo de ouro que bandos de gralhas grasnantes açoitam como a um pião. Tudo ronca, tudo grita, o aguadeiro descabelado, o tártaro alto, o vendedor de roupa usada. As lojas, as capelas se entornam nas calçadas. Velhinhas vendem maçãs da Criméia lisas como nozes-de-galha. Um policial barbudo se apóia num sabre comprido. Por toda parte pisa-se em ouriços de castanhas e nos carapulos crocantes das frutinhas pretas do freixo. Uma poeira de bosta de cavalo crepita no ar como palhetas vermelhas na aguardente. Nas praças, e com enorme ranger de rodas, os bondes circulam em torno das pirâmides de "medronhos" reluzentes que não são frutos do medronheiro, mas melancias, ou melões d'água. Um acre fedor de peixe podre destaca-se, agudo, sobre um fundo meloso de couro fulvo. Dois dias depois, está nevando. Tudo some e se apaga. Tudo se abafa. Os trenós passam em silêncio. Está nevando. Está nevando pluma e os telhados são de fumaça. As casas se calafetam. As torres, as igrejas se eclipsam. Os sinos tocam debaixo da terra, parecem feitos de madeira. A multidão se agita, novinha em folha, miúda, apressada, ligeira. Cada transeunte é um brinquedo de mola. O frio é como um ungüento resinoso. Lubrifica. Enche-nos a boca de terebintina. Os pulmões ficam grassos e sentimos uma fome imensa. No interior de cada casa, as mesas se vergam sob o peso das comidas; pastelões de repolho, cheirosos e dourados; caldo com limão, ao molho azedo; entrada de todas as formas, todos os sabores; peixes defumados; carnes assadas; gangas com geléia agridoce; caças, frutas; garrafas de álcool; pão preto, pão de soldado e a *kalatch*,[28] essa pura flor do trigo.

A guerra russo-japonesa chegava ao fim; os primeiros estalos da revolução se faziam ouvir.

Sentados na Filípov,[29] vimos, Morravagin e eu, as primeiras manchas de sangue brotarem na neve. Formavam-se como maços de dentes-de-leão em volta do palácio do governador, uma vasta área vinácea no centro da cidade, onde a neve derretia. Também assistimos às primeiras lutas, lá longe, num bairro operário cujo nome esqueci, depois da via férrea de Smoliensk, e estudantes feridos foram trazidos pelos cossacos e pela polícia. Pouco depois, rebentava a revolução. Tomamos nela parte muito ativa. Entramos em contato com os comitês de Genebra, Zurique, Londres e Paris. Morravagin colocou enormes capitais à disposição do caixa central do partido S. R.[30] Apoiávamos igualmente os anarquistas russos e internacionais. Imprensas clandestinas foram instaladas na Polônia, na Lituânia, na Bessarábia. Pacotes de jornais, brochuras, panfletos partiam em todas as direções e eram distribuídos em massa nas usinas, nos portos, nas casernas, pelos judeuzinhos do Bund,[31] que estavam a nosso serviço. Neles atacava-se o voto universal, a liberdade, a fraternidade, preconizando-se exaustivamente a revolução social e a guerra de classes. Demonstrava-se cientificamente a legalidade da expropriação individual sob todas as formas, roubo, assassinato, extorsão, e a necessidade do terror social e econômico através da sabotagem das fábricas, da pilhagem do patrimônio público, da destruição das vias férreas e de equipamento portuário. Também divulgavam-se algumas fórmulas para a fabricação de bombas e instruções detalhadas sobre o manejo das máquinas infernais. Depósitos de armas foram instalados na Finlândia. Uma propaganda desenfreada foi realizada entre as tropas em Mukden,[32] Kharbin[33] e ao longo do Transiberiano. Motins rebentaram aqui e ali, cometeram-se atentados em todas as cidades do imenso país, atiçou-se a imaginação das multidões, organizaram-se greves em todos os centros industriais, pogrons devastaram as cidades do sudoeste. A reação, em toda parte, afigurava-se impiedosa e terrível.

E a dança teve início.
Tomamos parte nas mais candentes questões.

Não vou retraçar aqui a história daquele movimento revolucionário que durou de 1904 (atentado contra Plehve)[34] a 1908 (dissolução da Terceira Duma), nem enumerar a incalculável quantidade de assassinatos políticos cometidos, de sedições, revoltas, tumultos e desordens, nem mencionar os anais sangrentos da reação, fuzilamentos com metralhadora, enforcamentos em massa, deportações, detenções, seqüestrações, nem citar todos os casos de terror, de loucura coletiva na corte, no povo, na burguesia, nem contar por que os adeptos mais ardorosos da pura Maria Spiridónova,[35] ou do heróico tenente Schmitt, perderam de vista seus ideais revolucionários e de renovação social para cometer, em bandos, delitos do direito comum, nem como uma vibrante juventude intelectual veio reforçar, enfileirar-se no pesado exército do crime. Tais acontecimentos ainda estão presentes em todas as memórias e doravante fazem parte da História. Se falo de certos episódios trágicos e os esboço em imagens grosseiras, é para enfatizar a evolução de Morravagin e melhor dizer o quanto ele sofreu a influência do ambiente russo.

Aquela época, que assistiu ao cambalear da Santa Rússia e à derrocada do trono dos czares, imprimiu uma marca indelével nos cento e vinte milhões de habitantes daquele imenso império. Os casos de loucura e suicídio eram diários. As instituições, as tradições familiares, o sentimento de honra, estava tudo fora do eixo. Um fermento de desagregação, confundido com misticismo, agia em todas as camadas da sociedade. Rapazes e moças secundaristas menores de quinze anos aderiam ao saninismo;[36] as prostitutas se sindicalizavam e sua primeira reivindicação era o direito ao respeito humano; soldados iletrados se punham a filosofar e seus oficiais discutiam as ordens de serviço. Nos campos, o afrouxamento da moral se acentuava e no velho tronco da religião surgiam brotos inesperados, virulentos. Popes, monges histéricos emergiam repentinamente do povo e subiam até a corte; aldeias inteiras saíam seminuas em procissão, flagelando-se; no Volga, judeus cometiam crimes rituais, degolavam, para a Páscoa, recém-nascidos ortodoxos. Estranhas superstições asiáticas espalhavam-se por aquelas populações tão heterogêneas, e tomavam corpo em forma de práticas monstruosas e repugnantes. Um homem tomava mênstruo para conquistar o coração de uma camareira volúvel; a imperatriz besuntava as mãos com cocô de cachorro para friccionar a fronte ampla do príncipe herdeiro hidrocéfalo. Os homens eram pederastas, as mulheres, lésbicas, os casais todos praticavam o amor platônico. A sede de gozo era inextinguível. Nas cidades, a fachada das casas era rebentada pelas portas flamejantes dos bares, dos bailes, das boates. Lado a lado, nos gabinetes privados e nas pequenas salas dos grandes restaurantes, no Urso, Chez Pálkin, no Ilhas ou no Móika, ministros constelados de insígnias[37] ou revolucionários de cabeça raspada e estudantes de cabelos compridos vomitavam champanhe em meio a cacos de louça e mulheres violadas.

A fuzilaria crepitava em torno do estouro surdo das bombas. E a festa recomeçava.

Que campo de observação e experiência para um cientista! De ambos os lados da barricada, atos incríveis de heroísmo e sadismo. No fundo das prisões, nas casamatas das cidadelas, em plena via pública, numa sala de complô, num casebre de operário, quando das recepções em Tsárkoie Sieló[38] e nas sessões dos conselhos de guerra, por toda parte só se encontravam monstros, seres humanos extraviados, consternados, excluídos, à flor da pele, com o sistema nervoso extenuado: terroristas profissionais, padres agentes provocadores, jovens nobres sanguinários, carrascos inexperientes e desajeitados, oficiais de polícia cruelmente sonsos e doentes de medo, governadores emagrecidos pela febre e insônia que as responsabilidades provocam, príncipes afônicos de remorso, grão-duques traumáticos. Loucos, loucos, loucos, poltrões, traidores, abobalhados, cruéis, dissimulados, pérfidos, delatores, masoquistas, assassinos. Loucos furiosos irresponsáveis. Que quadro clínico e que campo de experiência! E se nada consegui tirar dali, sobrecarregado que estava pelos acontecimentos, a ascendência que Morravagin exercia sobre mim, a longa seqüência de aventuras em que ele me jogou, a vida de mil peripécias para a qual ele me arrastou, a vida que ele me fazia levar, a vida ativa, a ação direta, a ação direta que não vale nada para um intelectual, nunca, no entanto, renunciei ao meu sangue-frio científico nem à minha curiosidade atenta. Aliás, como eu passara a me dedicar integralmente a Morravagin, assistir à sua atuação me bastou.

K) MACHA

Morravagin já sacrificara a maior parte de sua fortuna ao movimento revolucionário. O pouco dinheiro que ainda conseguíamos era dilapidado pelas necessidades prementes do partido. Estávamos ora em Varsóvia, ora em Lodz, Bieliostock, Kíev ou Odessa. Hospedávamo-nos com partidários dedicados que quase sempre moravam no gueto dessas cidades. Trabalhávamos ao acaso, em estaleiros e fábricas, ou, quando não chegavam os subsídios do estrangeiro, roubávamos mercadorias no porto ou nos armazéns das estações de trem. Após um atentado, geralmente sumíamos no campo. Mestres-escolas de aldeias nos abrigavam durante alguns meses e nos encaminhavam para velhos operários, contramestres e chefes de equipes, que nos empregavam por um tempo nas minas do Ural ou nos centros metalúrgicos da bacia do Don. Morravagin experimentava grande volúpia em finalmente mergulhar no mais anônimo abismo da miséria humana. Nada o cansava, nada lhe repugnava, nem a promiscuidade exaustiva da pobre gente que nos recebia, nem a sujeira estagnante dos operários e camponeses, nem, nas cidades, os pratos nauseabundos que judeus miseráveis nos apresentavam à mesa, nem a inconveniência invasiva vigente nos meios revolucionários. Nunca consegui me habituar aos costumes comunistas dos estudantes e intelectuais russos e, ao ver-me reagir diante de um velho arenque defumado ou de um prato de *kacha*,[39] ou protestar quando um camarada tomava emprestada minha roupa íntima ou enfiava minhas calças, Morravagin caía na gargalhada e se divertia a valer. Quanto a ele, sentia-se à vontade em qualquer lugar, e nunca o vi tão alegre, tagarela, despreocupado como naquela época. Passava pelo famoso terrorista Simbírski, Samuel Simbírski, o *narodnowoljie*,[40] o assassino de Alexandre II, fugido de Sacalina,[41] e seu prestígio era imenso. Macha Uptchak é quem tivera a idéia daquele subterfúgio quando o verdadeiro Samuel Simbírski morrera, numa mansarda, no beco do Maine, em Paris, morrera de tuberculose óssea.

 Macha nos acompanhava em todos os nossos deslocamentos. Morravagin estava muito apaixonado por ela e aquela ligação, que, como se verá, assumiria um caráter estranho, teve posteriormente grande impacto sobre suas idéias.

 Macha Uptchak era uma judia lituana. Era uma mulher alta, de seios opulentos, abdômen e traseiro um tanto volumosos. Daquele corpanzil planturoso emergia um pescoço comprido, delicado e flexível, sustentando uma cabeça minúscula, descarnada, de ar cansado, boca doentia, fronte de sonhos. Com seus cabelos crespos, a cabeça lembrava muito aquela, enfarinhada, de um poeta romântico, de um Novalis. Seus grandes olhos parados eram de um azul-pálido, de um azul frio, de um azul esmaltado. Macha era excessivamente míope. Devia estar com uns trinta e cinco, trinta e oito anos. Empreendera sérios estudos na Alemanha, sérios estudos de matemática, sendo inclusive autora de um livro sobre o movimento perpétuo. Era uma mulher cruel, lógica, fria, a quem nunca faltavam idéias, de uma inventividade e perversidade satânicas quando se tratava de montar um negócio novo, de executar um atentado ou de descobrir as emboscadas da polícia. Era ela quem preparava nossos planos nos mínimos detalhes, e tudo neles estava previsto, minuto por minuto, cronometrado. Cada um de nós sabia exatamente o que devia ser feito, segundo por segundo, ocupar tal lugar, tomar tal posição, fazer tal gesto, abaixar-se, correr, um, dois, três, quatro, saltar com a bomba, disparar um tiro na boca ou fugir; e os fatos e acontecimentos desenrolavam-se de acordo com suas deduções, encadeavam-se, ordenavam-se como ela dissera, cheia de presciência e realismo. Ela nos surpreendeu muitas vezes com a audácia de suas concepções e o modo claro e racional com que as expunha. Tinha um quê de trágica e de pitonisa. Possuía a arte infalível de escolher, dentro da universalidade das informações que nos chegavam, o detalhe típico, verdadeiro, certo, humano, que sempre é preciso levar em conta para ser bem-sucedido. Na ação, em campo, era intrépida. Mas, no amor, era sentimental e boba, e Morravagin seguidamente a punha fora de si.

Conhecêramos Macha em Varsóvia, quando dirigia nossa principal gráfica clandestina. Era quem redigia nossas declarações, os manifestos e panfletos que tamanha influência exerceram sobre a massa e tantas greves provocaram e tantos estragos causaram. Tinha o dom da arenga e ninguém melhor que ela sabia apelar para os baixos instintos da multidão. A ascendência de sua palavra inflamada era irrefragável. Agrupava os fatos sucintamente, aclarava-os, punha-os em relevo como bem queria e tirava-lhes súbitas conclusões surpreendentes por sua lógica simples e densa. Sabia mexer com o fanatismo do povo enumerando quantas vítimas tinham caído aqui, ali e lá, por essa ou aquela idéia, rememorando os que tinham morrido na barricada em tal dia, tal lugar, citando o nome de todos os que preferiam apodrecer no fundo dos calabouços a renunciar às justas reivindicações da classe operária. Depois, lembrava àquelas pessoas as mil picuinhas que cada uma já tivera de agüentar dos patrões, dos fabricantes ou dos proprietários; tornava-se então insinuante e ruim feito uma comadre, e era sobretudo a lembrança daqueles mil transtornos mesquinhos que punha o proletariado furioso e o levava a aderir ao movimento.

Na intimidade, junto de Morravagin, era outra pessoa. Tornava-se vulgar, lastimosa, sensual e lúbrica, e Morravagin a atormentava bastante.

Macha e Morravagin formavam um casal paradoxal. Ela, forte, encorpada, dinâmica, com jeito masculino, uma alegre virago, não fosse a linha quebrada do pescoço, a cabecinha de pássaro, os olhos parados, a palidez, a boca inquietante, rasgada, a boca de vampira; ele, minúsculo, mirrado, capenga, prematuramente envelhecido, insosso, apagado, de rosto ossificado, modos dolentes, que um riso estrondoso vinha sacudir de repente, um riso demoníaco que o fazia titubear. Eu compreendia muito bem que um instinto materno deslocado impelira Macha e a fizera adotar aquela coisica do Morravagin, cuidar dele, mimá-lo, segurá-lo e abraçá-lo com toda a força; mas não conseguia entender como é que Morravagin se deixara levar, ele que sempre detestara as mulheres, nem explicar o porquê daquelas revoltas súbitas em que o via saltar, insultá-la, humilhá-la, escarnecer dela, bater-lhe seguidamente. Pensava que ele agia por mera crueldade e, muito depois, quando Macha quis ter um filho, compreendi que o amor é uma intoxicação grave, um vício, um vício que se pode compartilhar, e, se um dos comparsas está apaixonado, o outro, muitas vezes, não passa de um cúmplice, ou vítima, ou possuído. E Morravagin estava possuído.

O amor é masoquista. Esses gritos, lamentos, doces sustos, esse estado de angústia dos amantes, esse estado de espera, esse sofrimento latente, subentendido, mal-e-mal expresso, essas mil inquietações acerca da ausência do ser amado, essa fuga do tempo, essas suscetibilidades, essas variações de humor, esses devaneios, essas criancices, essa tortura moral em que a vaidade e o amor-próprio estão em jogo, a honra, a educação, o pudor, esses altos e baixos do tônus nervoso, essas voltas da imaginação, esse fetichismo, essa precisão cruel dos sentidos que flagelam e vasculham, essa queda, essa prostração, essa abdicação, esse aviltamento, essa perda e retomada incessante da personalidade, esses gaguejos, essas palavras, essas frases, esse emprego do diminutivo, essa familiaridade, essas hesitações no tocar, esse estremecimento epiléptico, essas recaídas sucessivas e multiplicadas, essa paixão mais e mais tormentosa cujas devastações vão piorando até o completo bloqueio, o completo aniquilamento da alma, até a atonia dos sentidos, até o esgotamento da medula, ao vazio cerebral, até o ressecamento do coração, essa necessidade de nulificação, destruição, mutilação, essa necessidade de efusão, adoração, misticismo, essa insatisfação que recorre à hiperirritabilidade das mucosas, aos desvarios do gosto, às desordens vasomotrizes ou periféricas e que apela para o ciúme e a vingança, os crimes, as mentiras, as traições, essa idolatria, essa melancolia incurável, essa apatia, essa profunda miséria moral, essa dúvida definitiva e aflitiva, esse desespero, esses estigmas todos, acaso não são exatamente os sintomas do amor, segundo os quais é possível diagnosticar, e então traçar com segurança, o quadro clínico do masoquismo?

Mulier tota in utero,[42] dizia Paracelso; por isso é que todas as mulheres são masoquistas. O amor, para elas, começa com o rebentar de uma membrana para terminar na total laceração do ser na hora do parto. Sua vida inteira não passa de sofrimento; isso as deixa mensalmente ensangüentadas. A mulher está sob o signo da lua, esse reflexo, esse astro morto, e é por isso que quanto mais procria, mais a mulher gera a morte. Mais que da geração, a mulher é símbolo da destruição, e qual aquela que não preferiria matar e devorar os filhos, se estivesse certa de assim prender o macho, mantê-lo, imbuir-se dele, absorvê-lo por baixo, digeri-lo, deixá-lo macerar dentro dela, reduzido ao estado de feto e carregá-lo por toda a vida em seu seio? Pois é nisto que termina essa imensa maquinaria do amor: na absorção, na assimilação do macho.

O amor não tem outro objetivo e, sendo o amor a única motivação da natureza, a única lei do universo é o masoquismo. É destruição, nada, esse escoamento inesgotável dos seres; são sofrimentos, crueldades inúteis, essa diversidade das formas, essa adaptação lenta, penosa, ilógica, absurda da evolução dos seres. Um ser vivo nunca se adapta ao seu meio ou então, ao se adaptar, morre. A luta pela vida é a luta pela não-adaptação. Viver é ser diferente. Por isso é que todas as grandes espécies vegetais e zoológicas são monstruosas. E o mesmo se dá quanto ao moral. O homem e a mulher não foram feitos para entenderem-se, amarem-se, fundirem-se e confundirem-se. Pelo contrário, detestam-se e dilaceram-se mutuamente; e se nessa luta que tem o nome de amor a mulher passa por eterna vítima, na verdade o homem é que é morto e outra vez morto. Pois o macho é o inimigo, um inimigo desajeitado, inábil, especializado demais. A mulher é todo-poderosa, mais bem assentada na vida, possui vários centros erótogenos, sabe então sofrer melhor, possui mais resistência, sua libido lhe dá peso, ela é a mais forte. O homem é seu escravo, ele se rende, se estende aos seus pés, abdica passivamente. Ele suporta. A mulher é masoquista. O único princípio da vida é o masoquismo e o masoquismo é um princípio morto. Eis o porquê de a existência ser idiota, imbecil, vã, sem nenhuma razão de ser, e de a vida ser inútil.

A mulher é maléfica. A história das civilizações nos mostra os meios empregados pelos homens para se defenderem do afrouxamento e da efeminação. Artes, religiões, doutrinas, leis, imortalidade não passam de armas inventadas pelos machos para resistir ao prestígio universal da mulher. Infelizmente, essa vã tentativa nunca traz nem trará resultado algum, pois a mulher triunfa de todas as abstrações.

Ao longo das eras, e com mais ou menos atraso, vemos todas as civilizações periclitarem, desaparecerem, afundarem, estragarem-se prestando homenagem à mulher. Raras são as formas de sociedade que conseguiram resistir a essa engrenagem por um certo número de séculos, como o colégio contemplativo dos brâmanes ou a comunidade categórica dos astecas; as outras, como a dos chineses, só conseguiram inventar modos complicados de masturbação e orações para acalmar o frenesi feminino, ou, como as cristãs e as budistas, recorreram à castração, às penitências corporais, aos jejuns, aos claustros, à introspecção, à análise psicológica, para dar ao homem um novo derivativo. Nenhuma civilização jamais escapou da apologética da mulher, salvo algumas raras sociedades de jovens machos guerreiros e ardentes, cuja apoteose e declínio foram tão rápidos quanto breves, como as civilizações pederásticas dos ninivitas e dos babilônios, antes consumidoras que criadoras, que não conheciam nenhum freio para a sua atividade febril, nenhum limite para o seu enorme apetite, nenhum termo para as suas necessidades e que, por assim dizer, devoraram-se a si mesmas, desaparecendo sem deixar rastro, como morrem todas as civilizações parasitárias, arrastando com elas um mundo inteiro. Não há um homem em dez milhões que escape a esse pavor da mulher, e que ao assassiná-la lhe desferisse um golpe direto; e o assassinato ainda é o único meio eficaz que cem trilhões de gerações de machos e mil e mil séculos de civilização humana encontraram para não ceder ao império da mulher. O que significa que a natureza desconhece o sadismo e que a grande lei do universo, criação e destruição, é o masoquismo.

Macha era masoquista e, enquanto judia, era-o duplamente, pois terá existido algum povo no mundo mais profundamente masoquista que Israel? Israel dera a si mesmo um Deus de orgulho, unicamente a fim de escarnecê-lo. Israel aceitara uma lei rígida, unicamente a fim de transgredi-la. E toda a história de Israel é a história desse ultraje e dessa transgressão. O povo eleito é visto traindo e vendendo seu deus, e depois comerciando a lei. E ouvem-se cair do céu as ameaças e maldições. Chovem os golpes. Desabam as calamidades. Israel sofre, chora, geme, queixa-se no exílio e lamenta-se no cativeiro. Oh, que amor! A mão do Senhor pesa sobre ele e o esmaga. Israel se contorce, Israel verte lágrimas de sangue. Mas Israel goza a sua baixeza e deleita-se em seu aviltamento. Que volúpia e que orgulho! Ser o povo maldito, ser o povo ferido até a última geração, ser o povo dispersado pelas próprias vergas do Senhor Deus, e ter o direito de se queixar, de se queixar em voz alta, de criar picuinhas e gritar sua infâmia, e ter a missão de sofrer, de adorar o seu mal, de cultivá-lo e contaminar secretamente os povos estrangeiros. Essa perversidade e esse requinte de toda uma nação explicam a grande difusão dos judeus e sua estranha fortuna mundo afora, embora sua atuação seja sempre deletéria. Só os judeus alcançaram essa extrema desclassificação social para a qual tendem hoje em dia todas as sociedades civilizadas, e que não passa do desenvolvimento lógico dos princípios masoquistas de sua vida moral. Todo o movimento revolucionário moderno está nas mãos dos judeus, é um movimento masoquista judeu, um movimento desesperado, sem outra perspectiva que a destruição e a morte: pois é essa a lei do Deus de Vingança, do Deus de Fúria, de Jeová, o Masoquista.

Esses dados masoquistas, que devo em grande parte a Macha, faziam-me enxergar por um prisma novo em folha o meio terrorista russo em que me era dado viver. Haveria maneira melhor de provar a profunda semitização do mundo eslavo do que pela composição de nosso partido, sua ação, seu desenvolvimento rápido, sua popularidade crescente, seu sucesso? O próprio fato de um tão reduzido punhado de homens conseguir não só existir combatendo, como também despertar simpatia e conquistar a multidão a ponto de poder contar com uma entrada regular de capital, dava margem às mais vastas expectativas e, já naquele momento, considerávamos a revolução mundial e o desmoronamento de todas as nações ocidentais em que a mestiçagem é tão miserável como na Rússia. Macha estabelecia estatísticas sobre a densidade das comunidades judaicas no estrangeiro e Morravagin falava em constituir uma poderosa companhia de emigração judaica sob a direção de nossos mais hábeis agentes de propaganda. No próprio seio do partido, dos 772 terroristas profissionais, 740 eram judeus, e os outros, nativos dos pequenos povos encravados no imenso Império Russo, letões, finlandeses, lituanos, poloneses, georgianos, que participavam do movimento para defender interesses de política local ou acelerar a libertação de seus compatriotas oprimidos. Nas mulheres, a proporção era inversa. Das 950 camaradas, dois terços eram russas ou polonesas, e só um terço eram judias. O comitê central executivo era constituído exclusivamente de judeus, com exceção de Morravagin e de um russo, V. Rópchin,[43] o temerário, o sortudo, o chefe, o especialista que taylorizara nossa organização de combate.

A revolução estava no auge. Adeptos, em número cada vez maior e pertencentes a todas as classes sociais, chegavam dos quatro cantos do país, entre os quais muitas moças da alta sociedade atormentadas pela sede de martírio. A maioria nos servia de agentes indicadores ou provocadores. Isso apresentava uma imensa vantagem. Obtínhamos desse modo informações de primeiríssima mão e éramos rapidamente avisados assim que acontecia alguma coisa em algum lugar. Para tirar proveito do mínimo fato, do mínimo descontentamento popular, uma greve, um incidente local, uma briga de mercado, uma contenda entre armênios e tártaros, aparecíamos imediatamente para intervir, azedar as coisas, excitar os espíritos, incitar os dois lados, levar a crise ao ponto culminante, fazê-la degenerar em tumultos e massacres, pôr os homens diante do inexorável, colocar-lhes armas nas mãos, semear o pânico na população espalhando falsos rumores, desencadeando incêndios, perturbando a vida econômica de uma região, cortando os víveres de um território, e para tirar proveito do motim fazendo explodir bombas, transferindo bancos, esvaziando um tesouro público ou executando um alto funcionário, governador ou general constante de nossas listas negras, que fazíamos cair em nossa armadilha ao bagunçar uma cidade inteira.

Estávamos, assim, em contínuo deslocamento, e Moscou, Kronstadt,[44] Tvier,[45] Sebastópol, São Petersburgo, Ufá, Ekaterinoslav, Lúgovsk, Rostov, Tiflis, Baku receberam, uma de cada vez, nossa visita, sendo aterrorizadas, transtornadas, parcialmente destruídas, copiosamente enlutadas.

Nosso estado de espírito era assustador, e nossa vida, pavorosa. Éramos perseguidos, encurralados. Nossa descrição, em tiragem de cem mil exemplares, estava afixada por toda parte. Nossas cabeças estavam a prêmio. Tínhamos a polícia de todas as Rússias em nosso encalço; um mundo de espiões, delatores, traidores, falsos amigos, um enxame de detetives nos assediava. Como fora declarado estado de sítio em todo o território do império, tínhamos o exército, milhões de homens, contra nós. Precisávamos nos defender de tudo e de todos e desconfiar de cada um em particular. Estávamos em alerta permanente. Ofensiva e defensiva, a cada vez tínhamos de improvisar tudo e criar do nada meios de ação, constituir arsenais e depósitos de armas secretos, pôr em funcionamento gráficas clandestinas e oficinas de falsificação de cédulas, aparelhar laboratórios, congregar boas vontades, fazer agir os homens decididos, fornecer-lhes meios de subsistência, um álibi, refúgios, um esconderijo, muni-los de documentos falsos, acomodá-los no estrangeiro, colocá-los de molho, recauchutá-los, fazê-los sumir, e aquela ação, em escala tão ampla que pressupõe milhares de funcionários, escritórios, arquivos espalhados pelo país inteiro, com uma central, uma sede social conhecida e sucursais oficiais no estrangeiro, desenrolava-se às ocultas, escondida dos poderes públicos, sem que nunca pudéssemos nos mostrar, aparecer, agir abertamente. Nosso menor gesto era cercado de mistério e mil precauções, para que nunca fosse possível, mesmo de dedução em dedução, chegar até nós e nos capturar. Dá para imaginar o que isso representa de energia, sangue-frio e força de vontade, segurança e treinamento, para nunca fraquejar, desanimar, a despeito dos fracassos sem número, dos desenganos, dos riscos diariamente corridos, das fadigas esmagadoras, das inúmeras traições, da sobrecarga de todos os instantes? Pois nos desgastávamos sem pensar e é inacreditável que tenhamos conseguido resistir, agüentar fisicamente; não tínhamos sequer um quarto para dormir duas noites seguidas no mesmo lugar e devíamos não só mudar constantemente de domicílio, estado civil e documentos, como também refazer todo dia um rosto novo, uma aparência nova, uma personalidade nova, trocar de nome, hábitos, idioma e costumes. Posso assegurar que os dezenove membros do comitê central executivo eram grandessíssimos ladinos, rudes lideranças que sabiam mostrar trabalho. Não, nossa vida já não tinha mais nada de humano, e não é de surpreender que houvesse tanto desalento à nossa volta, mesmo entre nossos mais estimados camaradas.

O terceiro ano acabava de transcorrer e a reação, que em certo momento se deixara abalar até os alicerces, parecia estar se recobrando e, aos poucos, triunfando. Nossa ação se tornou desesperada. Nosso isolamento, completo. Os partidos moderados, que nos tinham demonstrado simpatia, apoio moral e muitas vezes se alinhavam conosco, nos abandonaram e deram início a uma calorosa campanha difamatória que arrastou todos os hesitantes, os covardes e a massa flutuante da pequena burguesia, cujos óbolos regulares nos eram indispensáveis. Nossos víveres foram sendo cortados. Era para nós uma questão de vida ou morte. Fomos obrigados a mudar de tática para conseguir capital, e partimos para uma série de expropriações em grande escala. Os liberais e os partidos intelectuais apartavam-se então abertamente de nós, acusando-nos de bandidagem e de roubo à mão armada. É certo que aquela política, cuja motivação imediata era a obtenção do dinheiro, esse nervo da guerra, afrouxou a disciplina do partido e abriu as portas para as dissidências. Os teóricos, os dogmáticos discutiam, criticavam nossa concepção de política real. Condenavam nossas expedições, legais quando atacávamos somente o Tesouro, ilegais assim que tocávamos no capital privado; os idealistas e sentimentais só percebiam uma relação muito tênue entre aquela retomada de numerário e os objetivos e puros princípios revolucionários; alguns membros do partido, ou mesmo os chefes de expedições, recusavam-se a participar, ou só brandamente as conduziam; outros, por sua vez, gostavam delas, embolsavam uma dinheirama, depois se entregavam à bandalheira e nunca mais apareciam; algumas cabeças ocas se mancomunaram com criminosos comuns, constituíram quadrilhas de ladrões e de *hooligans*. Já não se cometia um só crime na Rússia que não nos fosse imputado, o que para nós significou a pior publicidade. Aliás, todo o mundo estava começando a se cansar daquela ação direta de que não se enxergava o fim e que, pelo contrário, longe de se acalmar, tornava-se mais intensa que nunca e assumia sua forma mais aguda. Houve imensa quantidade de defecções. Não tínhamos como justificar nossos atos, cada vez mais temerários, nem como discutir publicamente a legitimidade das nossas expedições, cada vez mais freqüentes. Não tínhamos disposição nem tempo para tanto. Éramos acossados, seguidos de perto, e muitas pessoas mais ou menos envolvidas conosco tentavam se desculpar, ou reconquistar as boas graças do governo, traindo-nos, vendendo-nos, fazendo o impossível para nos agarrar. Nunca estivemos tão próximos de nossa perdição, e os mais acirrados eram os nossos que simplesmente viravam a casaca, se alistavam nas fileiras inimigas e levavam a polícia a pistas sérias e bem recentes. As prisões estavam lotadas. Os deportados para a Sibéria se contavam às dezenas de milhares. Nossos mais valentes camaradas se encontravam no fundo das minas, acorrentados a carrinhos de mão, ou se extenuavam, grilhões nos pés, nos trabalhos forçados de Sacalina e Pietropávlovsk;[46] muitos morriam sob os golpes dos galerianos nas solidões geladas do extremo norte; outros agonizavam nos calabouços inundados de Schluesselburgo e da fortaleza Pedro-e-Paulo;[47] os mais estimados eram fuzilados ou noturnamente enforcados. Reduzidos, forçados, esgotados, mudamos uma vez mais de tática e decidimos recorrer aos grandes meios. Antes de tudo, convimos em depurar impiedosamente o partido e, depois, voltar a intervir publicamente, desfechando alguns golpes com nossa última energia. Para nocautear o povo de pavor e tentar abater o monstro da reação, atingindo-o na cabeça, resolvemos atentar contra a vida do czar e ao mesmo tempo aniquilar, se possível, toda a família imperial.

Para embaralhar as pistas e a fim de ultimar nosso plano e lapidá-lo nos mínimos detalhes, passamos todos para o estrangeiro e, antes que os agentes especiais russos lançados em nosso encalço se mancomunassem com os policiais internacionais e descobrissem rastos de nossa passagem pela Posnânia, por Berlim, Zurique, Milão, Genebra, Paris, Londres, Nova York, Filadélfia, Chicago, Denver, San Francisco, já tínhamos voltado à Rússia, via Vladivostok,[48] e dávamos início ao nosso plano de depuração.

Agimos ao longo de todo o transiberiano e penetramos lentamente na Rússia européia. Procedíamos sempre do mesmo modo. Lançávamos convocações aos comitês locais, e então aparecíamos repentinamente nas cidades vizinhas, onde não éramos esperados, em meio a assembléias que nossa chegada siderava. A fim de mantermos um semblante de legalidade aos olhos de nossos derradeiros partidários, nos erigíamos em tribunal revolucionário. Todos aqueles que, nos últimos anos, tinham tido participação direta ou indireta na nossa organização compareciam diante de nós; condenávamos friamente à morte todos os que, de perto ou à distância, tinham se envolvido em negociações com a polícia, todos os que nos pareciam ter fraquejado, todos os delatores, os arrefecidos, os cansados, os aburguesados. Éramos implacáveis. Havia uma única sentença: a morte. Executávamos, por iniciativa própria e sem nenhum julgamento prévio, todos os membros influentes dos comitês provinciais com os quais já não tínhamos bem certeza de poder contar e que, devido à sua posição e porque sabiam da nossa organização, podiam se tornar perigosos; nós os executávamos às escondidas e destruíamos seus cadáveres, ou os usávamos para comprometer certos militantes impossíveis de agarrar aos quais queríamos dar sumiço. Quando esses castigos exemplares ficaram conhecidos, foi o maior tumulto no meio revolucionário. Os agrupamentos de todas as tendências nos puseram em sua lista negra; todo o mundo se afastou de nós; perdemos nossos últimos apoios no estrangeiro, alguns deles preciosos, como o do príncipe Kropótkin, revolucionário de gabinete que não conseguia compreender as necessidades da vida do combatente, sua adaptação a uma técnica mais moderna, nem a evolução lógica dos nossos métodos. Nosso partido ruiu e, aproveitando aquela desordem que provocáramos e o vazio que nossa nova atitude criava a nossa volta, logramos, graças a uma série de denúncias bem precisas, que se trancafiasse, condenasse e executasse oficialmente um monte de elementos suspeitos de que não conseguíramos nos livrar de outro modo. A polícia estava novamente assoberbada, porém, desta vez, éramos nós que a movimentávamos; ela investigava, efetuava acirradas detenções e nós aproveitamos para baralhar, cortar e recortar definitivamente nossos rastos e induzi-la a pensar que estava com os principais dirigentes passados à chave. Quanto a nós, continuávamos impossíveis de encontrar, de agarrar, misteriosos, míticos, a ponto de em altas esferas não se acreditar na nossa existência. Mas o povo, que um instinto certeiro avisava e que intuía nossa presença nos bastidores de mil dramas obscuros, o povo nos temia como à peste negra e nos batizara de Filhos do Diabo.

E o povo tinha razão! Tínhamos sempre sido uns párias, banidos, condenados à morte, havia muito tempo já não mantínhamos vínculo algum com a sociedade, ou com alguma família humana; mas hoje estávamos descendo, por vontade própria, para fazer um estágio no inferno. A que motivação estaríamos obedecendo ao preparar nosso atentado contra o czar, e qual seria nosso estado de espírito? Muitas vezes me fiz essas perguntas, ao observar meus camaradas. Tínhamos sido abandonados por todos e cada um de nós vivia sozinho, numa atmosfera rarefeita, debruçado sobre si mesmo como que sobre o vácuo, tomado pela vertigem ou por qual gozo obscuro? Já desde muito tempo nem eu, nem meus camaradas, sabíamos o que era sono. Era fatal. O sangue pede sangue e aqueles que, como nós, já derramaram muito dele saem do banho vermelho como que embranquecidos pelo ácido. Tudo neles está murcho, morto. Os sentimentos se escamam, esfacelam; os sentidos vitrificados já não conseguem gozar mais nada e quebram de vez à menor tentativa. Cada um de nós era, no íntimo, como que devorado por um incêndio, e nosso coração não passava de uma pitada de cinzas. Nossa alma estava devastada. Há muito tempo já não acreditávamos em nada, nem sequer no nada. Os niilistas de 1880 eram uma seita mística, uns sonhadores, rotineiros da felicidade universal. Quanto a nós, estávamos nos antípodas daqueles ingênuos e suas brumosas teorias. Éramos homens de ação, técnicos, especialistas, os pioneiros de uma geração moderna fadada à morte, os anunciadores da revolução mundial, os precursores da destruição universal, realistas, realistas. E a realidade não existe. O quê? Destruir para reconstruir ou destruir por destruir? Nem uma coisa, nem outra. Anjos ou demônios? Não, deixem-me rir: autômatos, simplesmente. Agíamos qual uma máquina girando no vazio, até a exaustão, inutilmente, inutilmente, como a vida, como a morte, como se sonha. Já não tínhamos sequer o gosto da desgraça.

 Observei meus camaradas de muito perto.

 Morávamos, nessa época, todos juntos, na mansarda do Instituto Politécnico de Moscou. A polícia, que vigiava muito particularmente aquela escola e andou perquirindo umas vinte vezes enquanto nos escondíamos, nunca conseguiu nos achar e sempre ia embora de mãos abanando, embora desconfiasse de alguma coisa. Habitávamos quartinhos ajeitados sob o próprio frontão do prédio, cujas figuras de pedra eram todas ocas e podiam nos abrigar facilmente. Algumas largas colunas do peristilo haviam sido escavadas por dentro e as traves e os pinázios de uma dupla armadura de ferro, que tínhamos instalado para suster o pesado telhado, serviam-nos de poleiro e de degraus para comunicar diretamente com a rua. Os porões estavam minados. Um simples contato elétrico teria bastado para mandar pelos ares o edifício e uma parte inteira do bairro. Estávamos dispostos a vender nossa vida bem caro.

Era raro sairmos, e aquela vida de reclusos nos parecia incrivelmente irreal. Trabalhávamos sob a direção de A. A. A., Aleksandre Aleksandrovitch Aleksandrov, o cientista químico, e Z. Z., Zamuel Blazek, um engenheiro montenegrino.[49] Nunca dirigíamos a palavra um ao outro senão por necessidade do serviço. Já nenhum de nós acreditava no êxito do nosso desesperado empreendimento e cada um intuía obscuramente que iríamos fracassar e que aquele malogro seria o fim de nossa ação conjunta. Desconfiávamos uns dos outros, vigiávamo-nos, ficávamos na expectativa de um de nós ir embora e nos trair; fomos forçados a executar Sáchinka, um georgiano baixinho dos mais corajosos, que dava sinais de alienação mental, e os inseparáveis Trubka e Ptítsin, dois rebeldes de Sebastópol, um belo dia se envenenaram sem dizer nada. Ah! Já não era mais da conquista do mundo ou de sua destruição total que se tratava! O que cada um de nós buscava era reunir suas forças mais ocultas, cuja extrema dispersão escavava um vazio no fundo de nós mesmos, e fixar os pensamentos, cujo fluxo inesgotável se absorvia nesse abismo. Nossa personalidade estava em estado evanescente, com sobressaltos bruscos de memória, um longínquo apelo dos sentidos, irradiações do subconsciente, apetites degenerados, uma lassidão insidiosa. Todo o mundo conhece aqueles bonecos de sabugo com um grão de chumbo na base, que faz com que sempre caiam em pé e se mantenham eretos, qualquer que seja a posição em que os coloquemos. Tente imaginar as rodelas de chumbo empenando de leve. Um vai se inclinar para a direita, outro vai pender para trás, um deles vai ficar de cabeça para baixo ou formando um ângulo máximo em relação à verticalidade. Assim era conosco. Perdêramos nosso equilíbrio, o sentido de nossa individualidade, a perpendicular de nossa vida; nossa consciência andava à deriva, soçobrava e já não tínhamos lastro para jogar. Já não estávamos a prumo. Naquela posição, mal nos restava bom senso suficiente para rirmos de nós mesmos, mas rir diabolicamente, às gargalhadas. E aquele riso dava sede. Então, um de nós, geralmente Buikov, um tenente desertor, descia à cata de uns garrafões de aguardente. E quanto mais bebíamos, mais achávamos nossa situação grotesca, ridícula, absurda. E mais crescia o nosso riso. E nossa sede. E nosso riso. Nossa sede. Nosso riso. Riso. Ha, ha, ha!

Acho que foi Morravagin quem implantou aquele riso entre nós; pois ele, pelo menos, ainda tinha algo em que se agarrar e, enquanto o chão nos sumia debaixo dos pés, ele pisava em Macha, aviltava-a, brutalizava-a, maltratava-a, atormentava-a, divertia-se imensamente, ria.

Macha era a única mulher entre nós, por isso eu a observava com atenção redobrada. Ela mudara muito de uns tempos para cá. Já durante nossa viagem ao redor do mundo tornara-se insuportável. Estava no limite. Não compreendia nada do que lhe acontecia e não admitia nossa nova tática. Pressentia uma catástrofe. Culpava Morravagin, responsabilizava-o por tudo, batia nele violentamente. E eram cenas intermináveis.

"Deixe-me em paz", gritava ela. "Detesto você. Tudo o que está acontecendo é culpa sua. Você não acredita em nada. Não está nem aí para nós. Não quer saber de nada. Você ainda vai me enlouquecer!"

Já durante nossa expedição punitiva e de depuração do partido, ela só nos acompanhava de má vontade, sem participar de fato, sem abrir a boca nas assembléias, manifestando, por sua atitude agressiva, hostil, sua censura a todas as nossas decisões. Sumia freqüentemente em meio às viagens, só reaparecendo alguns dias mais tarde, no último instante, já com o trem andando. Todos tinham a impressão de que ela queria nos deixar e, se tivesse se suicidado naquele período, não nos teríamos surpreendido. Todos nós já atravessáramos crises parecidas e a deixávamos em paz, sem perturbá-la, sem vigiá-la, pois, afinal, era confiável. Ainda assim, lembro-me de tê-la seguido em uma de suas escapadas, não para espioná-la, mas por mera curiosidade, para saber, para saber o que ela fazia longe de nós. Isso foi em Níjni, na época da feira. Nossos camaradas tinham um encontro marcado, num circo, com emissários vindos do Sul e do Norte que iam entregar suas missivas durante a apresentação. Não precisavam de mim e esgueirei-me atrás de Macha quando a vi sair do albergue onde estávamos hospedados. Ela vagou a noite inteira pela cidade alta, fazendo duas paradas demoradas diante da central de polícia e do comissariado especial, depois desceu para a cidade baixa, margeou os abarracamentos, desertos àquela hora, dos vendedores de peles. Eu a seguia cem passos atrás. Como chovia, patinávamos ambos na lama e os guardas-noturnos olhavam-nos passar com surpresa; parecíamos suspeitos. Chegando à beira do rio, ela o margeou por mais de dois quilômetros. Havia ali uma espécie de depósito de madeira, troncos de árvores enredados na borda, alguns ainda meio mergulhados na água. Ela se instalou no meio deles e pude chegar bem perto dela sem me fazer notar. Estava imóvel, encolhida, dobrada sobre si mesma. Seus braços rodeavam as pernas, sua cabeça estava enfiada entre os joelhos. Estava imóvel como as desgraçadas que passam a noite debaixo das pontes. Duas horas transcorreram. Um ventinho ruim se erguera. Pequenas ondas de espuma iam, corrente acima, cuspinhar na margem. Fazia frio. Macha devia estar com os pés na água. Adiantei-me e de súbito pus a mão no seu ombro. Ela soltou um grito rouco. Levantara-se e, ao reconhecer-me, jogou-se nos meus braços e pôs-se a soluçar. Amparei-a o melhor que pude e, avistando a poucos passos dali um monte de serragem, a conduzi suavemente até ele, deitei-a e cobri-a com meu casaco. Ela ainda chorava. Como eu me estendera junto dela, colava-se convulsivamente em mim e eu não entendia nada das suas palavras entrecortadas de prantos e soluços. Uma perturbação nova me invadia. Era a primeira vez que eu sentia um corpo estranho bem junto do meu e um calor animal me penetrando. Era tão inesperado! Aquela proximidade física me transtornava a tal ponto que meu coração disparou e eu não prestava mais nenhuma atenção nos discursos de Macha. Estava deitado de costas, cheio de náusea e mal-estar. Sentia que estava para acontecer algo terrível. Cerrei os dentes com toda a força. O coração me saía pela garganta. Tinha a impressão de estar oscilando no espaço. Quanto tempo teria se passado? De súbito, sacudi aquele torpor ruim. O que é que ela dissera?... Sim, o que dissera?...

"Macha", gritei, sentando bruscamente. "Macha! O que é que você disse, sua sem-vergonha? O que é que você está dizendo?"

E a sacudia com violência.

Ela se retorcia no chão. Vomitava.

"... É... olhe... aqui... ponha a mão... pode sentir... ele se mexeu hoje... estou grávida..."

Um sol lamacento respingava nos campos encharcados e o mundo nasalado dos pássaros despertava. Parecia-me estar emergindo de um denso pesadelo e que as nuvens baixas fugindo ao vento eram farrapos de um sonho mau.

No fundo, eu sempre a detestara; agora, sua confissão me enchia de nojo.

Pensava no meu amigo.
Engatilhei meu revólver.
Mas tornei a embainhá-lo.
"Miserável!", gritei.
E saí correndo.
De volta à hospedaria, contei tudo para Morravagin, mas ele apenas riu da minha indignação. "Deixe pra lá, deixe", disse ele. "Não se preocupe por tão pouco. Você vai ver só. Abra bem os olhos. Isso tudo é apenas o começo do fim."
E caiu na gargalhada.

Vários meses tinham transcorrido desses acontecimentos para cá, os meses de inverno que acabávamos de passar no Instituto Politécnico de Moscou; ainda faltavam três para que Macha desse à luz e nosso atentado se efetivasse.

Nosso grande golpe estava previsto para junho, no dia 11. E quanto mais se aproximava a data, mais íamos recobrando, aos poucos, a calma e o sangue-frio. Nossa preocupação ia cedendo, assim como a febre que nos agitava. Reencontrávamos nosso eixo. Nossa sede e riso se apaziguavam. Nossos meios estavam sob controle e recobrávamos nosso estado normal, essa quietude, essa confiança, essa segurança de si, essa distensão que antecede o salto, esse repouso estático que preenche, essa lucidez que transfigura na véspera de toda ação violenta e é como que seu trampolim. Não se trata de fé, não se trata de acreditar de repente na santidade de nossa tarefa, nem em alguma missão; sempre atribuí esse estado, que é tão físico quanto moral, tão-somente a uma deformação profissional que pode ser observada em todos os homens de ação, tanto nos grandes desportistas à véspera de uma competição como no gabinete de um homem de negócios preparando uma jogada sensacional na Bolsa. Existe também, na ação, a alegria de fazer alguma coisa, qualquer que seja, e a satisfação de gastar energia. É um otimismo inerente, próprio, condicional da ação, sem o qual ela não poderia se desencadear. Não aniquila em nada o senso crítico e não obnubila o juízo. Pelo contrário, esse otimismo aguça o espírito, permite um certo distanciamento e, na última hora, joga em nosso campo visual um raio perpendicular que ilumina todos os nossos cálculos anteriores, corta, distribui e tira a carta do sucesso, o número vencedor. É o que, a posteriori, chamamos de sorte, como se o acaso não tivesse constado nos dados do problema, em forma de equação na enésima potência, e não tivesse desencadeado a ação. O jogador que perde é um amador, mas um profissional ganha sempre, pois sempre leva em conta essa potência e, se não a resolve matematicamente, cifra-a na forma de tiques, superstições, augúrios, amuletos, assim como um general que, às vésperas de travar uma batalha, suspende sua ação porque o dia seguinte é dia 13 ou sexta-feira, ou porque cingiu a espada à direita e seu cavalo derramou aveia à esquerda. Levando em conta esses avisos, contemplamos como que o rosto do destino e é isso que nos torna graves, sérios e, mais tarde, leva o espectador ou a testemunha a acreditar que o ganhador, o vencedor, era um ser eleito dos deuses. Aquele que trapaceia no grande jogo do destino é igual ao homem que, olhando-se no espelho, faz caretas, depois fica furioso e, perdendo completamente o controle, quebra o espelho e acaba se machucando. É uma criancice, e a maioria dos jogadores são crianças, por isso enriquecem a banca e o destino parece invencível.

    Agora, nós, se estávamos tão graves, é porque cada um vivia sob a imagem do próprio destino. Não à sombra de um anjo da guarda ou nas dobras de sua túnica, mas como que ao pé do seu próprio duplo, que fosse aos poucos se apartando, tomando corpo e se materializando. Estranha projeção de nós mesmos, aqueles novos seres nos absorviam a ponto de entrarmos imperceptivelmente em sua pele até a identificação total, e nossos últimos preparativos eram muito parecidos com o arremate final desses terríveis, orgulhosos autômatos conhecidos, na magia, pelo nome de terafins.[50] Assim como eles, íamos destruir uma cidade, devastar um país e espedaçar, nas nossas terríveis mandíbulas, a família imperial. Não precisávamos reler a lenda do mago Borsa, o etíope. Eram essas as novas entidades que iam pulverizar o Império. O explosivo possante e o gás asfixiante em que A. A. A. colocara toda a sua vontade de destruição. A máquina infernal, as bombas de mecanismo sutil em que Z. Z. colocara toda a sua nostalgia e seu desejo de suicida. A preparação minuciosa do atentado, o local, a data escolhida, a designação dos cúmplices, a distribuição dos papéis, o treinamento, o doping, o armamento em que Ro-Ro (Rópchin, nosso chefe) colocara toda a sua vontade de poder, seu gosto pelo risco, sua energia, sua tenacidade, sua louca temeridade, sua audácia, sua decisão. Estávamos totalmente prontos e seria-nos impossível interromper a coisa.

Entre nós, Macha era como a lamentável mandrágora, o miserável tubérculo antropomórfico que quis lutar com a cabeça de bronze, a cabeça falante que lançava o alerta à Etiópia. Depois de sofrer uma bipartição fisiológica, já não conseguia desdobrar-se e, com o filho na barriga, não conseguia concretizar a imagem do seu destino. Como recorrera ao modo mais passivo, a uma lei de materialização elementar, a um procedimento ancestral, celular, cada vez que queria evocar seu destino recaía numa imensa animalidade, sem nunca ser capaz de atingir a projeção espiritual. Era um drama horrendo, que a enlouquecia. Ela traíra a nós e ao seu próprio destino.

Andava ora repleta de amargura, ora imbuída de uma raiva fria. E sua barriga crescendo. Suportava com impaciência os mal-estares, os distúrbios inerentes ao seu estado. (Sua desordem mental era tamanha que seguiu menstruando até o oitavo mês da gestação.) Sentia muitas vezes vergonha do seu sexo. Muitas vezes, também, se revoltava. Dez, vinte vezes ao dia, erguia-se diante de Morravagin. Parecia que ia estrangulá-lo. Com o busto inclinado para a frente, os cabelos estalando de raiva, a boca cheia de serpentes, os olhos injetados, os dedos crispados na barriga, ela berrava:

"Você me dá nojo, nojo!... Eu te odeio... Me dá vontade de... de... te..."

Morravagin ficava radiante. Quanto a nós, não dizíamos uma só palavra. Então Macha nos insultava a todos, tratandonos de covardes e monstros.

"Então vocês não estão vendo que esse nanico está rindo da nossa cara?", gritava. "Cuidado. Ele vai levar vocês todos para a forca, é um dedo-duro. Me dá vontade de... de..."

Ela cuspia-lhe na cara.

"Cara sujo! Nojento! Aborto!"

Ela batia com os pés no chão.

E nos tomando mais uma vez por testemunhas, acrescentava:

"Estou avisando, ele vai enganar vocês todos. Eu sei, ele me disse. Ele tem encontros com a polícia. Vocês todos vão ser enforcados, bando de babacas! Aliás, ele nem vai ter coragem de ir até a polícia. Conheço esse cara, é um molóide, um frouxo, sempre acaba amarelando. Não vai ter coragem de ir, não. No fim, quem vai sou eu. Juro. Vocês não vão escapar dessa. Não estou nem aí para vocês! Eu... eu..."

E saía da sala, arrastando o chinelo, batendo a porta.

Ia trancar-se no quarto, onde se jogava sobre a barriga como que sobre uma bexiga de porco.

Ficava muito tempo chorando.

Então vinha a reação, na forma de remorso, de lamento, de miséria. Sentia-se infeliz demais. E sua dor rebentava.

"... Está acabado, acabado, para sempre", murmurava. "Não vou ver ele nunca mais. Eu o perdi para sempre. É impossível..."
Era noite. Ela tornava a aparecer na porta, lacrimejante, suplicante.
"Camaradas", dizia, "camaradas, eu peço desculpas. Não liguem para mim. Não liguem para o que eu falo. Sou uma desgraçada."
E desabava.
Depois de alguns instantes:
"Digam, onde é que ele está? Aonde é que ele foi?"
Morravagin tinha saído.
"Ele está na casa de Kátia?"
E como ninguém respondesse:
"Vou buscá-lo."
Ela amarrava um lenço na cabeça e saía também.
Corria para a casa de Kátia.
"Kátinka, Kátinka, querida, o Morra está aí?"
"Não, ele acabou de sair."
"Ele não disse para onde ia?"
"Vocês brigaram de novo?"
"Não... Só um pouquinho... Culpa minha. Mas preciso falar com ele... preciso falar com ele imediatamente..."
E saía correndo. Vagava pelas ruas. Andava feito louca. Pensava: "Será que ele foi lá?... Não, não... Isso não, isso não...".
Ia postar-se na praça, em frente ao prédio da polícia. Sentava-se à beira da fonte ou se encostava numa árvore. Transeuntes passavam à sua volta, carros, bondes, pequenos vendedores ambulantes. Ela não enxergava nada. Não ouvia nada. Não desgrudava os olhos da porta aberta, diante da qual uma sentinela andava para lá e para cá. O soldado de uniforme a hipnotizava. Ela não reparava nas pessoas que entravam e saíam. Debaixo do

pórtico sombrio, um pacotinho colorido rodopiava vertiginosamente como um pião acrescido de um vívido clarão. O brilho da baioneta perfurava-lhe o cérebro.

"... Onde estou?", dizia. "Ah, sim... sim... Ora, cuidado, estão reparando. É melhor voltar para casa..."

Mas ela não saía dali. Punha-se a encarar todos os transeuntes. Morravagin podia se disfarçar de tudo quanto é jeito que não deixaria de reconhecê-lo.

Estava agora tão segura de si!

"... Droga. Não quero que ele faça isso. Ele não pode vender os amigos..."

E, de repente, compreendia que podia estar sendo enganada. Recobrava sua astúcia, sua combatividade. Mudava de lugar. Ia para uma rua adjacente. Dissimulava-se na sombra. Ia postar-se diante de uma portinha secreta que ia dar diretamente no escritório de Grigóri Ivánovich Orliéniev, nosso inimigo jurado, aquele que anunciara que ia agarrar a todos nós e que grudara nos nossos passos, desde o início. Só com ele Morravagin poderia ter um encontro, e só podia entrar ou sair por aquela portinha.

Ela observa todas as pessoas que passam. Seu senso de observação é tão agudo que vai registrando suas mínimas particularidades e todos aqueles anônimos agora fazem parte de sua mais íntima memória. Aquele falso vinco no joelho das calças, aquele jeito de andar com o pé direito levemente de lado, aquele perfil inclinado das costas, aquele movimento da bengala, aquele tique do queixo, aquela bossa na nuca, tudo aquilo se torna inesquecível.

Súbito, sente um baque grande na barriga.

É ele! É ele!

Sai correndo. Muda de calçada. "Acalme-se. É ele, sim. Está te observando." Anda rente às casas ou avança aos trancos, árvore por árvore. Muda várias vezes de lado e corre no meio da rua, por detrás de um fiacre. Tem certeza de que é ele. O homem a arrastou para um bairro impossível, distante. Entra numa lojinha para comprar cigarros, depois vai a uma estação, onde fica lendo o jornal. De repente, enxerga-o em plena luz. Preocupa-se. Fica apavorada. Macha bate em retirada. Julga ter reconhecido um agente da Segurança. Julga ter sido desmascarada. Salta para dentro de um bonde. Faz duas, três baldeações. Entra num café do centro e sai por outra porta. Repete a manobra numa igreja. Pede que a levem para ruas animadas, teme os grandes bairros desertos. Vai dar em cima de um banco. Não sabe como foi parar ali. É uma avenida circular. Está cansada. Não agüenta mais. Está com as faces ardendo. Sente um frio na barriga. Está com as pernas em frangalhos. Fecha os olhos. E relembra todo aquele dia terrível. Está tremendo. Queria estar em casa, junto aos bons camaradas. Não agüenta mais. Um relógio bate as horas. Serão onze horas da noite ou quatro horas da manhã? Nem consegue contar as badaladas, tão intenso é seu cansaço. Então ela se levanta e sai tropeçando na noite.

Nem olha para trás.

Tanto pior, ou tanto melhor, ou tanto pior.

"... Se estiverem me seguindo, se me reconheceram, se estiverem no meu encalço, vou levá-los diretamente para o Instituto. Vão ser todos capturados. Não posso fazer nada..."

Ela já não é capaz de juntar uma idéia com outra. Está tão cansada! Tem a impressão de cada paralelepípedo estar se abrindo sob o seu peso feito um alçapão e de estar subindo um longo calvário de joelhos.

Um braço se insinua sob o seu. Uma voz rouca murmura-lhe ao ouvido:

"Macha! Faz tempo que você está andando? De onde é que está vindo? Quem lhe mostrou o caminho? Eu sei de onde você está vindo. Eu sei o que vai fazer. Você é quem vai nos entregar a todos. Suas palavras não enganam ninguém. Estamos de olho em você."

Macha não ousa virar a cabeça. Diminui ainda mais seu passo vacilante. Alguém está ali, ao seu lado, caminhando no canto do seu olho. Tremores imensos percorrem-lhe as costas.

A voz retoma:

"Diga que vai voltar para lá, Macha, diga que vai voltar para lá."

Súbito, Macha põe-se a correr com todas as suas forças. Faz uns cem metros e volta-se bruscamente para trás:

"Sim, todos vocês vão cair, até o último!"

Cambaleia como se tivesse levado um soco no meio dos olhos.

Não há ninguém ali.

Ninguém.

Ninguém a seguiu. Ninguém lhe dirigiu a palavra.

E no entanto, no entanto!

Ela acha que Morravagin estava há pouco pendurado no seu braço.

Não, não há ninguém.

Talvez fosse o tira do Gaziétnyi Pierieúlok?

Não, decididamente não há ninguém.

E então?

Na frente e atrás dela a rua está deserta. As luminárias traçam como que grandes pontos de interrogação no chão.

E então?

Macha se refugia numa taverna de cocheiros. Manda que lhe sirvam de beber e de comer. Espreita a porta. Espreita a rua. Tão logo a aurora se desenha nas vidraças poeirentas, ela se levanta e sai derrubando os frascos vazios. Agora está muito calma. Nada mais a preocupa. Precisa de toda a largura da calçada para conseguir andar em linha reta.

De volta ao Instituto, encontra-nos todos ao trabalho em meio aos nossos misteriosos aparelhos. Ninguém presta atenção nela. Ela ziguezagueia pelos nossos quartinhos. Esboça grandes gestos e soliloquia em voz alta. Não sabemos se está bêbada ou se está ensaiando seu papel de futura nutriz. Põe-se a falar com o filho. "Meu querido. Meu lindinho. Você vai ser bonito. Vai ser alto, e forte, e inteligente. Você vai ser um homem livre. A liberdade é o único tesouro do homem russo. Você..." Cai a um canto e adormece.

O comportamento de Macha nos preocupava e nos levou a tomar decisões talvez um pouco precipitadas. Resolvemos afastá-la. Alguns queriam dar cabo dela, mas prevaleceu a opinião de Rópchin, não sem certa dificuldade, posto que precisou defender sua causa e o fez ardentemente. Ficou afinal decidido, por unanimidade, que Macha nos deixaria de imediato, para ir dar à luz numa casa em Terióki, na fronteira finlandesa, a poucas léguas de São Petersburgo, e que poderíamos refletir melhor depois do parto, já que no momento estávamos cheios de tarefas a cumprir. Morravagin, presente nessas discussões, não interveio em favor de Macha, o que me surpreendeu, assim como a vários dos meus camaradas; porém, quando se decidiu diferir a execução, vi um sorriso de intensa satisfação invadir Morravagin. Ele se levantou, veio apertar minha mão e disse-me ao ouvido:

"Melhor assim. Agora, você vai ver. Vai começar o grande jogo. Cara, vamos nos divertir."

Olhei-o, estupefato. Mais uma vez, não conseguia compreendê-lo. Ele parecia ter subitamente remoçado. Era uma impressão que vinha me passando havia algum tempo, cada vez que eu falava com ele. Quanto mais Macha se atolava, mais Morravagin parecia se desinteressar de sua sorte, desprender-se. Ontem ainda, ele a agredia, fazia sofrer, até sentindo nisso um perverso prazer. Hoje, estava como que liberto e era o único entre todos os companheiros que estava despreocupado o bastante para sorrir, até mesmo pronto para rir de tudo. Aquilo me intrigava. Seria inconsciência, ou inocência, ou uma força imensa? Se a revolução o ensinara a rir, será que o drama de Macha o tinha transtornado completamente, embrutecido, aparvalhado? Não tinha nenhum senso de responsabilidade e tornava-se cada dia mais infantil, brincalhão. Durante muito tempo pensei que ele era vítima de sua própria paixão, mas, pouco a pouco, foi me surgindo a idéia de que aquela nova atitude se devia a um encanto inconcebível, que lhe permitia reagir e buscar sopro vital numa reserva insuspeitada. Que espécie de homem era aquele? Cada vez que o julgávamos derrubado, acabado, exaurido pelas mais terríveis crises morais, eis que ele renascia das cinzas, forte, puro, confiante, disposto, e sempre saía ileso. Cifrada numa escala, sua vida figuraria uma curva ascensional que, tornando a descer, voltando várias vezes sobre si mesma, descreveria uma espiral cada vez mais larga em torno de mundos mais e mais numerosos. Que admirável espetáculo, sempre idêntico e sempre variado! Lei de constância intelectual, jogos da infância remota! O pequeno palmo que serve de trampolim para uma pequena idéia dura e redonda como uma bola de bilhar torna-se mais tarde a mão que lança com precisão, executa jogadas audaciosas, provoca tais carambolas que todas as idéias de marfim vêm se embater como sóis desorbitados e se chocar ressoando; hoje, o grande domínio em meio aos homens e no mundo, e a mesma mão segurando a bola do Império na palma, sopesando-a, pronta a jogá-la feito bomba, pronta a fazê-la estourar.

Eu olhava para Morravagin com ardente curiosidade. Ele estava ali, sentado no meio de nós, porém sozinho, ausente, estranho, como me aparecera pela primeira vez na sua cabana de Waldensee, frio, senhor de si, desencantado e cansado. No fundo, ele é quem sempre nos levara a agir e, se Rópchin era o chefe, Morravagin era o senhor, o senhor de todos nós. Disso tive uma súbita, veemente compreensão. Rememorei tudo o que Morravagin me contara sobre sua vida na prisão e sua infância em Fejervar. Aquela confissão esclarecia estranhamente nossa atual atividade. Apreendi como que um paralelismo, analogias, correspondências entre nosso terrorismo e os sonhos mais obscuros daquela criança seqüestrada. Nossos atos que transtornavam o mundo de hoje eram como idéias inconscientes que ele tivera então, que formulava agora e que nós realizávamos, nós todos sem exceção e sem desconfiar de nada. E isso quando achávamos estar no ápice da libertação! Não passávamos de pálidas entidades brotadas de dentro do seu cérebro, médiuns histéricos que sua vontade punha em movimento, ou seres consternados que seu coração generoso alimentava com o melhor de seu sangue? Parturição de um ser humano, demasiado humano, sobre-humano, tropismo ou depravação extrema, olhando-nos agir, observando-nos de perto, Morravagin estudava, contemplava seu próprio duplo, misterioso, profundo, em comunhão com o cimo e com a raiz, com a vida, com a morte, e era o que lhe permitia agir sem escrúpulos, sem remorsos, sem hesitação, sem transtorno e espalhar sangue com toda a segurança, como um criador, indiferente como Deus, indiferente como um idiota.

Com o que é que ele estaria sonhando quando ficava imóvel horas a fio com uma atividade enlouquecida na cabeça e um leve vaivém do busto? Dava-me vertigem observá-lo e, de repente, me vi sentindo um medo terrível dele.

Depois daquela noite que eu passara deitado ao lado de Macha à beira da água, era a segunda vez que eu perdia completamente o controle de mim mesmo e que a íntima proximidade de uma pessoa estranha me assustava. Daquela vez, uma repulsa física é que me apartara de Macha; agora, um temor moral é que me afastava de Morravagin. Eu me encontrava num estado de angústia inexprimível, agitava os mais funestos pensamentos, vivia em transes, quando os acontecimentos desabaram sobre nós com violência e rapidez desconcertantes.

Como relatar esses acontecimentos? Eu mesmo já não sei mais direito como tudo aquilo ocorreu. Por mais que me esforce, minha memória apresenta lacunas. Não consigo encadear os fatos nem compreender como é que eles foram derivando uns dos outros. Acaso estou bem certo de tudo o que vou contar? Terá sido Macha quem nos traiu? Terá sido Morravagin quem a levou a agir? Hipnotismo, auto-sugestão ou sugestão? Não havia passado uma semana desde que Macha se instalara na *datcha* de Terióki. Morravagin teria ido visitá-la sem que eu soubesse, ou teria agido à distância? O certo é que nossa associação foi bruscamente aniquilada e todos os nossos camaradas perderam a vida. Ainda me pergunto como conseguimos escapar, Morravagin e eu. Deve-se acreditar, então, que Morravagin previra tudo e ele mesmo é quem tinha tramado tudo, e com antecedência? No que acreditar? O fato é que ele me deu a maior prova de sangue-frio e razão, no exato momento em que eu mais duvidava dele e já não sabia, quanto a mim, o que pensar. Foi também a única vez em que ele demonstrou o quanto minha amizade lhe era cara, pois poderia ter-me largado e me deixado na mão, como os outros e, em suma, salvou-me a vida. E, naquela época, eu ainda era apegado a ela.

São esses os fatos, tais quais os registrei no meu diário.

5 de junho de 1907. *Os últimos relatórios são bons. Passamos a noite examinando-os. Agora estamos queimando um por um numa chama de álcool, enquanto escutamos as boas novas que Kátia nos traz de sua ronda de inspeção. Está tudo bem. Tudo andando. Kátia chegou hoje mesmo de Kronstadt, e o que ocorre em Kronstadt ocorre igualmente em Reval,*[51] *Riga, Libau, Sebastópol, Odessa e Teodósia, que estavam no seu itinerário. Em toda parte espera-se o grande dia com calma, com confiança. Tudo está pronto. Nossos últimos e fiéis partidários da província estão se dando conta da gravidade da hora e estão decididos a agir com energia. O anúncio da chegada dos membros do Comitê executivo, que se colocarão em cada cidade à frente do movimento, conduzirão e tomarão pessoalmente parte da ação, surtiu o melhor efeito e levantou o moral de todos. Várias unidades da frota de guerra estão do nosso lado. O entusiasmo dos marinheiros do Báltico e do mar Negro é indescritível. Kátia atribui esse ditoso estado de espírito aos nossos agentes femininos de propaganda, que há muitos meses trabalham as tripulações e guarnições, e elogia Morravagin, que teve a idéia de enviar moças e mulheres para os portos e arsenais. Trezentas delas, na maioria colegiais, filhas de oficiais e de burgueses, entraram nos bordéis, entregaram-se aos marinheiros e assim os possuíram de corpo e alma. As autoridades não desconfiam de nada, nenhuma casa foi interditada. Tudo está pronto. Ao nosso sinal, essas mulheres e moças embarcarão e se colocarão à frente dos motins. A frota está conosco. Nunca antes tivemos tal trunfo nas mãos. Podemos contar de forma absoluta com as guarnições de vários fortes. Há grandes chances de que os artilheiros da defesa móvel sigam o exemplo dos marinheiros.*

6 de junho, 10 horas da noite. *Dia exaustivo. Todos os aparelhos estão carregados, as embalagens estão prontas. Realizamos esta noite um último conciliábulo. Dia 11 é o aniversário do imperador. Revistas militares e festas vão ocorrer em quase todos os lugares. Resolvemos agir simultaneamente, no mesmo dia, em todas as cidades. Cada um de nós sabe o que tem a fazer. Programa muito carregado, mas não há nada em falso. Separamo-nos amanhã. Z. Z. foi para Capri hoje de manhã. A. A. A. está indo daqui a pouco para Londres. Não precisamos mais deles aqui. Cada um vai preparar seu setor (Mediterrâneo, mar do Norte), pois é preciso prever tudo e talvez haja muitos fugitivos por essas duas vias. Ro-Ro se despede de nós amanhã de manhã. Amanhã à noite, estará a bordo do Riúrik, onde a máquina infernal e os gases estão instalados faz uma semana, no paiol de carvão. Miedvied, o mecânico-chefe, telegrafou avisando que está tudo ajeitado. Ro-Ro não tem uma chance em cem de escapar.*

Agora mesmo, estão entregando um telegrama do Coxo. Macha não sai de casa. Está sendo estreitamente vigiada. Uma filiada intercepta sua correspondência na agência dos correios de Terióki. Nada a temer, portanto, por esse lado.

7 de junho, 9 horas da manhã. *Estou voltando da estação Nikolái. Foi tudo bem. Ro-Ro e sua tropa se foram. Ocupavam dois compartimentos de primeira classe no expresso de São Petersburgo. Suas oito malas contêm vinte e cinco bombas de reversão, malas inglesas, planas, todas de modelo igual, ostentando grandes etiquetas bicolores, nítidas, visíveis, que saltam aos olhos: Companhia teatral.* TURNÊ POPOV. *Estou muito preocupado, mas não tenho tempo de admiti-lo. Meu dia vai ser bastante cheio.*

Meia-noite. Gostínyi-Dvor.⁵² O Instituto está deserto. Fui o último a sair de lá para vir me instalar no hotel. Sou o sr. John Stow, comerciante inglês. Vou descer até o bar para tomar um champanhe. Marquei encontro com uma garota de programa de luxo. Os tchã-tchãs da orquestra estão subindo. Enfio meu smoking e desço.

Dia 8, 6 horas da manhã. Não estou dormindo. Não dormi. Já são noites e noites que não durmo. O que devo fazer? O que vai ser de nós? Executo à risca meu programa, mas estou longe de possuir a calma necessária. Careço totalmente de sangue-frio. É a primeira vez que atuo sozinho. Estou com febre. Tenho a impressão de que todos devem perceber minha emoção. Essa noite, embebedei Ráia, pobre moça; ignobilmente, fazia com que ela bebesse para não notar minha perturbação. As mulheres são curiosas. Temia que ela me interrogasse.

Todos os companheiros foram embora ontem. Cada qual para o seu rumo, cada qual com instruções precisas, cada qual com um armamento de bombas fumígenas, bombas de reversão, bombas asfixiantes, granadas de mão de um modelo novo, cada qual munido de um colt fazendo um calombo no bolso, cada qual com um maço de cédulas preso ao corpo, cada qual com uma pilha de passaportes. Pergunto-me como é que a polícia deixou passar tudo aquilo, armas, homens, dinheiro, documentos.

11 horas da noite. Passei o dia inteiro sendo arrastado para museus, cafés, restaurantes. Visitei o Krémlin, pedi a ciganos que tocassem, joguei uma partida de pôquer no clube inglês, jantei no Urso, fui ao teatro e cá estou estendido no chão do meu quarto com palpitações no coração e a cabeça cheia de angústia.

Tenho uma garrafa de uísque ao alcance da mão. Um cigarro queima o pesado tapete de lã.

Estou com medo. Estou com vergonha de estar com medo. Sempre estou com medo.

É amanhã que vou mandar o Instituto pelos ares. Repeti essa frase para mim mesmo o dia inteiro e não consigo me acostumar com a idéia. Basta estabelecer um simples contato; mas será que vou saber fazer o gesto? Não vou precisar sair deste quarto de hotel, só vou ter de estabelecer o contato no setor e, do outro lado de Moscou, o Instituto explodirá, e talvez um bairro inteiro. Por quê?

Estou muito preocupado. Morravagin foi embora ontem. É a primeira vez que nos separamos. Com ele, tudo isso seria uma brincadeira. Ele me faz uma falta imensa. Tenho vergonha dos sentimentos ruins que tive por ele nesses últimos tempos. Por que é que ele me assustava? Como pude supor que ele iria nos trair? É uma criança. Macha é uma safada. Será que ele vai saber se sair dessa? Ele também está com um programa carregado. Estou ficando burro. Sinto-me culpado por tê-lo envolvido nesta história e, sobretudo, por tê-lo deixado partir sozinho; eu, que prometera a mim mesmo nunca deixá-lo.

É amanhã que vou mandar o Instituto pelos ares. Um simples contato...

Passei por uma emoção atroz. Imperativo, o som do telefone me fez sobressaltar. Fiquei todo trêmulo. Puxei meu revólver, pronto para matar o homem do outro lado da linha. Era Ráia, pedindo que a convidasse para jantar. Disse que me esperasse, que eu já ia descer. Boa moça. Não vou ficar sozinho esta noite. Mas o susto que ela me deu...

Dia 9, 11 horas da manhã. Acordo dentro do piano. Estou extraordinariamente lúcido. O álcool me deslavou totalmente. Sinto-me remoçado, seguro, com todas as minhas forças à disposição. Sinto-me capaz de erguer o mundo estendendo o braço. Ráia está dormindo, de boca aberta, o corpo preso debaixo da poltrona virada. Não, não dormi com ela. Vejamos, será que eu disse alguma coisa? Não, não disse nada para ela. Ficamos só bebendo, bebendo, ela me arrastou para a casa dela e, ao entrar, me joguei no piano. Não conseguia mais ficar de pé. Adormeci imediatamente. Agora, de pé, é preciso agir, é o grande dia.

Meio-dia. Estou no hotel. Tomo meu banho e mando trazer minha correspondência. Os telegramas estão aí, numa bandeja de prata. Dei uma régia gorjeta ao empregado que os entregou. Daria de bom grado todo o ouro do meu cinto e todas as cédulas que enchem minha mala sanfonada para não precisar tomar conhecimento daquelas mensagens. Eu é que estou encarregado do caixa do partido. Nunca tive tanto dinheiro. Quase um milhão. O que é que eu não daria para que esse dia não existisse!

Um pouco depois. Almoço sozinho no meu quarto. As mensagens ainda estão ali na bandeja. Não ouso abri-las e, no entanto, é necessário, preciso mandar o Instituto pelos ares às cinco. Está combinado. A não ser que haja uma contra-ordem. E agora, é justamente o que mais temo, saber de uma novidade, um impedimento qualquer que pare com tudo. Estou impaciente para acabar com isso.

São duas e quinze. Ainda tenho folgadamente duas horas pela frente, o contato deve ser estabelecido às cinco em ponto. Abri meus telegramas. Está tudo bem. Tudo andando como deve, andando conforme planejamos. Posso prosseguir. A mensagem de Ro-Ro é que me deixava mais inquieto. Eu a li imediatamente, pois tudo dependia do que ele dizia. Ro-Ro telegrafou-me: "Compre chucrute". Sei o que isso quer dizer. Despacho imediatamente quatro telegramas e compro no ato cem barris de chucrute em Tula, cem em Tvier, cem em Riazan e cem em Kaluga. Agora sei que vou fazer o contato. A explosão do Instituto é o sinal combinado que todos os companheiros estão aguardando. Os jornais da tarde vão anunciá-la e o telégrafo vai rodar a noite inteira. Assim, todos os camaradas e todos os nossos partidários disseminados pelo território estarão avisados de que o plano continua de pé e que eles podem prosseguir.

Kátia está em Kronstadt com Makóvski. Khaifetz está em Odessa. Kleinman, em Riga. Olieg, em Libau. O Cossaco, em Teodósia. Só Morravagin ainda não chegou a Sebastópol. Sokolov telegrafou-me que eles se separaram em Khárkov. O que é que isso significa? Não sei o que pensar, nem tenho, aliás, tempo para pensar. Mal-e-mal tenho tempo para efetuar minha instalaçãozinha no meu quarto. Montar os acumuladores, efetuar a ligação e estabelecer o contato com o setor do telefone. Como sou muito desajeitado e não sei manusear os instrumentos, não tenho um minuto a perder. O telegrama de Morra pode chegar a qualquer momento.

São quinze para as cinco. Trabalhei como um escravo e queimei minha mão direita ao manejar a chama de soldar na coluna de água. As baterias dos acumuladores que eu tinha no baú estão ligadas no banheiro. As pilhas do telefone estão na banheira. As instruções de Z. Z. estavam tão bem redigidas, e seu esquema era tão preciso, que não tive um *instante sequer de hesitação ao instalar os fios elétricos. As meadas estão enoveladas, minhas ligaduras estão prontas, só falta amarrar as duas espigas de fios de cobre para estabelecer o contato. Tomo uma dose grande de conhaque. Nada ainda de Morravagin. Queimo todos os telegramas e outros documentos.*

São cinco para as cinco. Meu relógio está na minha frente, em cima da mesa. É um cronômetro de corridas. O ponteiro grande do meio conta até as frações de segundo. Como preencher os cinco minutos que faltam? O que não se pode fazer em cinco minutos! Coloco dez mil rublos num envelope, para Ráia. Muito bem. O empregado do hotel veio, o envelope foi. Muito bem. Tranco a porta à chave. Não tenho mais nada a fazer. Minha mala está fechada. Não estou esquecendo de nada. Não estou deixando nenhum documento para trás. A instalação elétrica no banheiro me dá vontade de rir e vai, na seqüência, intrigar bastante os detetives. Quem é o sr. Stow, o sr. John Stow? O sr. John Stow viveu, senhores, não se dêem ao trabalho de procurar por ele, não vai aparecer nunca mais. Saindo do hotel, torno-me Mátochkin, Arcádi Porphírovitch Mátochkin, originário de Vorôniej, comerciante de terceira categoria, membro da guilda a caminho de Tvier, aonde vai buscar uma carga de cem barris de chucrute. Por mais que eu dê risada sozinho, meu coração bate descompassado, meu pulso pula com força quase igual e as têmporas, a nuca estão doendo. Mais quatro minutos.

Fico pensando em Ro-Ro. Que sujeito bacana, bem-educado, letrado, calmo, sempre com sangue-frio! Que seja bem-sucedido e consiga sair dessa ileso. E Macha, o que vai ser dela se não formos bem-sucedidos?

Só mais três minutos.
O ponteiro dos segundos é mais lento que minha impaciência, e o dos décimos enlouqueceu.
Conto em voz alta.
Estou banhado de suor.
Ah! Se Morravagin estivesse aqui! Chamo por ele: "Morra! Morra!".
Silêncio.
Onde estou?
Será que tudo isto é real?
Observo a mim mesmo.
Entretanto, sou eu mesmo quem está agindo. Seguro esse fio com a mão direita. O outro, com a esquerda. Uma ponta está toda retorcida. A outra forma um pequeno laço. Só preciso enfiar a ponta retorcida no laço e dobrá-la em forma de gancho, depois torcer tudo junto na fita isolante com minha pinça e...
E...
Estou com a impressão de que vou mandar o universo pelos ares.
Mandar o universo para fora dos eixos.
É simples demais. Minhas mãos estão tremendo. Quase dei o contato antes da hora. Faço questão de ser pontual. Às cinco em ponto. Sigo com os olhos o ponteiro maior, que dá saltos irregulares feito um gafanhoto. Ainda falta um minuto e dois décimos.

Estou pensando naquela página do Diário de um poeta de Alfred de Vigny.[53] Z. Z. sempre afirmou que era realizável, que era possível mandar a terra pelos ares, destruir o mundo inteiro de uma vez só. Segundo ele, bastava escavar as minas na profundidade desejada, colocar as câmaras de *explosão no ângulo matemático obtido ao levar em conta a propagação em forma de ondas do sismo, distribuir as cargas de explosivo seguindo uma progressão geométrica, do equador rumo aos dois pólos, de modo que as duas calotas polares fiquem bem preenchidas pelos dois principais fornos de mina, obter um sincronismo perfeito de acendimento. Basta uma faísca e o globo inteiro se esfacela. O que acarreta a queda da Lua e arrasta todos os astros do sistema solar. As repercussões dessa explosão se fazem sentir até os confins do céu e as gravitações mais antigas oscilam. Quando tudo serena, nova harmonia, na qual, porém, já não há planeta Terra. A. A. A. dizia, por outro lado, que nenhum explosivo conhecido seria potente o bastante para mandar pelos ares o globo terreal, que seria necessária uma massa no mínimo igual, talvez até com o dobro do volume do planeta, que, fabricado com matéria, não poderia reduzir as forças da matéria, que, constituído segundo as leis físicas, não poderia romper o equilíbrio dos mundos nem, quimicamente, aniquilar a energia molecular, que a explosão, quando muito, causaria um novo precipitado em suspensão na atmosfera, que continuaria gravitando em torno do Sol; é verdade que a vida talvez ficasse excluída. Ele acrescentava que o sonho de Vigny não passava de uma ilusão de óptica conhecida na astronomia como fenômeno de diplopia monocular. Afirmava que, para realizar com sucesso tal empreendimento, era preciso utilizar um explosivo astral, constituído, por exemplo, do derradeiro raio de um sol morto há mais de cem mil anos e cuja energia luminosa pudéssemos captar no momento exato em que atingisse nosso olho, isolar, armazenar com o auxílio da análise espectral, que, se condensado no menor volume industrialmente realizável, nada resistiria à força destrutiva emitida por aquele núcleo luminoso, que aquela pílula bloquearia as massas fulminantes da Via Láctea.*

Sete... oito... nove... dez.

Amarrei os meus dois fios.

Que destreza cirúrgica no uso da pinça!

Que decepção!

Nada acontece.

Eu esperava uma explosão formidável.

Fico escutando, ofegante.

Nada.

E eu achando que ia mandar o mundo pelos ares!

Nada.

O elevador ronrona, como que abafado, nas profundezas do hotel e as vidraças vibram de leve quando o ônibus passa debaixo das minhas janelas.
Permaneço arfante.

Acaba de transcorrer um quarto de hora.

Passo a mão na minha mala e escapo.
Já ia esquecendo o meu relógio. São 5h17. Mal dá tempo de eu ir até a estação e pular no trem para Tvier, que passa às 18h01.

No trem. O vagão está superlotado. Os mujiques vão, vêm, rosnam, cospem, rezam, tocam acordeom, brigam, tomam chá. Alguns chegam a se empoleirar nos bagageiros. Um deles olha para mim fixamente, com olhos de furão. Não ouso abrir os jornais que estão no meu bolso e me queimam. Ah! O modo como atravessei Moscou de fiacre e cheguei desabalado à estação! As ruas estavam com seu aspecto habitual e eu ia ficando cada vez mais convencido de ter falhado. Súbito, houve uma correria. Estávamos justamente passando sob a grande porta da Cidade chinesa, e ficamos bloqueados. À nossa frente, a praça estava preta, de tanta gente. A multidão se agitava, efervescia. Os camelôs não estavam dando conta. Gritos. Braços estendidos. Remoinhos. Empurrões. Finalmente, meu fiacre se libertou e consegui por minha vez agarrar uma braçada de jornais. Jornais da tarde, jornais da manhã, edições extras. Mil gritos já o tinham anunciado. Eu tinha conseguido. De pé, enchia de murros as costas do cocheiro:
"Para a estação, para a estação, cem rublos para me levar para a estação!"
Desabei nas almofadas do carro, esgotado.

Os jornais, os jornais. Aqui estão. Já os li. Não agüentava mais. Eu os teria lido até com algemas nos pulsos, ladeado por dois guardas, a caminho dos trabalhos forçados...
Manchetes enormes. O número de mortos. O número de feridos. Perdem-se em conjeturas sobre os motivos de um atentado tão estúpido, tão inútil, em pleno bairro popular... Os bombeiros... Os soldados... Consternação... Indignação... Pego no sono.

Acordo em sobressalto. Que horas são? Meia-noite e onze. Estamos chegando. Os jornais? Estão entre as minhas pernas. Vou jogá-los pela janela. Estou baixando a vidraça, quando me dá a impressão de que estão me apunhalando as costas. Viro-me num só movimento. Um olho me observa, sorrateiro, risonho. No banco da frente, um homem está deitado sobre um pelego. Barba eriçada, boné sobre a orelha, cabelo em desalinho. Tem na mão uma garrafa vazia pendendo quase até o chão. Aquele homem me dá medo. Só lhe enxergo um dos olhos e esse olho está piscando. Quem será? Eu o conheço. Acho que já o vi em algum lugar. Reteso todas as minhas faculdades, mas sinto também todo o meu imenso cansaço. A garrafa vazia sai rolando pelo vagão. O homem se levanta, pisa nos meus pés. O trem freia. Há um empurra-empurra. Desço.

Tvier! Tvier! Está chovendo. A plataforma, de madeira, está escorregadia. Luminárias ruins balançam ao vento. A multidão se escoa em silêncio. Procuro por meu desconhecido de há pouco. Apresso-me em direção à saída. Minha mala vai me batendo nas pernas. Estou sem forças.

Agora, oriento-me. Um caminho esburacado acompanha a via férrea. Atravesso a segunda passagem de nível. Uma trilha corta pelos campos. Vou patinhando na água. A chuva redobra e o vento assobia. Quinze minutos depois chego a um sabugal. Um carro está à minha espera. Subo. O cocheiro açoita o cavalo. Não trocamos palavra.

Atravessamos uma planície inundada, e entramos na floresta. Deixo-me transportar por essa telega ruim que vai pulando sobre as raízes e que o vento derruba. Não penso em nada.

Uma hora mais tarde, ouvimos latidos ao longe. Uma luz brilha entre os pinheiros. Chegamos. Ivanov desce do carro. Ele me agarra os punhos, aperta-os com toda a força e, com o rosto grudado no meu, pergunta:

"Deu certo?"
"Deu certo."
"Que Deus nos proteja!"
Ele pára de me apertar.
Fica calado. Eu não digo nada. O vento muge nas árvores. Ouve-se, ao longe, o longo grito de uma locomotiva perdida.
A chuva cai.
Depois de alguns instantes, pergunto:
"Os barris estão prontos?"
"Está tudo pronto."
"Você tem um vagão?"
"Tenho dois vagões, dois vagões cobertos. Estão nos carris de uma garagem, no final da plataforma, sozinhos. Não há erro possível, vou deixar um barril na plataforma."
"Muito bem. Embarque seus barris amanhã mesmo, e que seus vagões estejam prontos para partir. Dê um jeito de o primeiro não partir antes de uns três, quatro dias e, o segundo, antes de uns cinco, seis dias. Não se deve ter muita pressa, talvez haja muita gente."
"Que Deus proteja a todos nós!"
Longo silêncio.
Ivanov aspira o seu cachimbo vazio. O cavalo se sacode.
Pergunto-lhe:
"Você está sozinho aqui, Ivanov?"
Ele responde:
"Estou sozinho."
"E seus operários?"
"Dei folga para eles. Estão todos na cidade, já que depois de amanhã tem festa."
"É, uma grande festa."
"Que Deus nos proteja!"

Ele está me enchendo, com esse Deus.
"Vamos nos deitar", digo bruscamente.
Ivanov passa na frente. Empurra a porta da sua isbá.
"O cachorro está preso", diz ele. "Entre. Vou voltar para Tvier. O senhor pode deitar-se em cima do fogão, está quente."

Não consigo ficar em cima do fogão. Estou agitado demais. Também há pão, arenque e pepinos salgados em cima da mesa. Não consigo tocar naquilo, estou sem fome. Fumo. Ando para lá, para cá. A cada passo que dou, o cachorro rosna.
"Bicho nojento!"
Que horas são? Meu relógio parou. Jamais vou conseguir ficar nesta isbá esperando. Esperando o quê? Impossível ter notícias e não posso ser visto na cidade.
Fico dando voltas como um louco pela sala. O cachorro rosna. Estou com vontade de matá-lo. Jamais vou conseguir ficar aqui.
O vento uiva e os ramos se entrechocam.
Ponho lenha no fogão e estendo minhas pernas para a chama.
Amanhã é quinta-feira. Depois de amanhã, sexta-feira. O czar, a família imperial e seu séquito embarcam, às nove da manhã, no Riúrik. O Riúrik é um belo cruzador, atracado em frente à embaixada da Inglaterra, no cais do Arsenal. O Riúrik vira sobre uma âncora para pegar a correnteza e descer o Nievá.[54] É quando, às nove e quinze, explode a máquina infernal. O navio afunda. Miedvied abre os reservatórios de gás asfixiante. Ro-Ro, emboscado num conduto de ar em cima do convés, atira no czar à queima-roupa. Ro-Ro talvez tenha uma chance de escapar pulando na água e alcançando a ilha de Vassíli[55] a nado. Os artilheiros de Pedro-e-

Paulo, encarregados do canhão que dispara o tiro do meio-dia, apontam seu artefato para o Riúrik. Têm por missão disparar em todas as embarcações que tentarem se afastar ou se aproximar do cruzador, que estará soçobrando no meio do rio. Outra peça dispara alternadamente um obus no Almirantado, um no Palácio de Inverno. Um canhão Maxim[56] varre os cais e mantém sob seu fogo a embaixada da Inglaterra e todos os palácios da margem. Uma metralhadora, apontada para o interior da fortaleza, paralisa o posto da guarda e impede as aproximações da cortina Sul. Ao todo, quinze homens, suficientes para a tarefa. À frente dos operários de Putílov, seis líderes, armados com bombas potentes e bombas fumígenas, apoderam-se do arsenal. Nas casernas em efervescência, os rebeldes abatem seus oficiais.

Em Kronstadt, a história tem início às nove e meia. Os torpedeiros T. 501 e T. 513 é que abrem fogo. Torpedeiam à queima-roupa o imenso dreadnought[57] *Tsariévitch, a nau almirante. As fortalezas das ilhas U. 21 e U. 23 bombardeiam a frota alinhada para a revista naval que o czar não virá passar. O quebra-gelos* Novak *bombardeia os paióis e depósitos de munição. Metade do porto vai pelos ares. A bordo de cada barco, o punhado de revoltados que está conosco se apodera do comando e hasteia a bandeira vermelha. Os fuzileiros navais ocupam as casernas e a prefeitura marítima. Ao meio-dia, Kronstadt é nossa. São submetidas as fortalezas das ilhas que ainda não tinham se rendido. O submarino* Ískra *zarpa na frente como batedor, uma parte da frota revolucionária o segue para prestar auxílio aos camaradas de São Petersburgo, onde o canhão continua retumbando. Graças aos marinheiros, na sexta-feira à noite São Petersburgo poderá ser nossa.*

Em Riga e Libau, as unidades acantonadas podem facil-

mente apoderar-se do porto e das bacias. Com a ameaça dos seus canhões, obtêm a rendição das guarnições e autoridades de ambas as cidades. Os estivadores vão prestar-lhes auxílio.

Isso no que diz respeito ao Báltico.

No mar Negro, Morravagin é que faz o primeiro ponto. Sexta-feira de manhã, bem cedinho, o almirante Nepliúiev é morto ao sair da cidadela para inspecionar as tropas alinhadas na Esplanada. Sete bombas foram fabricadas especialmente para ele, pois há tempos que o velho bandido consta das nossas listas negras. Ele foi condenado sete vezes à morte. Não pode nos escapar. O encouraçado Kniaz Potiómkin[58] hasteia a bandeira preta. Bombardeia imediatamente, com suas peças graúdas, as fortalezas que não aderiram ao complô. Dispara, além disso, umas rajadas de obus na Esplanada, onde estão reunidas as tropas. As fortalezas amotinadas bombardeiam as unidades da frota que não hasteiam a bandeira preta ao primeiro tiro de pólvora seca. A flotilha dos torpedeiros passa para o nosso lado. Uns estão sob as ordens do Estado-Maior revolucionário do Potiómkin; outros, comandados por Sokolov, zarpam rumo a Odessa para apoiar o velho guarda-costas Orlov e as canhoneiras Bátiuchka e Mátiuchka, que deverão apoderar-se do porto antes das cinco horas da tarde e manter a cidade na mira de seus canhões. Teodósia é tomada sem oferecer resistência, Odessa durante o sábado, Sebastópol no domingo de manhã, o mais tardar.

Em três dias temos nas mãos as fronteiras marítimas da Rússia. Os poços de Baku[59] estão ardendo. A estação de Varsóvia está em chamas. Kíev, Vítiebsk, Dvinsk, Vilna, Pskov, Tíflis, em plena revolução. A Polônia, a Lituânia, a Letônia, a Finlândia, a Ucrânia, a Geórgia proclamam a indepen-

dência. Moscou está isolada. Se for o caso, marcharemos concentricamente das fronteiras para essa cidade. Com Moscou cercada, o resto da Rússia européia pode ser nosso em menos de uma semana. São proclamadas a greve dos ferroviários e a greve geral. A partir de domingo pela manhã, são abertas as prisões e os trabalhos forçados. Há batalhas ao longo de todo o Transiberiano, batalhas malogradas. Só Vladivostok agüenta, resiste, entrincheira-se e torna-se o centro da reação, mas aquela cidade perdida do Extremo Oriente não pode influenciar nosso destino imediato. Prevemos ilhotas de resistência ao longo do Volga.
Revolvo o fogo. O cachorro rosna.
"Cala a boca, bicho nojento!"

Ponho-me a suputar nossas chances de sucesso. Podemos conseguir, pois tudo foi minuciosamente preparado e os homens de que dispomos são seguros e determinados. As partes mais difíceis são Sebastópol e São Petersburgo. Mas Ro-Ro é um homem de ação, diligente, rápido, temerário, e que nunca vacila. Quanto a Morravagin...
Morravagin. Estou muito angustiado em relação a ele. O que significava aquele telegrama de Sokolov? Por que teriam se separado? Tomara que...
Não. É impossível. Nem a deserção de Morravagin mudaria alguma coisa. Eu soltei o meu rojão. Foi ouvido por todo o mundo. Toda a Rússia ouviu. E agora todos, em toda parte, põem mãos à obra. A coisa deve seguir seu curso. Nada pode detê-la.
Estou mortalmente angustiado. Levanto-me. Retomo meu vaivém. O cachorro rosna mostrando os dentes. Refugiou-se entre duas barricas. Não posso sequer dar-lhe um chute...
Fico pensando naquele homem esquisito do trem... Era

bastante suspeito... Aquele boné... aquela barba... aquela garrafa vazia... tudo aquilo lembra muito encenação, maquiagem...
E se tivermos sido traídos?... Se Ro-Ro estiver detido?... Se não acontecer nada em São Petersburgo e só na província der certo?... Seria o fim de tudo... seria terrível... nunca mais poderíamos recomeçar... teria sido tudo inútil... Inútil, ha, ha, ha... Será que íamos mesmo fazer algo de útil?... Não, o próprio Ro-Ro deixou de ter fé.
E se conseguíssemos? Se nossa obra fosse coroada de sucesso?... Então, vamos demolir tudo; demolir... ha, ha, ha... demolir até a esquerda. Então... e então?... Alguns continuarão a mesma atividade em outros lugares, outros até se entusiasmarão por uma ação internacional, um empreendimento universal de demolição. Mas nós, os chefes, não estamos fartos, não estamos cansados, lassos? Então, teremos de desertar, largar tudo, deixar nossa obra a outros, a espíritos fortes, aos seguidores, aos epígonos que se apoderam de tudo e sempre levam tudo a sério... e realizam... e decretam... ordenam... novas leis... nova ordem... ha, ha, ha!... Não, depois do que fizemos, não podemos admitir mais nada, nem mesmo a destruição nem, principalmente, a reconstrução, a reconstrução póstuma... Aniquilamento... É o mundo inteiro que é preciso conseguir mandar pelos ares... Em suma, o conhecimento científico é negativo. Os mais recentes dados da ciência, assim como suas leis mais estáveis, mais comprovadas, mal-e-mal nos permitem provar a nulidade de qualquer tentativa de explicação racional do universo, demonstrar o equívoco fundamental de todas as concepções abstratas, catalogar a metafísica no museu do folclore das raças, proibir toda concepção a priori. Como? Por quê? Perguntas ociosas, perguntas idiotas. Só o que se pode admitir, afirmar, a única síntese, é o absurdo do ser, do universo, da vida. Quem

quer viver deve permanecer mais próximo da imbecilidade que da inteligência e só pode viver dentro do absurdo. Comer estrelas e devolver cocô, aí está toda a inteligência. E o universo não passa, no caso mais otimista, da digestão de Deus.

Jogo o arenque para o cachorro. Ele fica roendo e eu retomo minhas divagações. Será que esta noite não vai acabar nunca?

Deus...

Nisso, o cachorro se precipita para a porta e late furiosamente. Fico desconcertado. Será que vem vindo alguém? Engatilho o revólver, escuto.

A fúria do cachorro redobra. O vento geme. Galhos estalam. Abro a porta. A borrasca se engolfa na sala. O lampião de querosene se apaga. Torno a fechar a porta violentamente e fico atrás dela, pronto para atirar.

Súbito, ouço um som de apito, nosso som de agrupamento, o tema de Tristão. Abro a porta e me precipito para fora, gritando:

"Morra, Morra!..."

O vento me esbofeteia por golfadas. Está tão escuro que não enxergo um passo adiante.

Uma voz diz:

"Alô, sou eu!"

É a voz de Morravagin.

Um segundo depois estou apertando Morravagin nos braços.

Arrasto-o pela mão.

"O cachorro está preso", digo-lhe. "Entre. Você pode se deitar em cima do fogão. Vou acender o lampião."

Noite do dia 10 para o 11 ou noite do 9 para o 10? Não

sei. Estou perdido. Morravagin afirma que amanhã é sexta-feira. Terei dormido vinte e quatro horas sem perceber? É o que ele quer me fazer acreditar. Por quê? Não sei o que pensar. Ele está se rindo de mim. Mas então, para que teria vindo me procurar em Tvier? Já que estava fugindo, teria sido mais fácil para ele chegar ao armazém de chucrute em Tula. Mas estava fugindo? É o que eu gostaria de saber.

Vou tentar pôr alguma ordem nas minhas idéias e descobrir a data perdida.

Assim, trago Morravagin para dentro de casa. Seguro sua mão e o empurro para o lado do fogão para que evite o cachorro. Então, fecho a porta e vou reacender o lampião. Quando me viro, tenho diante de mim o homenzinho do trem. Ao vê-lo, fico tão atônito que meu revólver, que estava na minha mão esquerda, dispara sozinho e acabo ferindo Morravagin no pé. Evidentemente, no pé direito, o da sua perna enferma. Felizmente, não é nada. Faço-lhe um curativo. A bala atravessou o dedão, na raiz da unha.

Morravagin está comendo, debaixo do lampião. Seu pé ferido estendido numa cadeira faz com que se sente todo torto. O cachorro está ao seu lado e vez ou outra ele lhe dá um naco de pão. Mandou que eu o soltasse e o animal, que a mim teria devorado, precipitou-se sobre ele para lambê-lo. Qual será o encanto que emana de sua pessoa, a que até os animais são sensíveis?

Morravagin está comendo, debaixo do lampião. Sinto vergonha do meu tiro desastrado. Ponho kacha para ferver. Fuçando por entre caixotes e barris, descobri o cesto do pão, a reserva de pepinos e um saco de arenques. Encontrei também um bom litro de vodca e tomei um largo gole antes de colocá-lo na mesa. Se estou bancando o atarefado, é porque estou com medo de interrogar Morravagin. Estou cheio de suspeitas. As mais loucas suposições me passam pela cabeça. De vez em quando lanço-lhe um olhar furtivo. Quisera penetrá-lo, saber o que está se passando, o que é que ele fez. Não agüento mais, a calma dele me exaspera. Sinto a raiva crescendo dentro de mim.

"Sabe", digo bruscamente, servindo-me de uma caneca de vodca, "sabe, aquela sua brincadeira foi estúpida."

"Que brincadeira?"

Ele nem sequer ergueu os olhos.

"A do trem. Sabe, eu o reconheci imediatamente. Que idéia sem graça, aquela garrafa vazia, tinha todo o jeito de armação."

"Ora, ora, cara, não se altere. Confesse que sentiu um medo danado."

Ele olha para mim, rindo.

"Deus do céu! Você vai me dizer, afinal, o que estava fazendo no trem esta noite?"

"Esta noite?"

"É, esta noite."

"Não, cara, foi ontem."

Seus olhos não desgrudam de mim. Ele sorri.

"Ora vamos, Morra, não jogue com as palavras, por favor. Ontem ou hoje, para mim tanto faz. Você vai me dizer o que estava fazendo esta noite, à meia-noite, no trem?"

"Mas, cara", retruca Morravagin, "posso garantir que está enganado. Esta noite, à meia-noite, eu não estava no trem. Foi na noite do dia 9 para o dia 10 que tive a honra de viajar com você, e, aliás, sem que você me reconhecesse."

"Está bem. Estamos de acordo. Mas você vai afinal me dizer por que estava no trem esta noite?

"Mas, cara, você está completamente louco, puxa vida. Repito que eu estava no trem na outra noite e que esta noite, em 11 de junho de 1907..."

"Você está dizendo", exclamei, "você está dizendo que hoje é dia 11?"

"Estou dizendo que hoje é 11 de junho de 1907, que são quase três da manhã e que seria melhor, enquanto ainda é possível, descansarmos um pouco. Estou derrubado. E sabe-se lá o que nos espera nos filhos-da-puta desses barris de chucrute."

Eu estava aterrorizado. Fiquei com vontade de agarrar meu revólver, jogado na mesa, e abater Morravagin. Que insolência e que cara-de-pau! Ele fazia esforços inúteis para se levantar.

"Ora", disse ele suavemente, "não faça essa cara. Seria melhor me dar a mão para eu ir deitar, pois com sua maldita inépcia..."

Estendi-lhe a mão e o ajudei a se deitar em cima do fogão.

Coloquei mais lenha no fogo.

Dei várias voltas pela sala, feito sonâmbulo, esbarrando nos caixotes, barris, mesa, cadeiras; depois, aproximando-me novamente do fogão e me erguendo na ponta dos pés, murmurei ao ouvido de Morravagin:

"Em nome de nossa amizade, Morra, eu suplico, diga-me o que está acontecendo."

Estava com a voz cheia de lágrimas. Quanto a ele, dormia, ou fingia dormir.

Abriu os olhos, encarou-me fixamente e disse:

"Escute aqui, cara. Estamos fritos. E agora, vá se deitar, não sabemos o que o dia de amanhã nos reserva. Vá se deitar e assopre o lampião. Boa noite."

Ele se vira para a parede e esconde a cabeça embaixo do pelego.

Cambaleio. Acomodo-me numa cadeira. Tomo uma caneca de álcool. Brinco maquinalmente com a garrafa. Ela me escapa das mãos e se quebra ruidosamente no chão. O cachorro se esconde atrás dos caixotes.

"Macha, é?"

"E quem é que você queria que fosse?", responde Morravagin, sem se mexer.

O amanhecer como que enxuga as vidraças com um pano ensaboado. Uma água espessa escorre pelo vidro. Lá fora, uma névoa esbranquiçada como baba de lesma se arrasta, pesada, e gruda nos ramos dos pinheiros. Acima, cai uma chuva grossa. O vento cessou. Morravagin está dormindo. O cachorro também.

Nossa, estou perdendo as estribeiras. Reli as últimas páginas do meu diário. As datas e os horários estão indicados. Se Morravagin estiver falando a verdade, se hoje for realmente dia 11 como ele garante, e não 10 como penso que é, então... então estou mais gravemente afetado do que eu próprio pensava. Sei muito bem que estou afetado, pois sinto meu cansaço até a medula. Mas, mesmo assim, dormir vinte e quatro horas sem se dar conta, sem saber, isso é grave. Um caso clínico. Sono de um verdadeiro desequilibrado. Prostração nervosa. Buraco. Abismo epiléptico. Comoção. Síndrome.

É verdade que sinto meu cansaço até nos ossos.

Mas em que momento situar esse sono? Reli meu diário inteirinho. Devo ter adormecido imediatamente quando cheguei, logo depois da partida de Ivanov. De fato, eu me estendi sobre o fogão, mas pensava não ter dormido...

Então, devo ter dormido em pé, ou com os olhos abertos...

Não consigo alinhar nem mais duas palavras, fico pensando nos companheiros.

Tomei grandes resoluções. Iremos para São Petersburgo. Azar. Preciso saber o que está se passando. Não posso ficar aqui nem mais uma hora, na incerteza e na companhia de um doido. E, se ele não quiser me acompanhar, vou sozinho. Antes a prisão e a morte, mas eu preciso saber.

Antes de acordar Morravagin, juro, aqui, e talvez seja a última linha do meu diário, juro que, se foi Macha quem nos traiu, juro que acabo com ela.

....

Chegamos a São Petersburgo pelo trem da tarde. Durante todo o trajeto, Morravagin veio falando extravagâncias. Não colocou nenhuma dificuldade para me acompanhar; pelo contrário, estava encantado.

"Você entende", dizia ele, "no fundo, não sei se Macha nos traiu, não sei mesmo. Eu disse aquilo por dizer. Foi uma idéia que me ocorreu na Cracóvia. E o que me fez arrepiar caminho. Hoje, tenho certeza. Você não sabe como as mulheres são. As mulheres gostam da desgraça. Elas só ficam felizes quando podem se queixar, quando têm razão, quando têm cem vezes razão de ter uma razão para se queixarem, quando podem se aviltar com volúpia, com frenesi, apaixonada, dramaticamente. E, como são cabotinas de alma, precisam de uma platéia, de um público, mesmo que imaginário, para se oferecerem em holocausto. Uma mulher nunca se entrega, ela se oferece em sacrifício. É por isso que ela sempre pensa estar agindo segundo um princípio superior. É por isso que cada uma delas está intimamente convencida de que você a está violentando e chama o mundo inteiro para testemunhar a pureza de suas intenções. A prostituição se explica, não por uma necessidade de depravação, mas por esse sentimento egocêntrico que reverte tudo para si mesmo e faz com que as mulheres considerem seu corpo o bem mais precioso, único, raro; de modo que lhe dão um preço, é uma questão de honra. Isso explica esse fundo de vulgaridade que se encontra até nas mais distintas entre elas, e essas aventuras de cozinheira que acontecem comumente entre as mais nobres. Como seu papel é seduzir, a mulher sempre se julga o centro do universo, principalmente se tiver decaído muito. O aviltamento da mulher não tem fundo, tampouco sua vaidade. A mulher permanece vítima das próprias ilusões e de vãs imaginações passionais, como os pederastas da própria torpeza. Donde o drama, drama incessante. Uma judia, então, já pensou? Macha precisa é de uma tragédia, uma tragédia própria. No fundo, ela está se lixando. Não é a nós que ela quer mal. Mas a ela mesma. Ela precisa sentir-se a última das últimas. E como ela se julgava outra, superior às demais mulheres, mais evoluída, à parte, e não tem mais nenhum outro parâmetro fora dessas convenções, precisa arrastar na sua queda aquilo que ela mais queria, o que constituía sua distração, sua originalidade. Foi por isso que ela traiu o partido inteiro. Seu partido, a causa, a causa sagrada, e seu filho, e finalmente ela própria. Imagine essa ambição desordenada. Ela fez questão de ter um rebento à minha imagem para ter a oportunidade de abortar, de me arrastar atrás dela, na sua lama, no seu sangue. Você nunca vai saber tudo o que ela me ensinou. Agora, compreendo que o marquês de Sade era inocente. A maior desgraça que pode acontecer a um homem, e não é tanto um desastre moral como um sinal de velhice prematura, é levar uma mulher a sério. A mulher é um brinquedo. Todo ser intelectual — a inteligência é um jogo, não é, um jogo desinteressado, ou seja, divino —, todo ser intelectual tem o dever de lhe abrir o ventre para ver o que tem dentro e, se encontrar uma criança, não é, há de ser uma trapaça! Você compreende que não posso mais brincar com Macha, ago-

ra que constatei sua carência e, como sua honra não está dentro dela, ela é que a colocou, como todas as tolas, cegamente, num sentimento de vaidade feminina, ela precisa provar, Deus meu, a quem senão a si mesma, é uma questão de amor-próprio, precisa provar que ainda tem razão, mesmo trapaceando, mesmo criando sua própria desgraça, por teimosia, e ela vai ter razão a qualquer preço! Donde sua fúria e seu ódio apaixonado. O eterno feminino, eu o desvendei. Ísis não gosta disso. Ela se vinga. Acho que podemos facilmente admitir..."
Daqueles discursos, só me chegavam fiapos. Estava preocupado demais para prestar atenção neles. Ocorre que Morravagin estava certo. Era mesmo dia 11. O bilhete do trem, que eu enrolava nervosamente nos dedos, era a prova. Tinha a data perfurada. Dava para ver através dos furos. Era mesmo 11 de junho de 1907. Eu tremia dos pés à cabeça. O que tinha acontecido hoje em São Petersburgo, o que estava acontecendo desde de manhã? Eu descia em todas as estações. Queria me informar. Não ousava interrogar ninguém. Não podia comprar os jornais, pois nossos novos passaportes diziam que éramos dois camponeses iletrados e estavam assinados com um X. Ah! Maldita arte da maquiagem e do disfarce, que tantas vezes permitiu que nos esgueirássemos nas assembléias mais fechadas para desvendar segredos, e hoje me impede de saber notícias públicas! Já que não podia comprar os jornais, voltava para o trem com garrafinhas de *Monopolca*.[60] E me punha a chupá-las. E Morravagin me ajudava a esvaziá-las. E ele recomeçava seus discursos. E eu, a sentir medo.

 Decerto não estávamos lá muito dignos nem muito brilhantes quando descemos do trem, e talvez aquela imunda embriaguez é que tenha permitido que saíssemos ilesos da estação. A estação estava militarmente ocupada. Policiais revistavam os viajantes na saída. Cada um devia mostrar seus documentos.

Mas os guardas deixaram passar dois camponeses bêbados, o maior puxando o menor pelo braço. Morravagin divagava e mal conseguia andar. Mancava terrivelmente, seu pé ferido lhe doía. Cada passo arrancava-lhe gritos de dor que ele abafava mordendo os lábios. Suas caretas nos valeram inúmeras gozações quando passamos pela dupla fileira de guardas.

A visão dos policiais fizera meu coração disparar, mas quando desembocamos na praça, em frente à estação, a embriaguez cessou de imediato. São Petersburgo estava no escuro. Nenhuma lâmpada de arco, nenhuma luminária. Barragens de guardas por toda parte. Fomos rechaçados para a Ligovskáia, onde tropas formavam sarilhos. Havia patrulhas de cossacos nas ruas. Um silêncio impressionante pairava sobre a cidade.

Assim eu soube que Morravagin mais uma vez estava certo. Nosso complô fora desvendado. Tínhamos sido vendidos. Estávamos traídos. Ah! Se Macha me caísse nas mãos, eu a estrangulava! Uma raiva surda me atordoava. Agora, eu é que me agarrava ao ombro de Morravagin. Sem aquele apoio, teria caído.

Daquele momento em diante, Morravagin deu provas de um sangue-frio e de um espírito de decisão surpreendentes, e me entreguei inteiramente ao seu governo. Minhas forças tinham-me abandonado. Tudo me era indiferente. Eu só sentia uma apatia imensa e absoluta indiferença por tudo. Chegáramos à esquina da rua Gorókhovaia[61] com a Sadóvaia. Não se podia ir adiante. A rua estava cortada. Atrás de uma barricada de paralelepípedos, soldados posicionavam uma metralhadora. No final da rua, ouviam-se longínquos sons de apito, seguidos de burburinho e de um rumor sombrio da multidão. Parece que a polícia tinha isolado o bairro, que estava revistando as casas e prendendo todo o mundo. De quando em quando nos chegava um tiro de revólver.

Morravagin me arrastou um pouco mais para cima na Sadóvaia e me fez entrar numa *traktir*,⁶² bem em frente ao mercado coberto. Eram umas três salas pequenas, sujas, caindo aos pedaços, cheias de gente. Na maioria, vendedores de rua, cocheiros e carregadores do mercado, povinho que aquela noite trágica impedia de exercer seu ofício. Acotovelavam-se em torno das mesas e balcões e comentavam os acontecimentos em voz baixa, como em todo lugar, na Rússia, quando se fala de certas coisas em público; as espinhas se dobram pois sente-se a ameaça de uma mão de pesadelo, e o terror pesa sobre todos. Quando entramos, fez-se um silêncio que comprimiu ainda mais os ombros, esmagou a todos os presentes. Só um bêbado sem camisa declamava versos de Púchkin.⁶³

Deixei-me cair numa cadeira. Morravagin persignou-se demoradamente diante dos ícones. Depois, empunhou um prato de *zakouskis*⁶⁴ e bebeu uma taça grande de álcool; voltou para diante dos ícones, pediu um *borchtch*,⁶⁵ veio sentar-se à minha mesa, acendeu, blasfemando, seu cachimbo curto, cruzou as pernas e entabulou um longo monólogo em voz alta que girava em torno de um cavalo cambaio, de três vendedores que queriam lhe empurrar um pangaré com patas iguais a um banco; chamava Nosso Senhor como testemunha do que sua mulher lhe teria feito passar se tivesse levado para casa aquele animal cujas costelas pareciam achas de lenha, e teria sido motivo de riso na aldeia toda. Ele dava notícias de sua aldeia e se extasiava com as coisas bonitas que vira na cidade. Fazia-se eloqüente, choramingas, matreiro, debochado e dirigia-se enfaticamente ora a mim, seu chapa, seu irmão, e se enternecia, ora ao auditório imaginário dos velhos de sua aldeia que não queriam dar crédito às suas palavras, e ele se exaltava, resmungava, blasfemava, cheio de invectivas. Estava me deixando tonto. Algumas pessoas se levantavam e aos poucos se aproximavam de sua cadeira. Outros mujiques já nos rodeavam. Faziam-lhe perguntas. Ele respondia, pagando rodadas. A conversa não tardou a tornar-se novamente geral, gritada, confusa. Todos puseram-se a falar da própria aldeia. Sentiam falta dela. Criticavam a cidade, os patrões, os burgueses. Depois, cada qual se queixou do seu trabalho e da dureza dos tempos. Então, puseram-se a contar o que estava acontecendo na rua e o tom geral baixou imediatamente. Cada qual testemunhara alguma coisa. Recomeçaram os cochichos e os grupinhos voltaram a se formar. Já não éramos o centro da curiosidade. Dois camponeses tinham se acomodado à nossa mesa, um velho cocheiro e um guarda-noturno do mercado. O bêbado declamador, que Morravagin presenteara com um copo, também trouxe sua cadeira. E logo se criou, em volta de nossa mesa, um murmúrio, uma transmissão de boatos, de mexericos. Assim é que ficamos sabendo dos acontecimentos do dia por meio do diz-que-diz. E fomos, decerto, muito bem informados, melhor do que pelos jornais, pois o olhar do povinho das ruas está sempre de atalaia, ávido, insaciável, feroz.

Não houvera atentado contra o czar, mas a revista anual não ocorrera. Todas as tropas estavam retidas. Diziam que os marinheiros de Kronstadt tinham-se rebelado. Parece que havia tumultos na ilha de Vassíli, e que os cossacos investiam contra os operários das plantas de Putílov. Na cidade, vários quartéis estavam sitiados por tropas da polícia. O regimento Siemiónovski fuzilara seus oficiais. A tripulação do *Riúrik* fora detida pelo Primeiro Regimento caucasiano. A guarda ocupava o centro da cidade. Bairros inteiros estavam isolados. As detenções foram feitas em massa. O guarda-noturno vira desfilarem centenas de prisioneiros, entre os quais pouquíssimos estudantes. O velho cocheiro contava que tinham ocorrido brigas no bairro de Vyborg e que a rua que levava à prisão Krestóvski estava vermelha de sangue. O bêbado melômano declarava que a República fora proclamada em Moscou e que todo o Império estava em fogo e sangue, "pois", dizia ele, "vendo jornais à noite e todos os meus jornais hoje estavam borrados de tinta!".[66] O cocheiro retorquiu que a República não era em Moscou, mas em Helsingfors,[67] pois a estação Finlândia estava fechada ao público. O bêbado, mais bem informado, afirmava que a frota do mar Negro aparelhara e rumara para Constanta,[68] onde os marinheiros tinham desembarcado. O guarda-noturno dizia que tinham lhe contado que o Jardim Alexandre[69] estava repleto de mortos. Passamos a noite indo de mesa em mesa para ouvir a confirmação desses fatos. Ao amanhecer, o cocheiro nos levou para a casa dele. Era um bom homem que se chamava Dúbov. Morravagin o conquistara com a promessa de não tratar com mais ninguém a compra daquele famoso cavalo de que falara. Passei dois dias na granja, deitado num monte de feno, sem sair. Nosso desastre fora completo. Piotr, o filho do cocheiro, ia buscar os jornais para mim. Eu lia as notícias fatais. Todo o mundo fora pego. Citavam os nomes. Ro-Ro fora posto a ferros assim que subira a bordo do *Riúrik*. A revolta de Kronstadt fora afogada em sangue. Todas as mulheres dos bordéis tinham sido presas e as autoridades estavam investigando aquele misterioso caso de propaganda. Em toda a província, a reação dominava a situação. Kátia, a Virgem Vermelha, fora enforcada a bordo de um aviso. Makóvski estava encarcerado. Kleinmann, em fuga. Khaifetz, sendo torturado num comissariado de Odessa. Olieg, prisioneiro. O Cossaco, executado em Kherson. Sokolov suicidou-se pulando pela janela de sua prisão. Os poços de Baku estão em chamas. Um pogrom está devastando Varsóvia. Após uma rajada de obuses lançada sobre a cidade, o *Potiómkin* fugiu a todo vapor. As notícias de última hora dão conta de que as autoridades romenas de Constanta desarmaram a nau almirante e encarceraram a tripulação desertora. Neplúviev foi morto por uma bomba, mas seu assassino, Tchérnikov, foi abatido no ato pelo ajudante-de-ordens do governador. Outros cinco terroristas, armados de bombas de um modelo novo, foram detidos em Sebastópol. Leio, leio, leio tudo. Essa leitura me excita. Estão procurando pelo autor da explosão de Moscou, parece tratar-se de um misterioso inglês. Esse não me interessa. Há um nome que procuro em todas as edições, o de Macha. Nada, nem uma palavra. E há mais um indivíduo de cuja existência não parecem suspeitar, Morravagin. Ora, ora! Minhas suspeitas renascem. Mas estou louco. Enquanto fico deitado no feno, Morravagin saiu, está agindo. Está investigando. Dúbov e ele estão inseparáveis. Com o falacioso pretexto de comprar o cavalo, Morravagin arrasta o velho cocheiro para a casa de todos os negociantes, para todos os bairros, todas as ruas. Andam por todas as casas de chá, todos os botequins, rodam de bar em *traktir*. Pergunto-me como é que Morravagin agüenta. Quanto a Dúbov, ainda não se desembebedou. O que sustenta Morravagin é a mesma ansiedade, a mesma angústia que me leva a ler febrilmente os jornais. Ele quer saber o que foi feito de Macha. O que é que ela sabe. Onde é que se aboletou. Procura uma pista, um indício, e não acha nada, nem uma informação. E, no entanto, não há dúvida possível. Foi mesmo Macha quem abriu o bico. Foi Macha quem nos traiu. Só ela poderia ter dado informações tão precisas à polícia. Ela conhecia nossos planos e tinha o nome de todos os camaradas e cúmplices. Mas por que não me denunciou, a mim, por que não me impediu de agir e por que não investiu contra Morravagin?

No terceiro dia, comunico minhas preocupações a Morravagin. Está amanhecendo, ele acabou de chegar. Ele também não entende nada do comportamento de Macha. E quando me anuncia que não sabe o que foi feito dela, que não tem a menor informação a seu respeito, confesso-lhe que prometi a mim mesmo matá-la.

"Então, pé na estrada", diz ele, "vamos embora. Pode ser loucura. Talvez seja o que ela quer. Vamos para Terióki." Acordamos Dúbov, que está roncando. Ajudamos a atrelar os cavalos. Pedimos que nos leve à estação Finlândia. Mas não partimos. A estação está interditada ao público. Insistimos, um trem acaba de entrar na estação.

"É um trem militar", responde o funcionário, "um trem de prisioneiros."

Damos meia-volta. Logo ficamos detidos. Um longo cortejo sai da estação por uma saída lateral. Os prisioneiros são escoltados por soldados com baionetas caladas. Todos os prisioneiros estão algemados. Olhamos enquanto desfilam. Reconheço o Coxo em meio à multidão. Vem carregando grilhões. Um suboficial está ao seu lado, revólver em punho. Entre as mulheres que vêm em seguida, não vejo Macha.

Dúbov pegou no sono, dobrado sobre si mesmo. Morravagin o arranca do banco, acomoda-o ao meu lado nas almofadas e toma o lugar do cocheiro. Brinca com os *gorodovói*.[70] Estamos parecendo um belo trio de bêbados, eu principalmente, exangue, trêmulo, nauseado pela passagem dos prisioneiros.

"Estamos indo embora?"

Não consigo descerrar os dentes. Morravagin açoita o cavalo. Rodamos aos trancos e barrancos. Percorremos ruas intermináveis que se animam aos poucos. Devem ser umas seis e meia, quinze para as sete. Para onde Morravagin estará nos levando? Por mim, tanto faz. Estou tonto. Vou cair. Está tudo girando.

Abro os olhos. Paramos em frente a uma estação de *izvoschikis*.[71] Entramos na fila. É Morravagin quem me sacode e me faz descer. Arrasta-me até uma *traktir*. Deixamos Dúbov dormindo nas almofadas do seu carro.

Precisamos partir. Não podemos ficar nesta cidade. Precisamos desistir de Macha. Azar. Precisamos fugir. Precisamos tentar passar para o estrangeiro. Precisamos voltar para Tvier. Quem sabe os vagões de chucrute estão sendo vigiados. Azar. É preciso arriscar tudo. Quem sabe conseguimos chegar a Londres. É Morravagin quem está falando. Concordo com tudo. Estou sem vontade. Oxalá tudo isso acabe. Se ele dissesse para eu me suicidar, eu puxaria imediatamente o revólver e me daria um tiro na boca. Não agüento mais. Miséria, oh! madre nossa, miséria e morte! Fazia um calor sufocante no trem. O vagão estava superlotado. Morravagin adormeceu de imediato. As rodas do trem giravam na minha cabeça e a cada volta moíam meu cérebro, miudinho, miudinho. Vastas visões de céu azul me entravam pelos olhos, mas as rodas se precipitavam com fúria e devastavam tudo. Elas giravam no fundo do céu, marcando-o com longos rastros oleosos. Aquelas manchas de óleo se estendiam, desdobravam, coloriam e eu via um milhão de olhos pestanejando em plena luz do sol. Pupilas enormes rodavam de um horizonte a outro, entravam uma dentro da outra. Então ficavam pequeninas, fixas, duras. Uma espécie de ectoplasma translúcido formava-se ao redor, uma espécie de rosto, meu rosto. Meu rosto tirado em centenas de milhares de exemplares. E todos aqueles rostos se punham subitamente em movimento, mexiam-se, evoluíam por saltos doidos, ultra-rápidos, como insetos patinadores na superfície de um charco. O céu endurecia, radiante como um espelho, e as rodas, voltando à carga uma última vez, despedaçavam-no. Milhares de detritos crepitavam, rodopiavam, e toneladas de ruídos, de gritos, de vozes rolavam, em avalanche, descarregavam-se, colidiam dentro do meu tímpano. Ziguezagues, cicatrizes alucinadas, dilaceramentos, relâmpagos, lábios, bocas, dedos cortados, uma explosão formidável ressoava no fundo de meus ouvidos doloridos, estrondosos, e Moscou caía do céu, em frangalhos, em chuva, em cinzas, qual aeronave incendiada se dispersando. Em cima, embaixo, imagens da vida esvoaçavam, viravoltavam, pelo direito, pelo avesso, de pernas para o ar, antes de cair em pedaços: a muralha do Krémlin, São Basílio, a ponte dos Marechais, a muralha da cidade chinesa, o interior do meu quarto de hotel, e depois, posteriormente, Ráia, evaporada, tênue. Ela se desfia. Suas pernas fazem o *grand écart*, estiram-se, estiram-se, desmaterializam-se. Agora, resta apenas uma meia de seda suspensa na atmosfera, uma meia inchada até a panturrilha, que fica do tamanho de um saco, como uma barriga, enorme, enorme. É Macha. Desaparece por sua vez, e uma criançona de borracha cai se balançando no solo.

Como. Hein? Bom, e aí? Sim, sim. "Tvier, Tvier!" Estou na plataforma. Bom, e aí? Sim, sim. "Tvier, Tvier!" Sim, sim. Descemos. Descemos. Bem, bem. "Tvier, Tvier!" Está certo. Descemos. Bom, e aí? Vamos lá, cara? Sim. Merda. "Tvier!" Bem, estou aqui. "Tvier, Tvier!" Me dê a mão. Bem. Você sabe onde é a saída? Bem. "Tvier!" Bem. Não consigo andar. Merda. Vamos dar no pé. Pronto. "T-v-i-e-r". Estou aqui. Isso aí. Valeu. Rolou. Vamos dar no pé.

Linhas férreas crepusculares. Os semáforos estão de vigia diante da floresta. Atravessamos a segunda passagem de nível. Rumamos pelos campos. Do jeito que dá. Avançamos ao modo dos sapos, penosamente, pulando de uma perna para a outra, remexendo a bunda, um puxando o outro. Febre, sede, cansaço, embriaguez, insônia, pesadelo, sono, riso, desespero, descaso, raiva, fome, febre, sede, cansaço, tudo isso pendurado em nossos nervos como pesos pesados demais e toda a frágil relojoaria de nossa máquina humana está combalida, os músculos rangem, o desatino dá as horas, não se domina mais a língua, o pensamento faz tropeçar. E, com isso tudo, ainda temos que salvar a nossa pele.

Arrasto Morravagin até o sabugal. O carro não está ali. É verdade, dias atrás ele estava me esperando. Ah! sim, Ivanov, é verdade, não combinei nada com ele. Vou encontrar com ele na cidade. Precisamos voltar para a cidade. Preciso imperativamente encontrá-lo na cidade.

Recobro a consciência.

Morravagin já não consegue se mexer. Está deitado na relva, gemendo feito criancinha. Segura o pé entre as mãos. Desato sua meia russa.[72] O pé está inchado e o artelho, todo preto. Não há mais nada a fazer. Tiro a faca da bota e, com o maior sangue-frio de que sou profissionalmente capaz, seciono o artelho atacado por gangrena. Faço-o com bastante jeito. Depois, rasgo minha camisa e faço um curativo, apertado, chique, clássico, segundo as regras da arte. Como não dispunha de anti-séptico, tive o cuidado de mijar na ferida, à maneira dos índios do Amazonas.

Aquela pequena operação nos fez bem a ambos. Deitados na relva, consideramos nossa situação bem friamente. Precisamos voltar sobre os nossos passos e tentar entrar nos vagões de chucrute, se ainda estiverem lá. É nossa única chance de salvação. Azar se estiverem sendo vigiados. Seremos pegos.

"Puxa vida, também! Você está conseguindo andar?"

"Estou sim, cara", responde Morravagin. "Espere só um pouquinho, o tempo de fumar um cachimbo e já vou."

E lá vamos nós. Não estamos indo muito mal. Morravagin me passou o braço na cintura e eu o seguro pela axila. Brincamos. Rimos. Mas por que é que Morravagin está cantando? E o que é que está cantando? Não entendo as palavras, deve ser húngaro, uma cantiga da sua infância.

Estamos chegando. Chegamos. Instalamo-nos do outro lado dos trilhos, debaixo das bétulas anãs que cercam a estação, em frente à plataforma de embarque. Nossos dois vagões ainda estão ali, num final de linha de garagem. Do nosso observatório, podemos vigiar os arredores da estação. As plataformas estão desertas. Nada se mexe. Os semáforos e as estrelas estão piscando. O céu é imenso. De quando em quando um grito de pássaro nos chega da floresta. O quadrante indica três horas da manhã. Esperamos mais de uma hora em silêncio sem que nada venha perturbar esta imensa calma da noite.

"Vamos?"

"Espere mais um pouco", responde Morravagin, "só o tempo de respirar."

E acrescenta:

"Me diga uma coisa, cara, quanto dá daqui até os vagões?"

"Uns cinqüenta metros."

"Isso dá cento e vinte e cinco passos", diz Morravagin desanimado. "Enfim, vamos lá, estou pronto."

"Seu pé não está doendo demais?"

"Não."

"Você quer esperar mais um pouco?"

"Não. Vamos."

"Mire o primeiro vagão, e cuidado com os fios na hora de pular o barranco", recomendo, ajudando-o a levantar-se.

Quando estávamos para saltar e correr a toda velocidade para os vagões, ressoou um som elétrico, um guizozinho exausto, hesitante, num resto de energia, com o badalo já por parar; o homem que o está acionando deve estar do outro lado do mundo, parece que aquela campainha enferrujada vai pifar de um segundo para o outro, mas ainda assim ela persiste, monótona, contínua, irritante.

Tim-blim-blim, tim-blim, tim-blim-blim.

Voltamos a cair na relva.

Passa-se um bom quarto de hora.

"Ah, ai, ai, ai, ai, ai, ai, ai", exclama Morravagin.

O guizo fúnebre continua tocando.
Não agüentamos mais.
Agora, abre-se uma porta. Sai um grupo de funcionários, cuspindo. Luzes vão e vêm pelas plataformas, faróis se acendem entre os trilhos. O agulheiro sobe para a sua guarita, fazendo chocarem-se os fios de arame à nossa frente. Um ruído crescente desce do Norte. Logo em seguida, entra um trem na estação. É um longo comboio de carga. A máquina pára, tossindo. Então, executa manobras. Desatrelam-se os vagões. Um grupo de homens se dirige para o primeiro vagão de chucrute.
"Morra, cuidado, chegou nossa vez", temos de aproveitar.
"Que sorte!"
"Não se preocupe, estou preparado."
Não desviamos os olhos do nosso vagão. Seis homens o empurram. Eles passam e tornam a passar na nossa frente, mudam as agulhas e os trilhos. Finalmente, engatam nosso vagão na cauda do trem. Um homem coloca uma luz vermelha lá atrás. Todos se afastam.
É agora.
Atravessamos os trilhos a toda velocidade. Chego primeiro. Rebento o lacre com a minha faca. Entreabro o postigo. Quando Morravagin chega, ergo-o para dentro do vagão e salto ligeiro atrás dele.
Estamos salvos, estamos salvos! Choro.
"Grandessíssimo idiota", murmura Morravagin; "espere ele começar a andar, deixe para desabar depois."
Ele engatilha o revólver.
Não, ninguém nos viu; não vem ninguém. Instantes depois, o trem parte.
Os trens russos não são rápidos e, no mundo inteiro, os trens de carga andam quando muito a quarenta por hora. Não faz cinco minutos que estamos rodando e tenho a impressão de ter percorrido milhares de quilômetros, de ter atravessado fronteiras.

"E aí, Morra, este vagão não tá legal?"
"Tremendo *sliping*!"[73]
"E como é que vai essa pata?"
"Tá me comendo."
"Tá com febre?"
"Não, mas parece que tem uns vermes me comichando!"
Rodamos.
Passado um instante, Morravagin é quem fala:
"E aí, cara, você tá achando legal a gente visitar a inglesada?"
"Claro, são uns príncipes, uns amigões. Tô de saco cheio dos russos e dessa Rússia deles. Quer saber? Enchi. Tô por aqui com os *russkis*!"[74]
"Uma tremenda de uma farsa. Enchem a boca com essa maninha deles, a Grande Vaca."
"Com o quê?"
"Com a Humanidade, pô!"
"Eta, que porre!"
"Que tal a gente se deitar?"
"Só, até porque pode pintar um curioso."
Porém, não nos mexemos. Estamos bem demais. Que descanso! O trem parece estar dobrando a velocidade. As rodas vão cantando no meu peito, cantando a liberdade.
Acabamos de parar numa estação. Houve manobras. Ouvimos passos de homens no cascalho, em volta do nosso vagão.
"Morravagin, ô cara, isso não tá certo, a gente tem que se amoitar. Se vier alguém, estamos fodidos."
"Merda. E você sabe qual é a dos putos desses barris?", pergunta Morravagin.
"Não se preocupe", respondo eu. "Manjo o troço. É legal. Supermaneiro. Z. Z. é que arranjou essa. Um primor, cara, você vai ver só. Tremendo gênio, o negão, e tá por dentro."
Aqueles barris, cujo inventor é Z. Z., são falsificados. De

cada cem barris de chucrute, dez são falsificados, dez por armazém. São quatro armazéns; portanto, a rigor, quarenta pessoas podem se acomodar ali e ser rapidamente despachadas para o estrangeiro. O trajeto mais longo é de oito dias. Tula despacha seus barris para um comissário de Briest-Litovsk,[75] que torna a despachá-los para Copenhague, via Varsóvia, Lodz e Dantzig.[76] Os de Riazan são enviados para um correspondente em Tauris, via Astracã[77] e o mar Cáspio. Os de Kaluga destinam-se a Viena, via Oriol, Bierdítchiev e Lemberg. Com exceção dos quatro destinatários no estrangeiro e de Ivanov, que é o único remetente, os agentes e correspondentes transitadores ignoram completamente a existência dos falsos barris. Nosso lote vai diretamente para Londres, via Riga. É o itinerário mais curto e há só uma baldeação. Essas baldeações acarretam muitos inconvenientes para quem viaja dentro de um barril, já que ele é rolado, chacoalhado, abalroado, e a pessoa corre o risco de fazer o resto da viagem de cabeça para baixo. Essa situação, porém, está prevista. O interior dos barris é forrado com todo o cuidado, e um bom enchimento protege e sustém mais especificamente a cabeça e os ombros. Os barris são bastante espaçosos na forma, dá para habitá-los com relativo conforto. Fecham-se por dentro graças a uma alavanca dupla cuja barra fica ao alcance da mão. Tal sistema permite o arejamento durante o percurso; só se deve bloqueá-lo durante as paradas nas estações e as baldeações. Uma vez bloqueada a alavanca, o fechamento é hermético. Nesse caso, o viajante tem dois caninhos de borracha à disposição. Aspira, por um deles, o ar externo, e expira, pelo outro, o ar viciado. Trata-se de não se enganar, e é um tanto penoso utilizar esses canos, pois como se está meio asfixiado pelas emanações do chucrute, tende-se a querer respirar normalmente. Não se pode abrir a boca de jeito nenhum e deve-se respirar tão lenta e regularmente quanto possível. Na barra, foi pendurado um saquinho contendo rodelas de carne-seca, tabletes de chocolate, uma garrafa de licor de menta, um frasco com éter e açúcar em cubos.

"Entende, ô cara? Diz que no primeiro dia a gente fica demolido, mas depois vai se socando, acostuma."

"Mais uma furada", retruca Morravagin. "Tudo meio doido, esses russos, querendo viajar que nem melado! Vai, acende uma luz pra gente se deitar; deve ser, no mínimo, umas cinco."

Abro o cinto no escuro. Dispo o cafetã. Tiro da minha bota esquerda uma lanterna pequena. Acendo-a. Agora, de quatro, inspeciono os barris.

"Pois olhe só", grito. "Olhe esse aqui. É esse. É um deles. Olhe só, tá vendo a marca?"

Indico um barril e aponto o dedo para um número rasurado.

"Tá vendo, é essa marca, viu? Agora, é só arrancar o prego, e a tampa, o troço todo se abre. Fácil, fácil."

Levanto-me para arrancar o prego e erguer a tampa. Mal fico em pé, solto um grito terrível. Prendi a cabeça em algo frio, algo úmido, flácido, molenga. Estou como que encapuzado. Algo gosmento me escorre pelo rosto. Dou um passo para trás. Focalizo a lanterna naquela coisa flutuando, pendendo do teto e que os sacolejos do vagão fazem balançar.

Ainda estão presentes no meu espírito todos os detalhes daquela cena.

O trem roda. Somos duramente chacoalhados. Estamos de pé em meio aos barris em desordem. Morravagin gruda-se em mim e se inclina para a frente para enxergar melhor. Focalizo o facho da lanterna naquela coisa balançando diante de nós. Deus do céu, um enforcado! Uma mulher. Vestidos. Uma mão. O pequeno facho da minha lanterna desenha furos no vestido. Um xale lamacento. Uma blusa florida. E... e... uma cabeça... o rosto... Macha!... Dentre suas pernas pende um feto careteiro.

Meu braço estendido caiu. Não falamos nada. O trem anda com muitos solavancos. Minha lanterna desenha no chão um círculo de luz bem pequeno. Morravagin põe o pé em cima. "Morra", digo, suplicante, "desprende ela daí, põe essa carniça pra fora!"

"Não", diz ele. (Sua voz não passa de um murmúrio.) "Não, não vou desprendê-la. Ela vai viajar conosco. Ela vai nos dar sorte. Em Riga, quando abrirem o vagão, não vão olhar para o que há dentro dos barris, entende? Vão cuidar dela. Enquanto isso, nós passamos."

Dois barris estão abertos. Ajudo Morravagin a acomodar-se no dele. Ele o fecha por dentro. Introduzo-me no meu. Minha trouxa, que contém quase um milhão de rublos em cédulas, é volumosa demais. Então me levanto e, mirando a morta, jogo-lhe o dinheiro no rosto. Depois me agacho dentro do barril. Instalo-me bem comodamente. Fecho a tampa e a tranco por dentro, empurrando a barra, a fundo.

O trem roda noite adentro...

L) A TRAVESSIA DO ATLÂNTICO

Quando se sai do inferno russo, a vida parece bela e agradável. Comove-nos ver as pessoas trabalhando tranqüilamente, e sua sorte parece fácil, digna de inveja. Mesmo Londres, superpovoada, comerciante e escura, parece amável. O homem da rua, tanto o ocioso como o trabalhador, preciso, correto, íntegro em sua sóbria elegância, faz parte de um conjunto bem ordenado e ocupa o lugar que lhe cabe no *team*. Que contraste com a vida russa! Toda a vida inglesa não passa de um jogo esportivo, um fair-play com suas leis e costumes cavalheirescos, e todo o país, rastelado, verde, umbroso, gramado, não passa de um imenso campo de esportes de que as rajadas de vento, repicadas como flâmulas, marcam os limites. Em volta, o céu e o mar têm bochechas de criança, crianças sadias, crianças limpas, crianças ricas com brinquedos novinhos, locomotivas reluzentes, barcos reluzentes. As cidades são como cabines de mogno onde essas duas crianças crescidas penetram às vezes para descansar e, ao acordar, têm os olhos claros, balbuciam e fazem a felicidade de sua família, a Inglaterra.

A bordo do *Caledônia*, que nos leva de Liverpool a Nova York, Morravagin e eu não saímos da suíte particular que ocupamos; e quando saímos, é na hora do chá, para nos misturarmos às crianças. Precisamos prosseguir essa cura de inocência inaugurada em Londres na hora do desembarque, depois daquela viagem medonha no fundo de um porão, e uma estada de três semanas na Inglaterra não bastou para nos descansar. Subimos até a Escócia, descemos até a Cornualha, passeamos durante dez dias nas colinas de Cumberland, não foi suficiente; solitários, taciturnos e aborrecidos errávamos, não pesados de remorsos, mas deprimidos. E foi só depois de estarmos a bordo que nos demos conta da preexcelência curativa da Inglaterra, do seu clima emoliente, do seu ambiente inocente, da admirável correção de seus habitantes, da beleza, da saúde de seus filhos e da vida, e nos pusemos a espreitá-los. Por isso buscamos a companhia dos pequeninos, para nos distrairmos, para nos reconfortarmos. Continuamos com nosso tratamento.

Passamos o dia inteiro estirados em espreguiçadeiras. Eu não quero sair, e foi Morravagin quem descobriu essa cura das cinco horas, na hora do chá, em meio às crianças, aos risos, às babás e a um macaco.

Estamos alojados a bombordo, no convés superior. Nossa suíte particular se compõe de dois dormitórios, uma sala espaçosa, um pequeno jardim-de-inverno e uma piscina ampla o suficiente para nos divertirmos. A suíte ao lado está ocupada por um alemão, o sr. Curt Heiligenwehr, dito Topsy. Topsy-Heiligenwehr viaja por todos os países, anda por todas as capitais do mundo apresentando Olímpio, um macaco ensinado, em music halls. Graças ao seu aprendiz, que lhe rende uma fortuna, o sr. Heiligenwehr ocupa a outra suíte de luxo, a estibordo. Olímpio é um grande orangotango de pêlo avermelhado. Embora nascido em Bornéu, é o ser mais elegante a bordo. Dois baús Innovation contêm sua coleção de ternos e sua roupa íntima. Basta pisar no convés para deparar com ele. De manhã cedo, pode ser visto com calças de flanela branca, *sweater* colorido, colarinho surgindo de uma camisa à Danton, pés calçados com pele de gamo, e as mãos, com camurça, jogando tênis, *galets*,[78] ou *deck-golf*.[79] É de uma correção glacial para com seus parceiros. Depois de oferecer ou aceitar a revanche nesses jogos, troca rapidamente de roupa. Calça botas de verniz, prende suas pequenas esporas de prata, veste uma jaqueta cor-de-rosa, enfia até as orelhas um capacete de jóquei e corre para a sala de ginástica brandindo um chicote de couro de rinoceronte. Lá, acomoda-se gravemente sobre o cavalo ou dromedário mecânico, cujos movimentos a vapor esforça-se por moderar. Quando pratica *rowing*[80] no assoalho, usa um calção curto até a meia coxa, seu torso amolda soberbamente uma camisetinha de seda transparente, um lenço grande com as cores americanas amarrado à cintura. Então, vai tomar seu banho e nada como um homem em sua piscina particular. O final da manhã é dedicado à sua toalete, entre o criado de quarto que o penteia e perfuma, e a manicure de bordo que lhe faz as unhas das quatro patas. Olímpio, enfiado num amplo roupão estampado com ramagens chinesas, entrega-se com volúpia. Por volta do meio-dia, desce para o bar, trajado com esmero num terno azulão, ou cor de resedá desbotado, feito pelo melhor alfaiate. Usa o chapéu levemente inclinado, orna a gravata nova com uma pérola; traz uma flor na lapela e polainas claras nos sapatos. Apóia-se numa bengala de castão de âmbar, fuma um largo charuto com anel de marca, toma um *cocktail*, cutuca com os dedos o berloque que lhe pende na barriga, pega no relógio o tempo todo, vê as horas, faz soar o cronômetro de ouro. Na hora do almoço, volta para a suíte, acomoda-se à mesa, amarra o guardanapo ao pescoço e come devagar, usando garfo, faca e colher. Depois do café, estende-se numa rede, fuma cigarros de ponta dourada, lê os jornais e folheia, distraído, revistas ilustradas, e faz a sesta. Ao despertar, toca a campainha para chamar seu criado de quarto e torna a vestir-se. Ostenta espantosos trajes esportivos, com martingale e múltiplos bolsos. Está na hora do passeio. Ele adora dar a volta no convés de patins. Ou então, encarapitado numa bicicleta niquelada, passa pelos passageiros da primeira classe, dando amplas chapeladas. À noite, ou é encontrado pelos corredores, grave como um diplomata, ou, espreguiçando-se numa poltrona, diante da orquestra dos zíngaros espartilhados nos seus dólmãs vermelhos, acompanha com os olhos todos os movimentos de um negro contorcista dançando um *cake-walk*.[81] Seu smoking é todo constelado de medalhas, pois Olímpio já se apresentou em todas as cortes.

 Mas o que Olímpio realmente prefere é a hora do chá, o *five-o'clock*. Quando toca o sino, ninguém o segura. Dá um salto. Precipita-se para a nursery. Sobressai em meio às crianças, no centro da mesa grande. É a sua hora, hora de gulodice e brincadeira. Ele come, bebe, se empanturra, ri, faz caretas, prega peças, fica bravo, agarra o garçom pelos cabelos, quer comer todos os bolos, lamber todos os doces, mexer em todos os pratos. Fica com as patas cobertas de açúcar, derruba a geléia, enche os bolsos de mel. As risadas irrompem, os gritos, as palmas, e Olímpio excita-se mais e mais. Pula em cima da mesa, no encosto da cadeira. Ele se coça, peida, arrota, se espiolha e, de cabeça para baixo, dependurado no teto, começa a despir-se. Quando seu dono aparece, foge por uma vigia, desabotoado, hilário, calças caídas.

Morravagin sentiu imediatamente uma grande admiração pelo macaco e, ao cabo de alguns dias, Olímpio, o orangotango, é quem estava amestrando Morravagin.

Ele é quem vem procurá-lo, arrasta-o, leva-o de manhã para o convés onde jogam partidas intermináveis. Nadam, correm, andam de bicicleta, patinam, jogam tênis e golfe. Como resistir a tamanha energia, quando eles adentram meu apartamento como um vendaval, dão cambalhotas, correm um atrás do outro, derrubam os móveis, quebram tudo, e já não sei mais se é o homem ou o macaco que está andando no trapézio ou fazendo acrobacias na sala! Sigo-os com os olhos, caio na gargalhada e eu, que estava deitado, levanto-me, entro em suas brincadeiras, eles me empurram, caio na piscina de roupa e tudo. A vida tem seu lado bom e Olímpio é um magnífico professor de despreocupação.

Agora, já não nos separamos. Olímpio, Morravagin e eu nos misturamos aos outros passageiros. Formamos um belo trio de palhaços. O macaco nos levou à butique de bordo e escolheu para nós três gravatas vermelho-alaranjadas, não tão berrantes quanto o riso que arvoramos. Heiligenwehr passa o dia inteiro na sala de fumar, mergulhado em paciências infindáveis. É um pesquisador e um teimoso, e inventa novos jogos de cartas. É um homem sereno cuja conversa se esmalta de adivinhas, charadas e trocadilhos. "Diga-me", começa, e propõe um enigma e nos vira as costas, sem nem mesmo sorrir. E entrega inteiramente o seu macaco aos nossos cuidados.

Olímpio janta conosco todas as noites. Jantamos com champanhe. São verdadeiras festinhas. Na hora dos licores, quando nossas línguas se soltam e Morravagin e eu falamos finalmente dos acontecimentos da Rússia e de Macha, Olímpio escuta, meio bêbado, pernas abertas, sorrindo beatífico, enquanto, alternadamente, ora com uma pata, ora com uma mão, fuça por baixo do plastrão e faz gestos feiosos.

M) NOSSAS ANDANÇAS PELA AMÉRICA

Para um homem de hoje, os Estados Unidos propiciam um dos mais belos espetáculos do mundo. Aquele maquinismo intensivo lembra a prodigiosa indústria dos homens pré-históricos. Ao se sonhar na carcaça de um arranha-céu ou no *pullman* de um rápido americano, descobre-se imediatamente o princípio da utilidade.

O princípio da utilidade é a mais bela e, talvez, a única expressão da lei de constância intelectual entrevista por Remy de Gourmont. É o princípio que regia a vertiginosa atividade das sociedades primitivas. O homem das cavernas que encabava seu machado de ferro, que lhe encurvava o cabo para melhor empunhá-lo, que amorosamente o polia, dava-lhe uma linha agradável ao olhar, obedecia ao princípio da utilidade, como é regido por esse mesmo princípio o engenheiro moderno que encurva sabiamente o casco de um transatlântico de quarenta mil toneladas, que o cavilha internamente para oferecer a menor resistência e consegue dar a essa cidade flutuante uma linha agradável ao olhar.

As estradas, os canais, as vias férreas, os portos, os contrafortes e os muros de arrimo e os taludes, os cabos elétricos de alta tensão, as tubulações de água, as pontes, os túneis, todas essas retas e curvas que dominam a paisagem contemporânea lhe impõem sua grandiosa geometria. Mas o mais poderoso agente de transformação da paisagem contemporânea é, sem dúvida, a monocultura. Em menos de cinqüenta anos ela transformou o aspecto do mundo, cuja exploração dirige com maestria espantosa. Precisa de produtos, matérias-primas, plantas, animais para dilacerar, triturar, transformar. Então, dissocia e desagrega. Sem nenhum cuidado para com a natureza de cada região, aclimata tal cultura, proscreve tal planta, transtorna tal economia secular. A monocultura tende a transformar, se não o planeta, pelo menos cada uma das zonas do planeta. A agricultura de hoje, baseada na economia do trabalho humano, abrandado tanto pelo trabalho do animal como pelo uso de um instrumental aperfeiçoado que, começando na charrua, veio dar nas modernas máquinas agrícolas; agricultura cada vez mais científica, que prima em adaptar as plantas ao terreno e ao clima, em fornecer ao solo adubo abundante e racionalmente distribuído. Só cultiva, se comparado à superabundância vegetal da natureza, um número bem pequeno de espécies judiciosamente escolhidas. Há, no homem moderno, uma necessidade de simplificação que tende a se satisfazer por todos os meios. E essa monotonia artificial que ele se esforça por criar, e essa monotonia que cada vez mais invade o mundo, essa monotonia é o sinal da nossa grandeza. Ela imprime a marca de uma vontade, uma vontade utilitária; é a expressão de uma unidade, de uma lei que rege toda a nossa atividade moderna: a lei da utilidade.

A lei da utilidade foi formulada pelos engenheiros. Com ela, toda a complexidade aparente da vida contemporânea se ordena e se define. Com ela, a industrialização excessiva se justifica e, com ela, os aspectos mais novos, mais surpreendentes, mais inesperados de nossa civilização chegam aos mais altos cumes alcançados pelas maiores civilizações de todos os tempos. Pois é graças a esse princípio de utilidade, a essa lei de constância intelectual, que podemos retraçar a trajetória da atividade humana.

Desde suas primeiras manifestações na terra, a vida humana deixou vestígios de sua atividade. Essa atividade era, antes de tudo, utilitária. Os vestígios materiais dessa atividade constituem, não objetos de arte, mas objetos confeccionados com arte. Encontram-se, em meio aos detritos de cozinha, fragmentos trabalhados de ossos, de conchas; encontram-se, nas camadas do terciário e quaternário, sílex talhados, pedras polidas, vestígios de pintura, esboços de santuários; encontram-se, nos túmulos, cerâmicas feitas à mão, moldadas ou torneadas, secas ao sol ou cozidas no forno, ornadas ora por incisão, ora por relevo, em trocisco ou pastilha, besuntadas de barbotina ou sobriamente desenhadas, cobertas de motivos decorativos abstratos cheios de inventividade e infinitamente variados, que não raro são os primeiros sinais de escrita, cerâmicas com formas envasadas, arredondadas ou nobremente esbeltas, todas testemunhando uma técnica aperfeiçoada, uma civilização já muito avançada e com concepções estéticas extraordinariamente puras.

O âmbito de difusão desses objetos manufaturados compreende todas as regiões do globo; encontram-se vestígios dessa indústria tanto em terras hoje habitadas como na superfície de continentes submersos; essa prodigiosa atividade de milhares e milhares de gerações, que se estende por milhões de anos, também é sinal de uma vontade, de uma vontade utilitária. Obedece a uma única motivação, o útil e, assim como nossos engenheiros, a humanidade pré-histórica formulou um só princípio, o princípio da utilidade.

De uns vinte e cinco anos para cá, com a pressão de certos problemas colocados pelas ciências naturais, todos relativos à origem, formação, modulação e evolução da vida, a pré-história vem se constituindo. Zoólogos, botânicos, físicos, químicos, biólogos, bioquímicos, mineralogistas, astrônomos, geólogos, estão todos contribuindo para a eclosão dessa nova ciência, cujos primeiros resultados são fulminantes.

Ela situa a origem da vida a oitocentos mil ou oito milhões de anos atrás. Essa eclosão de vida deu-se no pólo norte e no pólo sul. Essa primeira fornada de vida vai desde as reações helioquímicas, das manifestações protoplásmicas e protozoárias, até a formação das plantas e animais. NADA SE OPÕE A QUE O HOMEM TENHA SURGIDO NESSE MEIO. Diz-se geralmente que a civilização veio do Oriente. Que absurdo! A formação e a evolução das sociedades humanas pré-históricas, o estabelecimento das raças em cada clima, a invenção do fogo, das ferramentas e das artes, a expansão do sentimento religioso e a eflorescência das idéias, as grandes migrações para o povoamento da terra, tudo isso anda paralelamente à evolução, transplantação e migração das plantas e dos animais e às grandes mudanças cósmicas.

Ora, o que nos ensina a pré-história? Existem dois centros intensos de vida, o ártico e o antártico. As calotas de ambos os pólos desabam. Duas correntes de água precipitam-se, vindas do Norte e do Sul. O equador é submerso. Dois oceanos se formam, estendem e crescem, o Pacífico e o Atlântico. Novos continentes emergem, viajam, soldam-se, Europa-Sibéria ao norte, o continente afro-brasileiro ao sul. A grande corrente de água do Norte é refreada (atualmente encontramos seus vestígios na corrente de Bering). A do Sul ainda hoje subsiste nas costas ocidentais da América do Sul (foi-lhe dado o nome de corrente de Humboldt). As águas incham-se no equador. Põem-se em movimento. As águas acumuladas no equador escorrem, escorrem rumo ao Oriente. Suas massas imensas são atraídas pelo sol nascente. Amazonas, *Gulf-Stream*,[82] Mediterrâneo, mar Vermelho mais tarde acabam submergindo a Lemúria[83] para formar o oceano Índico. É na fonte desse rio que se deve buscar o berço do assim chamado homem pré-histórico do terciário e quaternário, e é pelas margens desse rio que se devem acompanhar as migrações humanas primitivas.

Aqui, deixamos o domínio das hipóteses para entrar no das possibilidades.
O mundo atual foi povoado do Ocidente para o Oriente. O fluxo das gerações humanas seguiu o curso das águas, do Oeste para o Leste, atraído pelo sol nascente, como as humildes plantas ainda úmidas e pálidas, que se voltavam para a luz nascente e se estendiam cada vez mais para o Leste; como os animais, os animais e a grande migração dos pássaros. O berço dos homens de hoje situa-se na América Central, mais especificamente nas margens do Amazonas. De lá é que eles partiram para povoar a terra, mais ou menos como ela é hoje em dia, segundo a bela visão do poeta:[84]

> Quando o rio Amazonas que vinha do Ocidente
> Corria em meio às terras da Europa e da Ásia,
> Carregando ilhas flutuantes do tamanho de continentes
> [sobrecarregados de homens,
> Do tamanho de folhas de nenúfares gigantes cobertas por
> [colônias de rãs.*

O berço dos homens de hoje situa-se na América Central. Os restos de cozinha, os *shellmounts* da baía da Califórnia, os *shellheaps* que balizam toda a costa do Atlântico, os *paraderos* argentinos, os *sambaquis*[85] brasileiros estão aí para atestá-lo. Essas imensas acumulações de detritos, montes de conchas, espinhas de peixe, ossos de pássaros e de mamíferos, da altura das montanhas, provam que grupos humanos bem numerosos viveram ali desde muito cedo, muito antes das datas históricas... E

* Quand le fleuve Amazone qui venait de l'Occident/ Coulait au milieu des terres de l'Europe et de l'Asie/ Charriant des îles flottantes grandes comme des continents surchargés d'hommes,/ Comme des feuilles de nénuphars géants recouvertes de colonies de grenouilles.

a marcha atual da civilização, do Leste para o Oeste, do Oriente para o Ocidente, não passa de uma volta às origens. (E é o que chamamos de História.) Por isso, se a humanidade pré-histórica conheceu formas de arte, se o homem das cavernas soube pintar afrescos que ainda hoje nos enchem de admiração e espanto; se os árticos souberam gravar a pedra tenra e o osso de baleia e de rena, fazer retratos cheios de vida do mamute e do auroque, já então encontrando uma fórmula gráfica que está para o desenho como a estenografia está para a escrita; se os selvagens da América, da África, da Austrália souberam pintar, desenhar, gravar, esculpir a pedra e a madeira, construir palhoças, templos, fortalezas, cantar, dançar, fazer música, inventar histórias e transmiti-las oralmente desde a noite dos tempos, entregar-se a uma vertiginosa atividade artística, ainda desprezada mas que hoje já não pode ser negada; por isso, a raça branca, desembarcando na América, descobriu, simultaneamente, o mesmo e único princípio da atividade humana, aquele que eleva e subjuga, o princípio da utilidade. De ora em diante ela conhece um único dogma, o trabalho, o trabalho anônimo, o trabalho desinteressado, isto é, a arte.

A essa novidade, os velhos povos das catedrais, os velhos países da Europa despertam, ressuscitam, vêm para a vida consciente, deixam cair seus ferros: a Irlanda libertária, a Itália imperialista, a Alemanha nacionalista, a França liberal, a imensa Rússia, que tenta constituir a síntese do Oriente e do Ocidente apelando para o comunismo pacífico de Buda e o comunismo virulento de Karl Marx. Do outro lado dos mares, países novinhos em folha, cada um deles maior que vários países da Europa e alguns deles mais vastos que a Europa inteirinha, renunciam, desiludidos, às fórmulas acanhadas do Velho Mundo. Mesmo nos Estados mais tranqüilos, mais neutros, mais afastados, ouve-se algo de carcomido se deslocando: as crenças em luta, as consciências ao trabalho, as novas religiões balbuciando, as antigas mudando de pele, as teorias, as imaginações e os sistemas em contenda com o útil por todos os lados. Já não se procura uma verdade abstrata, mas o verdadeiro sentido da Vida. Nunca ainda o cérebro humano suportara tal corrente de idéias de alta-tensão. Nem na arte, nem na política ou economia geral, as fórmulas clássicas poderiam bastar. Está tudo rebentando, cedendo, as fundações mais seculares e os mais audaciosos andaimes provisórios. Na fornalha de uma guerra libertadora e na bigorna sonora dos jornais se torcem, refundem e reforjam todos os membros do corpo político.

Nessa desordem aparente, uma forma de sociedade humana se impõe e domina o tumulto. Ela trabalha, cria. Transforma todos os valores praticando o craque e o *boom*. Soube surgir das contingências. Nenhuma teoria clássica, nenhuma concepção abstrata, nenhuma ideologia podia tê-la previsto. É uma força formidável que hoje abraça o mundo inteiro, e o amassa, e o modela. É a grande indústria moderna com forma capitalista.

Uma sociedade anônima.

Ela somente recorreu ao princípio da utilidade para criar nos inumeráveis povos da terra a ilusão da perfeita democracia, da felicidade, da igualdade e do conforto. Constroem-se portos angulares, estradas em patamar, cidades geométricas. Depois, canais e estradas de ferro. Finalmente, pontes, pontes de madeira, de ferro, e suspensas em fios de aço. Usinas cúbicas, máquinas assombrosas, um milhão de aparelhinhos gozados que executam o serviço doméstico. Pode-se afinal respirar. A automação impregna a vida cotidiana. Evolução. Progresso geométrico. Aplicação estrita de uma lei integral, de uma lei de constância, do princípio da utilidade, pois os engenheiros que redescobriram a norma não conhecem outra condição para essa evolução social que provocam, higiene, saúde, esportes, luxo, senão o princípio da utilidade. Criam a cada dia novos aparelhos. As linhas são comprimidas, nenhuma saliência, superfícies de sustentação compridas para as trepidações e curvas: simplicidade, elegância, limpeza. Essas necessidades exigem igualmente o emprego de formas novas e materiais mais apropriados, aços temperados, vidro delgado, níquel e barras de cobre que casam tão bem com a velocidade. Meios ofuscantes de iluminação. Eixos articulados, chassis rebaixados, linhas convergentes, perfis alongados, freios em todas as rodas, uso de metais preciosos nos motores, grandes superfícies lisas: precisão, sobriedade, luxo. Nada que lembre o carro e o cavalo de outrora. É um novo conjunto de linhas e formas, uma verdadeira obra plástica.

Plástica.

Obra de arte, obra de estética, obra anônima, obra destinada à multidão, aos homens, à vida, conclusão lógica do princípio da utilidade.

Vejam esse primeiro avião em que o volume, a superfície de sustentação, a forma, as linhas, as cores, a matéria, o peso, os ângulos, em que as incidências, em que tudo é meticulosamente calculado, em que tudo é produto da matemática pura. É a mais bela projeção do cérebro. E não é uma obra de museu, pode-se entrar dentro dela e sair voando!

Os intelectuais ainda não estão se dando conta, os filósofos ainda estão ignorando, os grandes e pequenos burgueses são rotineiros demais para percebê-lo, os artistas vivem à margem, só o imenso povo de operários é que assistiu ao nascimento diário dessas novas formas de vida, trabalhou em sua eclosão, colaborou com sua propagação, adaptou-se imediatamente, sentou-se no banco, pegou no volante e, a despeito dos gritos de horror e protesto, conduziu essas novas formas de vida a toda velocidade, destroçando os canteiros e as categorias de tempo e espaço.

As máquinas estão aí, com seu belo otimismo.

São como que o prolongamento da personalidade popular, como que a realização de seus pensamentos mais íntimos, de suas tendências mais obscuras, de seus apetites mais fortes; são seu senso de orientação, seu aperfeiçoamento, seu equilíbrio, e não realidades externas dotadas de animismo, fetiches ou animais superiores.

É o grande mérito do jovem povo americano ter redescoberto o princípio da utilidade e suas inúmeras aplicações, sendo que as mais elementares já estão transtornando a vida, o pensamento e o coração humanos.

Pragmatismo.

A bola deixou de ser círculo e tornou-se roda.

E essa roda gira.

Ela engendra virabrequins, eixos titânicos e tubos monstruosos de trinta e dois pés[86] por noventa centímetros de alesagem.

Seu prodigioso trabalho estabelece um parentesco entre países geográfica, historicamente estrangeiros uns aos outros, dando-lhes alguma semelhança: Áden, Dacar, Argel, portos de escala; Bombaim, Hong Kong, portos de triagem; Boston, Nova York, Barcelona, Rotterdam, Antuérpia, exportadores de regiões industriais. As caravanas de dez, quinze mil camelos, que se escalonavam nas pistas de Tombuctu[87] e transportavam 1500 toneladas úteis, foram substituídas por cargueiros de vinte mil toneladas que bloqueiam os portos criados numa costa difícil, e em uma semana as 20 mil toneladas de mercadorias chegam ao antigo mercado por meio de jangadas, vedetas e rebocadores, por via férrea, utilitários, aviões.

E a roda gira.

Ela engendra uma nova linguagem. Segunda, terça, quarta, quinta, sexta, sábado, domingo, o amigo Charles-Albert Cingria, *Herr* Schoen do Deutsche Bank, o sr. Emile Lopart das Metalúrgicas Reunidas,[88] o general Ollifant e seu séquito, de

Koelke, negociante, e operários, e comerciantes, funcionários, colonos, mil e mil clientes tomam os barcos a vapor preto e rosa, ou só branco, ou verde e vermelho, ou só amarelo, ou cinza e azul da Holland-America ou da Canadian-Pacific ou da Fabre e Cia. ou da Nippon-Yousen-Kaïsha ou o P. M. e T. K. K. ou a White Star ou o New Zeland's Ship ou o Lloyd Sabaudo ou a Veloce, o Norddeutscher Lloyd ou a Tchernikóskaia Kommerskaïa Flott ou ainda as Messageries Fraissinet ou os Chargeurs e zarpam de Victoria para Hong Kong (4283 *miles in ten days*) ou de San Francisco para Sydney via Honolulu e Suva, Auckland e Nova Guiné, ou de Rotterdam, Antuérpia, Hamburgo, Dunquerque, Bordeaux, Marselha, Lisboa, Gênova para Quebec, Halifax, Nova York, Boston, Filadélfia, Vera Cruz, Caracas, Rio, Santos, La Plata, enquanto viram em Djibuti, na lua e nos gritos, os alcatrões imensos dos correios de quinta-feira para Mombasa, Zanzibar, Mayotte, Mazunga, Nossihé, Tamatave, Reunião, Maurício ou, em Dacar, no sol e nos baques surdos das barcaças, os da quarta-feira de manhã para Conacri, Grand Bassam, Petit Popo, Grand Popo, Libreville.

Sim, naquele trabalho prodigioso, em meio a todo aquele algodão, borracha, café, arroz, cortiça, amendoim, os *kyriales* de Pustet, lingotes de ferro, arame de dois décimos de milímetro, ovelhas, conservas, caixas de frango, refrigerador, insígnias do Sagrado Coração, rapsódias de Liszt, fosfato, bananas, aço em T, a língua — palavras e coisas, e discos e runas, e português e chinês, e números e marcas de fábricas, patentes industriais, selos postais, bilhetes de passagem, folha de conhecimento de carga, o código dos sinais, telégrafo sem fio —, a língua se refaz e toma corpo, a língua que é o reflexo da consciência humana, a poesia que dá a conhecer a imagem do espírito que a concebe, o lirismo que é uma maneira de ser e sentir, a escrita demótica, animada pelo cinema que se dirige a uma multidão impaciente

de iletrados, os jornais que ignoram a gramática e a sintaxe para melhor atrair o olhar com os painéis tipográficos de um anúncio, os preços cheios de sensibilidade sob uma gravata na vitrine, os cartazes multicoloridos e as letras gigantescas que eram as híbridas arquiteturas das cidades e passam por cima das ruas, as novas constelações elétricas que toda noite sobem ao céu, o abecedário das fumaças no vento da manhã.
Hoje.
Profundo hoje.
Tudo muda de proporção, de ângulo, de aspecto. Tudo se afasta, tudo se aproxima, aglomera, falta, ri, se afirma e se exaspera. Os produtos das cinco partes do mundo estão presentes no mesmo prato, no mesmo vestido. Alimentamo-nos do suor do outro a cada refeição, a cada beijo. Tudo é artificial e real. Os olhos. A mão. A imensa pele dos números sobre a qual se espreguiça o banco. O furor sexual das usinas. A roda que gira. A asa que plana. A voz que sai andando num fio. O ouvido numa corneta. A orientação. O ritmo. A vida.

Todas as estrelas são duplas e, se o espírito se apavora ao pensar num infinitamente pequeno que acaba de ser descoberto, como querer que o amor não fique transtornado?

N) OS ÍNDIOS AZUIS

Nunca vou me esquecer da maneira intempestiva como deixamos New Orleans, apenas uma semana depois de nossa chegada. Acabávamos de desembarcar do trem noturno de San Antonio do Texas para assistir ao casamento de Lathuille.[89]
Lathuille era nosso factótum.
Criado de quarto, empregado, pau para toda obra, o tal Lathuille até que era uma figura curiosa. Tinha-se juntado a nós

no Wyoming, apanhara-nos na descida do trem numa pequena estação perto de Cheyenne e se apresentara para nos fazer visitar o Parque Nacional de Yellowstone. Naquela manhã, estava usando um belo boné da Interpreter. Era francês, originário do Morbihan, me parece, e seu primeiro nome era Noel. Acabávamos de percorrer mais ou menos todos os estados da União e Lathuille logo percebeu que nosso turismo consistia sobretudo em evitar as grandes cidades, os palácios muito freqüentados, os trens transcontinentais com comissário de bordo, donde concluiu, sendo seu espírito tão perspicaz quanto rápido, que os territórios ainda pouco freqüentados do Arizona poderiam nos interessar, e se propôs incontinenti nos levar para as terras do Sudoeste, para estudar as curiosidades naturais e visitar as reservas indígenas que margeavam a fronteira. Se Lathuille era um rematado malandro, era também um grandessíssimo tagarela, e soube nos expor as necessidades dessa viagem com tamanho ardor, traçando um quadro grandioso da vida aventurosa no deserto, pintando de modo idílico os índios, suas mulheres e filhos, que cantam, dançam, tocam uma música estranha com flautas de tudo que é dimensão, no telhado de seus covis arruinados, no cume de altas falésias de areia, que nos deixamos convencer facilmente. Nem era preciso tanto para nos persuadir. Morravagin e eu estávamos cansados da vida que levávamos. Continuávamos vagando sem rumo e, embora desconhecidos, perdidos naquele imenso país que são os Estados Unidos, nossa própria ociosidade chamava a atenção; já nos tinham feito perguntas indiscretas a bordo de trens e navios; como na Rússia, éramos obrigados a mudar de nome em cada hotel, e de rosto em cada cidade; aquele jogo de esconde-esconde não podia durar. Por isso, a proposta de Lathuille nos agradou de imediato. Sumir. Viver ao ar livre. Sumir num país virgem. Lathuille, aliás, tivera a habilidade de nos dar a entender, sem muita insistência, que seria fácil para ele nos fazer atravessar a fronteira com o auxílio de alguns amigos de confiança. Falou-nos também de uma mina de ouro, excelente negócio. Mais tarde, acrescentou-lhe um campo de diamantes.

Três dias depois de o conhecermos, estávamos em suas mãos; uma semana mais tarde, já não podíamos passar sem ele; era-nos indispensável, preparava os abrigos, cuidava dos cavalos, caçava, cozinhava. Que companheiro agradável, divertido, prestativo, alegre, sempre satisfeito, e tão ativo e dedicado quanto tagarela.

Morravagin cavalgava junto dele, e eu vinha atrás. Estávamos, os três, descendo o Colorado em etapas pequenas. Não havia nenhuma pressa. Lathuille tagarelava.

Pelo que dizia, ele vira de tudo, lera de tudo, conhecia de tudo. Exercera todos os ofícios, vagara pelo mundo inteiro e tinha amigos em toda parte. Vivera em todas as cidades e atravessara várias terras virgens, acompanhando algum explorador ou servindo de guia em missões científicas. Conhecia as casas por seus números, as montanhas por sua altitude, as crianças por sua data de nascimento, os barcos pelos nomes, as mulheres por seus amantes, os homens por seus defeitos, os animais por suas qualidades, as plantas por suas virtudes, as estrelas por sua influência. Era supersticioso como um selvagem, esperto como um macaco, atualizado como um freqüentador dos bulevares. Aberto e liberado.

Com o tempo, comecei a desconfiar um pouco dele; aonde é que ele queria chegar com aquela conversa toda e por que, certo dia, me chamara de "seu Inglês", piscando o olho? (Mas será que ele realmente piscara aquele olho, ou eu é que, suscetível demais, nem aqui, na solidão deste alto planalto do Colorado, conseguia esquecer o inglês do Gostínyi-Dvor?)

No fundo, não havia motivo para me alarmar. Lathuille não passava de um mero escroque pois, quanto mais descíamos para o Sul, mais exclusivamente sua tagarelice girava em torno da mina de ouro que ele queria que aproveitássemos. Falava nela da manhã até a noite, durante o longo dia a cavalo, assim como bem tarde da noite quando, deitados em volta do fogo, com a cabeça recostada nos arreios, acabávamos de ingerir o porco salgado e o feijão-preto, e fumávamos espessos charutos do Sul. O céu estava sombrio. Os cavalos peados rangiam os dentes à nossa volta.

"Minha mina de ouro, a Common Eagle, não a Big Stone — chegaremos lá em quarenta dias, a fronteira onde bons amigos me esperam fica dois dias mais adiante, é fácil de atravessar, vocês vão ver —, situa-se num vale alto dessas montanhas perdidas que nenhum europeu conhece. Para alcançá-la, escalam-se encostas íngremes e desemboca-se numa bacia arenosa que nenhuma espécie de verde vem alegrar. (Um inseto interessante dessa região é a formiga melífera; os indígenas a adoram; é um famoso afrodisíaco.) Esse deserto é fechado por rochedos argilosos completamente nus. Aproximando-nos dessas massas arenáceas, descobrimos, lá do alto, casas, e homens, que a vinda de um estrangeiro deixa excitadíssimos. Há apenas uma estreita trilha escarpada — que escalamos ao chamado estridente das flautas, há tubos de quinze pés[90] que nos obrigam a dar meia-volta —, e desembocamos entre os *Walatowa*,[91] a que os mexicanos chamam de índios *jemez*. O lugar abriga uma igreja católica, uma *estufa*,[92] em linguagem indígena. A igreja é solitária e quase em ruínas. É dedicada a Montezuma.[93] Arde ali um fogo perpétuo que será mantido até o retorno de Montezuma, quando ele então erigirá seu império universal. Nas paredes da igreja estão representados indígenas caçando veados ou ursos, e um imenso arco-íris com as duas pontas repousando sobre duas cadeiras, com o sol nascente e um raio rasgando o espaço. Atrás da igreja, a vista se estende longe em direção ao sul e ao leste, e desvenda três morros que os indígenas denominam Tratsitschibito, Sosila e Titsit-Ioi — eles medem mais de dez mil pés.[94] Foram encontradas, ali perto, ossadas fósseis de um mamute. O velho padre espanhol que empreendeu as escavações — é também um velho safado, é ele o proprietário da mina e quem quer vendê-la, tenho um negócio ainda melhor para propor, um campo de diamantes que fica um pouco mais adiante, do outro lado dos morros, a duas etapas de Stinckingsprings, nas terras dos índios Towa, seu verdadeiro deus é o Sol, eles chamam o vento com um grito *a-ah-a, hi-i-i,* e fazem cair a chuva assobiando *uû-uû-uû* —, o velho padre da *estufa* certo dia me pegou pela mão e disse: '*Me gusta más el oro que los huesos!*'.[95] Levou-me então até um estreito desfiladeiro de paredes perpendiculares. Cacos de cerâmica de cores extremamente vivas se amontoavam ao pé dos cáctus, ao longo do leito dessecado do rio. Uma águia planava muito alto no ar, e as paredes da falésia, até onde os olhos alcançavam, eram crivadas de buracos, aberturas, fendas, e recobertas de inscrições hieroglíficas ocres, amarelas e azuis. Uma multidão de índios, amarrados com cordas de cipó, estava suspensa no vazio. Fervilhavam ao sol feito um enxame de moscas. Subiam, desciam, com uma rapidez surpreendente. Penetravam nos buracos, fendas, aberturas da montanha, e visitavam todas as anfractuosidades da rocha. De tempos em tempos, um deles reaparecia com uma coisa redonda nos braços. Balançava-se por um instante na corda, girava sobre si mesmo, com um movimento dos pés recuperava o equilíbrio e então largava, num gesto amplo, o objeto que estava segurando. Uma urna gigante vinha rebentar aos nossos pés. Dela surgia uma múmia encarquilhada, ossamentos pretos e placas de ouro do tamanho de uma mão. Ouro puro, entende? Não era nem quartzo nem areia, mas ouro trabalhado. Comprem minha mina e dividiremos. Vocês concordam comigo e compreendem que não são ações o que eu quero vender — mandei imprimir dez mil títulos em Denver City, cem mil *shares*[96] de um dólar, mas são formalidades demais a cumprir até que se consiga aplicar uma dezena; estou com o pacote todo debaixo da minha sela e toda noite acendo o fogo com aquilo, e também tenho de acertar as contas com o impressor e o vendedor de papel, e não tenho mais nenhum tostão — portanto, não estou oferecendo papel, e sim ouro, o ouro do velho padre, *es muy antiguo, tien más que ciento y veinte años*. Basta dar cabo dele. É um velho safado entesourando — por exemplo, ainda não sei onde é o esconderijo dele; vamos esquentar os pés dele para fazê-lo falar, como fazemos na nossa terra, podemos também embebedar os índios e enforcar o padre —; vamos supor que ele tenha cem carregamentos; o ouro é meu, eu reparto; peço apenas que comprem os *burros* dos índios — *burros bravos*, mulos selvagens que andam em qualquer lugar e comeriam até tijolo, ou o pavimento de madeira dos bulevares, são bons animais — e, via Ojos Calientes, passamos para o México sem cruzar com ninguém; deixo na mão, naturalmente, meus amigos que vão estar esperando mais abaixo, a leste, Ojos Calientes fica a oeste. Vamos evitar a região florestal e seguir pelas terras alpestres, onde se encontram açudes cercados de um pouco de verde. Vai ser duro, mas podem ficar descansados, vou levá-los a bom porto. Embarcamos em Guyamas,[97] tem lá um trechinho de trem, trabalhei nos trilhos; conheço o lugar. De Guyamas a Maxatlan, há um barco de cabotagem que faz a travessia regularmente."

Chegamos a Common Eagle para a festa de são Pedro. Embora tenham abandonado a Igreja Católica Romana, os índios mantiveram essa festa. Estava justamente sendo celebrada, com corridas de cavalo pelas ruas do lugar. As mulheres se postavam nos telhados e de lá jogavam jatos de água nos corredores que ficavam para trás.

O velho padre espanhol estava morto, morto e enterrado. Fazia mais de três anos que os Walatowa não viam um branco. Permanecemos quase seis meses com eles; eu, desamparado, saudoso, colecionando cacos de cerâmica no vale dos túmulos, estabelecendo, por não ter nada melhor para fazer, um vocabulário do dialeto *jemez*; Morravagin, abrindo com alfinetes dobrados a barriga das formigas melíferas e partilhando sua colheita com indiazinhas pubescentes, barulhentas, que brigavam por um inseto que deixa escapar seu mel junto com as entranhas, ainda mexendo a cabeça e as patas; Lathuille, fuçando em tudo, escavando buracos e trincheiras, bagunçando a igreja, à noite entregando-se a cerimônias mágicas na companhia de um velho cacique cego e de uma criança leprosa, mas não conseguindo pôr as mãos no tesouro escondido do velho padre.

Trouxéramos conosco uma respeitável provisão de aguardente, o carregamento de vinte animais de carga, sessenta garrafões de cinco galões. Lathuille não fazia economia. Desde a nossa chegada, o álcool rolava solto; homens, mulheres, crianças entregavam-se a uma verdadeira orgia e, para conseguir as últimas gotas de aguardente, demoliam agora as paredes arruinadas da *estufa*. Às vezes, derramavam uma caneca de álcool no fogo perpétuo; então, as chamas lambiam as pedras da lareira, as três pedras sagradas do lar, derradeiro vestígio do antigo tabernáculo de Montezuma, e a aldeia em delírio dançava ao redor. Mas, apesar dos gritos, das danças, das invocações cantadas, das cirandas rituais, das flautas mágicas ainda mais embriagantes que o álcool, apesar da culinária infernal do velho cego e dos transes e profecias da criança leprosa, apesar de toda aquela bruxaria, o ouro continuava inencontrável.

A fome se instalava na aldeia. Os índios estavam ficando ameaçadores. Uma epidemia de mormo dizimava nossas montarias. Com a nossa provisão de aguardente se esgotando, uma bela manhã levantamos acampamento.

Foi a fuga. Ladeávamos cristas pontiagudas (*cuchillas*) e rolávamos encostas ásperas onde nossos cavalos só a muito custo avançavam nos seixos rolados, que obstruem as passagens estreitas e atravancam o leito das torrentes dessecadas. Abrindo caminho em desfiladeiros impraticáveis, desembocávamos em planícies fendidas, gretadas, inchadas de erosão. Eram torres de areia e argila. Uma imensa extensão de terra estava corroída, espedaçada, rachada, esburacada. Pedras se erigiam verticalmente, pedras horizontais repousavam sobre frágeis colunetas de pedregulhos. Festões, estalactites, ganchos de obsidiana pendiam sobre nossas cabeças, nossos cavalos tropeçavam em arestas, agulhas cortantes, dentes de serra que eriçavam o solo. Então, a pista nos levava a savanas poeirentas, desnudadas, onde raras iúcas dardejavam suas folhas, afiadas como punhais.

E os Walatowa estavam no nosso encalço. Durante mais de três semanas, eles nos perturbaram com os pequenos projéteis pontiagudos de suas sarabatanas, durante mais de três semanas fomos perseguidos por suas flautas. Sim, por suas flautas. Elas chiavam, gemiam, rangiam atrás de nós, troavam nos desfiladeiros e nas gargantas, percutiam, ribombantes, nas arenas rochosas, onde nos respingavam, enviadas por ecos mil. À frente e atrás de nós, à direita e à esquerda, e a toda a nossa volta, um milhão de vozes desenfreadas nos encurralava, preocupava, ameaçava, não nos dando nenhum descanso, nem de noite, nem de dia. Em toda aquela areia, no meio daquelas pedras desmoronantes, parecia que cada passo nosso, ao tropeçar, soerguia uma tempestade de sons, uma borrasca crepitante que se abatia sobre nós em forma de maldições, gritos, soluços, imprecações, urros, delírios. Flautas guerreiras nos canhoneavam, outras estouravam como *shrapnels*[98] e nos faziam virar, as mais agudas nos feriam a fundo o ouvido, as mais cavas nos atingiam à queima-roupa, obrigando-nos a recuar. Alguns melismas nos provocavam vertigens. Era de enlouquecer. Andávamos em círculos. Nossas frementes montarias disparavam. Assim como elas, perdíamos a cabeça. A sede nos estrangulava e o sol, descarregando como um gongo, fazia berrar cada pedra daquelas solitudes e ressoar como um tantã na extensão das savanas.

Avançávamos com as têmporas latejando, sem nem arriscar um tiro de fuzil, deixando para trás o que estorvava, caixotes, animais de carga, e até mesmo nosso último cantil. De tanto virar, avançar, recuar, subir, descer, não estávamos mais nos achando naquele labirinto de corredores, desfiladeiros, cabos, promontórios, montanhas, planícies, dorsos, lombos, vales e cômoros. Nossas montarias se arrebentavam e continuávamos cavalgando nossas próprias sombras. Minúsculos, definhados, seguíamos avançando sob o alto sol do meio-dia e continuávamos andando, mirrados, sob o grande disco da lua, pelos buracos de sombra e pelos calombos.

A perseguição finalmente cessou. Os Walatowa atingiram as pedras pretas que assinalam os limites do seu território. Cortamos obliquamente por uma planície cujo sol sumia atrás de um pesado vapor de enxofre. Corujas alçavam vôo a cada cem passos que dávamos. Os últimos resfôlegos das flautas nos chegavam como rugidos longínquos de um vulcão. Onze dias depois, chegávamos a El Paso, El Paso del Norte, onde embarcamos no trem para San Antonio.

Foi em San Antonio do Texas que Lathuille nos falou pela primeira vez sobre seu casamento.

Reclinados nas cadeiras de balanço, à sombra da pérgula do New-Pretoria, onde nos hospedáramos, bebendo inesgotáveis garrafas de uísque, tranqüilos, reconfortados, recobrando as forças, víamos desfilar a cidadezinha à altura das nossas botas; peões e *vaqueiros* vigorosos passavam por entre as folhas das baunilheiras, pesados caubóis de origem holandesa, mulheres socadas em vestidos de manga balão, donas-de-casa, pálidas crianças loiras-brancas que o sol bronzeava devagar. Havia muita poeira na rua e nuvens de moscas abatiam-se sobre nós (à noite, eram os mosquitos em volta do fotóforo). E era espantando as moscas com um rabo de cavalo que Lathuille nos falava de Dorothée.

"Eu a conheci ao voltar da Nova Zelândia. Acabava de fazer um cruzeiro a bordo de uma baleeira, *The Gueld*, captain Owen, e estávamos retornando a New Orleans, *the Double-Crescent City*,[99] nosso porto de origem. Estávamos descarregando. Eu mal pusera os pés em terra e já estava vagando pelos bares e tabernas das Bank's Arcades, e minha grana só sumindo! Dali a pouco eu já estava completamente fora do ar. Havia marulho na sala. O assoalho do *saloon* balançava como o convés do *Gueld* numa banquisa e a grande mesa central, coberta de pratos e saladeiras, vinha deslizando, sorrateira, para cima de mim, como um iceberg. Eu não fazia nenhum movimento. Acabava de pedir um prato de tartaruga-verde com rábanos, para me purgar dos humores e ranhos contraídos nos chuviscos e neblinas das ilhas Macárias. Sentia fadiga no corpo inteiro, meus reumatismos doíam e minhas articulações rangiam como polias. Estava precisando de uma carenagem e de calafetar cuidadosamente a carcaça. A baleia fora boa, eu acabava de receber minha paga, minha cota-parte de quartel-mestre e os abonos de arpoagem, via o futuro cor-de-rosa, as garrafas se desdobravam diante de mim como promissores arco-íris, eu não estava com a menor vontade de sair. Fazia calor e estava com a mochila entre as pernas, como um cão fiel. Devo dizer que lá fora chovia como só chove em New Orleans. Eu tinha então jogado a âncora no Asno Vermelho, prendera as amarras ali e não mexia mais na corda.

"Vai fazer um ano, no dia de são João.

"Um grupo de marinheiros estava atirando com espingardas elétricas, alguém enfiara uma ficha no caça-níqueis, e pequenas lâmpadas multicoloridas acabavam de se acender, e pequenos pássaros empalhados batiam as asas e acabavam de começar a cantar, entoando sua sinfonia, quando Dorothée apareceu plantada na minha frente. Ela estava do outro lado da mesa. Eu avistava as mãos dela em plena luz, ela usava anéis em todos os dedos, com pedras brilhantes como gotas de álcool, e seu rosto alçava-se bem mais acima, como uma espécie de lua embaçada. Estava trazendo o prato que eu pedira. Dele emanava um vapor curaçau escuro bem condimentado. Meu Deus, como estava bom! Quis imediatamente me casar com ela.

"Vocês compreendem, não é, nós que viramos mundo, que conhecemos a vida como a palma da mão, sempre sentimos aquela vontade de nos fixar em algum lugar, num cantinho tranqüilo, debaixo das laranjeiras, de morar numa casinha branca de onde se enxergue o mar, com uma linda piranha bem limpinha que lustre os móveis e que a gente derrube na cama dez vezes ao dia, e maquine uns rangos, meu Deus, desses pratos que ficam cozinhando horas a fio em fogo baixo — iríamos em mangas de camisa, colher uma pitada de salva no jardim, ou então nos imaginamos quebrando gravetos de lenha no pátio ou, de cachimbo no beiço, fazendo a feira, pois o homem é quem deve escolher os bons bocados, ou ainda dando-lhe uma surra, daquelas que se dão nos grumetes, porque a casa não está bem cuidada —; bem sei que não passa de um sonho e que, tão logo me saciasse, iria ter comichões e, tão logo me assentasse, iria querer enfiar meus sapatos velhos que já deram a volta ao mundo, e comer de novo a porcaria da carne da despensa do navio, e usar camisas sem botão no colarinho, e dar duro, e morrer de sede sob o sol, e ficar de língua de fora, e maldizer a droga da piranha da minha existência, e dormir em cidades desconhecidas, e reclamar da desgraça, e cruzar com um velho irmão que, como eu, não agüentasse mais e estivesse de saco cheio, e coiceasse, e teimasse, e fedesse a bode — mas, o que se há de fazer, dessa vez eu estava seriamente mexido. A moça era linda. Eu acabava de encher a pança. Os *drinks* se sucediam. Estava com os bolsos cheios. Os passarinhos mecânicos continuavam cantando. O bar rutilava e, realmente, eu navegara um bocado a bordo da desgraçada daquela baleeira.

"Dorothée era filha do Asno Vermelho, do velho Opphoff, um flamengo, um velho caolho que não era nada fácil. Como ela já tivera duas, três crias, o pai a enchia de pancadas, e talvez devido a isso é que ela tinha aquelas carnes tão firmes, as nádegas arrebitadas que havia três semanas eu não cansava de apalpar. Quando o velho batia, eu pensava comigo mesmo: 'Vá batendo, está chegando a minha vez'. E eu dava risada porque tinha certeza de que, à noite, ia encontrar Dorothée na minha cama. Agora, não sei como é que ela conseguia escapar ao controle rabugento do pai; é de imaginar que soubesse das coisas, e eu não era o primeiro! Isso não me incomodava, estava louco pela cadela, queria me casar com ela, pô, ela cozinhava tão bem! E quanto mais Dorothée recusava, mais eu encasquetava minha idéia, pois, afinal de contas, sou bretão, e não tinha nada contra trabalhar em botequim.

"Agora, escutem bem, isso diz respeito a vocês mais particularmente.

"Era um dia de vento sul, ardente, ressecante. O céu estava cheio de nuvens desgrenhadas. Caía uma fina poeira amarela que pousava em tudo, ardia nos olhos e matava as moscas e os mosquitos. Fazia um calor sufocante. Nosso corpo inteiro comichava. Pequenas erupções brancas nos rebentavam debaixo da pele, nossas *rockings*[100] roncavam feito máquinas de costura. Relâmpagos de calor empalideciam os eucaliptos."

Lathuille, que se levantara para encher nossos copos e escolhera num bocal de picles um magnífico pimentão roxo, recomeçou, de boca cheia:
"É, isso diz respeito a vocês mais particularmente. Certa noite, Dorothée me disse: 'Escute, meu Noelzinho, não é que eu não lhe queira, pelo contrário, mas você sabe que com meu velho não tem jeito. E também, daqui a seis meses você já vai estar sem dinheiro; portanto, não adianta insistir agora, o velho está inflexível, e já agüentei um monte de pancada por sua causa, olhe só, estou cheia de manchas roxas; mas não faz mal, gosto de você e é por isso que é preciso ser sensata. Você, que viajou muito e sabe bem das coisas, dê uma volta pelos estados, tem agora um negócio fantástico que pode lhe render milhares e centenas. Então você não lê jornal? Não está sabendo do que se passa na Rússia, e que há dois grão-duques fugindo, que roubaram as jóias da coroa e sua cabeça foi posta a prêmio? Parece que se refugiaram por aqui e há um monte deles pelo país. Todos os detetives estão em alerta. Pode-se ganhar milhares de dólares e você, que é esperto, pode muito bem conseguir, e trazer os dois clientes para o meu pai. Vá falar com ele, ele pode lhe dar umas dicas. Como assim, você não está percebendo, puxa, eu achava que você era mais escolado, estou pasma; você não reparou que meu pai está metido num monte de tramóias e que ele tem a ver com a polícia? Vá nessa, rapaz, casamos quando você voltar'. Foi assim que me pus a caminho e acabei achando os senhores. Ah! Sabe, Dorothée é muito esperta."
Ao ouvir aquela declaração, tão sensacional quanto inesperada, e que me transtornara, Morravagin caiu na gargalhada. Ele ria, ria, torcia-se a ponto de cair para trás com sua cadeira de balanço... Lathuille velho de guerra... tinha cada uma... que gozador... Como é que ele conseguia inventar uma baboseira daquelas?... Que figura!... Então era nisso que estava pensando quando nos levou para a tal mina de ouro...

"Você quis nos guardar só para você, por isso é que nos levou para o deserto. Queria que os índios nos pegassem para ficar com a recompensa, não é? Mas você não é meio doido, meu filho? Você olhou bem para nós? Nós lá temos cara de grão-duques? E que histórias da Rússia são essas? Foi o siroco que lhe virou o cérebro do avesso? Que desmiolado, onde já se viu. Você é um artista e tanto..."

"Seu, seu, seu Morravagin, e o senhor, seu Inglês", dizia Lathuille, consternado, "eu suplico, escutem, admito que dei mancada, reconheço que me enganei redondamente. A culpa é de todos aqueles artigos nos jornais, olhem, tenho aqui uns cem, recortes, todas as dicas do velho Opphoff, há também descrições e fotos, as de vocês não aparecem; mas quando a gente está apaixonado, fica que nem cachorro que bebeu coisa quente, sem nenhum faro; podem acreditar, depois da história dos índios, estou numa boa com vocês, juro! Venham comigo para New Orleans, convido vocês para o meu casamento, vão ser minhas testemunhas e silenciar as últimas objeções do velho; aliás, conto com vocês para a minha instalação, sei que o senhor é generoso, seu Morravagin e, apesar de não termos combinado um preço, sempre o servi escrupulosamente e, afinal, propiciei-lhe uma bela viagem. Dorothée é que vai ficar pasma de me ver chegando com um, dois príncipes, dois companheiros, dois amigos..."

Naquela mesma noite, tomamos o trem.

O Asno Vermelho era, de fato, um bom lugar, a gente ali não se sentia nada mal e a comida era excelente. O velho Opphoff mostrou-se muito mais simpático do que esperávamos. Quanto a Dorothée, era realmente uma moça lindíssima, Lathuille tinha razão, ela tinha estofo (anos mais tarde, eu a reconheci em alguns filmes cômicos americanos; ela não era a estrela, mas aparecia em todos os primeiros planos e sabia valorizar-se). Morravagin dava umas trepadas com ela.

Lathuille desaparecera.

Eu não saía do bar, cheio de desconfiança; e, já que Morravagin fizera questão de enfiar-se na boca do lobo, eu vigiava os fregueses. Sempre havia uns dois, três sujeitos lá embaixo, um deles chamado Bob, quase tão assíduo quanto eu, e um mestiço grandão que vinha se encontrar com ele e se chamava Ralph. Eu não notara nada suspeito. Assim que Ralph entrava, ia se acomodar à mesa de Bob. Mandava trazer dois copos grandes e preparava uma mistura horrorosa: *ginger-beer*, gim, porto, uma dose de cada. Depois mandava servir duas lingüiças quentes, compridas, e engolia uma segunda mistura. Então, num gesto maquinal, Ralph tirava o boné e, com os dois cotovelos na mesa, a cabeça entre as mãos, adormecia profundamente. Quanto a Bob, de cachimbo na boca, fumava com baforadas curtas, sentado de lado na cadeira, a cabeça encostada na parede, olhando fixamente para a frente, os olhos dilatados, a expressão absorta.

Nunca os vi trocando uma palavra sequer. Era sempre Bob quem pagava.

Certa noite, eu acabava de subir para o meu quarto, um quarto grande, amarelo, com duas caminhas de ferro e um urinol rachado entre elas; estava tirando a roupa quando a porta foi arrombada com um empurrão e Lathuille pulou para cima de mim. "Deu certo! Deu certo!", berrava ele. "Vamos nos casar amanhã, o velho consentiu!"

E se pôs a dançar loucamente pelo quarto.

No dia seguinte, compramos dois smokings, e Morravagin e eu fomos testemunhas de Lathuille. Soube mais tarde que Morravagin lhe dera dez mil dólares.

À noite, houve festa no Asno Vermelho. Todo o mundo foi, Ralph, Bob e outros fregueses assíduos. O bar estava decorado com guirlandas elétricas, um gramofone fora instalado defronte à porta e dançava-se pelo cais. Havia muita gente, vizinhos, transeuntes, e negros e negras faziam um círculo à nossa volta. Lathuille estava quase totalmente bêbado; quanto a Morravagin, estava excitadíssimo, rodopiava com Dorothée nos braços como se fosse Olímpio. Eu ficava meio de lado, pois nunca soube dançar. Estava caindo de sono.

De repente, houve um violento empurra-empurra. Levantei-me, derrubando minha mesa. Ralph e Bob tinham se lançado sobre Morravagin e seguravam-no, cada qual por um braço. Ouviram-se dois tiros.

Era Lathuille que acabava de atirar. Com um revólver em cada mão, gritava para nós:

"Morra, Morra, e você, Inglês, dêem no pé, chispem daqui. Corram sempre em frente. A cem metros daqui, depois do gasômetro, pulem no barco, eu..."

Livrei-me do velho Opphoff, que avançava para cima de mim e tentava me agarrar. Morravagin já sumira. Pus-me no seu encalço, correndo o quanto podia. Nós nos jogamos num barco a motor. Instantes depois, Lathuille pulava também e o impelia para o largo. Viam-se sombras correndo pela margem. Palavrões e tiros crepitavam. Então, ergueu-se uma voz de mulher, um longo grito, como um mugido.

Passada a reverberação do cais, estava escuro. Deslizávamos seguindo a correnteza. Lathuille ligou o motor.

"Vaca", ele resmungava, "eu a sangrei ao passar."

O motor roncava. Houve uma última salva de revólveres. Já estávamos bem longe. Lathuille acelerava. A cidade era apenas um halo.

Morravagin e eu ainda estávamos resfolegando por causa da corrida, palpitando de emoção, quando Lathuille, descrevendo uma ampla curva, colocou-se junto a um vapor que descia o estuário do rio. Do vapor, jogaram-nos uma corda, em seguida uma escada de corda. Já se ouvia claramente o som do mar.

"Subam!", dizia Lathuille.

Estávamos de smoking e sem chapéu, e assim trajados nos içamos a bordo.

Ao raiar do dia, havíamos passado a barra e deixávamos as águas lodosas do Mississippi para entrar no marulho do oceano. Estávamos a bordo de um *fruiters*[101] com destino a Trinidad.

Aquilo tudo acontecera tão rapidamente que ainda não compreendíamos o que se passara conosco.

Estávamos ali, tiritando de frio no vento crescente. Ninguém nos dava atenção. Lathuille se eclipsara. Uma bóia indicava que estávamos a bordo do *Général-HannaH*. O cargueiro adernava um bocado.

Finalmente avistamos o comandante, descendo a escada do tombadilho. Lathuille, sorridente, vinha careteando atrás dele.

"Hullo, boys, estou contentíssimo por tê-los a bordo; passaram uma boa noite?", disse o comandante.

Era um homem imenso e tonitruante, ex-campeão de beisebol. Chamava-se Sunburry.

A explicação do caso nos foi dada quando, instalados na sala dos oficiais, brindávamos com um conhaque de 1830. Havia três caixotes na cabine, assim como um estoque das melhores conservas inglesas. Lathuille acertara bem as coisas; triunfante, nos explicava:

"E aí, o que é que estão achando? Vocês que não queriam acreditar em mim em San Antonio, estava tudo bem combinado, tenho ou não tenho olhos e nariz apurados? Não fosse por mim, vocês tinham sido pegos. Eles estavam de olho em vocês; por mais que eu dissesse que vocês não eram russos, não queriam nem saber; fazia mais de um ano que Ralph, Bob, Dorothée, o velho Opphoff e os outros todos estavam maquinando o negócio enquanto aguardavam notícias minhas; estavam em mais de dez, uns safados como nunca vi igual, e todos querendo o meu dinheiro. Então, passei a perna neles. Em cinco segundos, foi tudo para as cucuias. Isso é que é rolo! Primeiro, mostrei os dez mil que vocês me deram e imediatamente decidiu-se o casamento. Mas eu já não queria mais aquela Dorothée, e os rebentos dela, e o Ralph dela, e o Bob dela, e todo aquele bando do Asno Vermelho. O pessoal da região me conhece, não gosto de manha nem que gozem com a minha cara. Vocês é que são uns faixas, e entre nós a coisa é de vida e de morte, né? Dei então cinco mil para o velho, para que mordesse a isca; depois, a pretexto de ir buscar uma autorização para o casamento com o padre de Mobile, onde mora a minha mãe, piquei a mula e foi aí que vocês não souberam mais de mim. Deve ter parecido estranho, puxa, e vocês devem ter se chateado sem mim, né, seu Morravagin, e o senhor, seu Inglês, devia de estar em papos-de-aranha? Não, mas sem brincadeira, aposto um caixote de conhaque que vocês nem desconfiavam que eu estava trabalhando para vocês e estava, de fininho, embarcando esse conhaque, uns molambos e uma tralha toda neste navio. Que crápula, hein, esse bendito Sunburry, aceitou vocês a bordo, além de aparelhar com um atraso de vinte e quatro horas — ele vai nos desembarcar em Pária, na foz do Orenoco, Venezuela —; mas precisei encher a adega dele com conhaque de 1830, ele não queria outro, nem do Marie Brizard, nem três estrelas, patatipatatá, e mil recomendações, e como vocês não foram muquiranas, também pensei grande; resumindo, tá me saindo caro esse mano velho, cinco mil; de forma que não me restou nada, nem isso aqui, nadica de nada, a não ser devolver suas armas, pois aí vai um bom conselho: da próxima vez que vestirem um smoking, não esqueçam de enfiar um revólver no bolso. Se eu não tivesse pensado nisso, vocês estavam feitos. Ah! Deu uma trabalheira, se deu..."

Estávamos a todo vapor. O cargueiro rumava direto para o

Sul, atravessando o golfo do México. Como estava em lastro, parecia adernar cada vez mais. As máquinas batiam irregularmente. Grandes turbilhões de fumaça rebentavam antes de mostrar seu interior sujo e arregaçado pelo vento e soltar brasas de carvão e fuligem. Chovia. O vapor parecia deserto. Só se avistavam uns raros membros da tripulação, sempre os mesmos mulatos desocupados. Sunberry, Lathuille e Morravagin recomeçavam sem cessar sempiternas partidas de dominó. Eu me sentia aborrecido e triste. O que seria de nós? Lathuille se mostrara muito mais temível do que eu imaginava. Pela primeira vez, estava preocupado com o futuro. Mas também, para quê? Dava tudo na mesma! Eu por acaso ainda era senhor de mim mesmo? Ha! Ha! Ha! E o que fazer? E para onde ir? Meu Deus! Como estava enojado! Meu Deus! Como me chateava! Sentia um indizível horror a tudo. Não era capaz de me entusiasmar, nem de ficar indiferente, como Morravagin; homens e coisas, aventuras e países, tudo me entediava, tudo me extenuava; só meu imenso cansaço permanecia inalterado, meu cansaço e minha tristeza; não, minha tristeza não, estava me lixando para a minha tristeza, restavam apenas meu cansaço e meu nojo, meu profundo horror a tudo. Suicidar-me, não valia a pena; viver, ah! não, disso eu já estava por aqui. O quê, então? Nada. E para acreditar que ainda dava um tantinho de importância ao que ia acontecer conosco, fui consultar os mapas marítimos espalhados em cima da cama do comandante.

    Vejamos, o que é que Lathuille dissera, Pária? Na foz do Orenoco? Venezuela? Bem. Aqui estão os tons degradês, os baixios, a costa da Venezuela, a foz do Orenoco, mas Pária, onde é que fica? Vejo ilhas, centenas, milhares de ilhas, vejo todo o delta do rio, dezenas, centenas de braços e fozes, mas não há nenhum país, nenhum lugarejo, nenhum nome, nem sequer um farol, nem sequer uma baliza. Ora essa! Nada mal! Estamos indo para lugar nenhum. Pária nem sequer existe. Tudo bem.

"Pois me diga, comandante, para onde está nos levando?"
"Não sei."
"Como assim, não sabe?"
"Não, não sei."
"E Pária?"
"Não conheço."
"Não conhece Pária?"
"Não. Pergunte para Lathuille."

Sunburry não parou de jogar, está marcando os pontos numa lousa.

Interpelo Lathuille, que está embaralhando os dominós.

"Pois me diga, Lathuille, onde fica Pária, que não estou encontrando no mapa?"
"Sei lá."
"Como assim, sei lá?"
"Não sei."
"E então?"
"E então o quê?"

Lathuille olha para mim fixamente. Depois, escolhe seus dominós e diz, arrumando as peças:

"Vocês vão ver, existem ilhas flutuantes que descem o Orenoco. Algumas encalham nos baixios; outras vão bem para o largo. Os indígenas as chamam de 'párias'. Na primeira que cruzarmos, pomos o pé em terra. Não sei onde fica. Chegando nela, chegamos em Pária."

"Mas", exclamo, surpreso, "diga-me como..."

"*Double-six!*", grita Morravagin, que está com essa peça na mão e abre o jogo.

Inicia-se uma nova partida.

Umas dez milhas antes de acostarmos em terra firme, já navegamos numa espécie de lamaçal. Vapores espessos incubam sobre a água e não se enxerga nada três metros adiante. Não se sabe exatamente onde está o limite entre a água doce e a água salgada, nem onde começa a terra, nem onde termina o mar.

Após um período de tempestade, quando o vento do largo dissipa a cortina das névoas, e as vagas de fundo assaltam o banhado revolvendo os bancos de areia e lama, pode-se avançar sem medo de errar a passagem, de se perder, de encalhar ou atolar. Não era o nosso caso. Quando chegamos, fazia tempo bom, as nuvens em formação estavam mais densas que nunca, os bancos, incontáveis, e navegávamos às cegas em meio a ilhas flutuantes e pacotes de árvores derrubadas. Já fazia dois dias que deixáramos o *Général-HannaH* e que o imenso Sunburry berrara atrás de nós, na fornalha:

"Boa sorte, *boys*. Estou contentíssimo de saber que vocês chegaram a bom porto. Espero que tenham tido uma boa travessia."

Derivávamos numa espécie de bote dobrável, de lona elástica, onde nos amontoáramos os três, Lathuille, Morravagin e eu, com caixas de conservas e armas. Não tínhamos o que beber, Sunburry não aceitara restituir uma garrafa sequer. Fazia um calor monstruoso. Alternadamente nos esfalfávamos nos remos curtos e mexíamos, como que com colheres, a água estanhada, pesada e fedida, repleta de carniças e detritos. O sopro rouco dos manatis brotava à nossa volta.

Já avistáramos terra firme uma primeira vez, rapidamente, numa aberta de nuvens em debandada; na noite do terceiro dia, com o teto mais alto, pensamos ter divisado, ao longe, uma estacada. Ao amanhecer, o que tomáramos por uma estacada revelou-se uma fileira de altos coqueiros. Tentamos abordar várias vezes, em vão. Até onde a vista alcançava, a margem formava apenas uma imensa muralha caótica, florestas derrubadas, raízes, mato desenredado, buracos, crateras lodosas, chagas abertas, entulhos, grandes torrões de húmus preto deslizando para dentro da água. Quando porventura conseguíamos colocar o pé naquele solo esponjoso sem imediatamente afundar até os quadris, e transpor aquela primeira muralha, descobríamos, por detrás, lagoas grandes e pequenas, lagunas, laguinhos, charcos estagnados, turfeiras arruinadas. Uma vegetação intensa, baixa, imersa, reluzente, inextricável invadia a superfície. No fim do horizonte, uma dobra escura demarcava a floresta virgem, a floresta tropical. Era a terra firme.

Enveredamos por uma multitude de canais, seguimos inúmeros meandros e percorremos toda uma rede de sinuosidades, sulcos, passagens, embocaduras, regueiras para desembocar subitamente sob a cúpula da alta floresta.

Era majestoso e inesperado. Estávamos no meio do rio. Reinava ali uma penumbra bem profunda, parcamente iluminada pelos cipós floridos pendendo dos galhos mais altos. Nenhum vôo, nenhum ruído. As margens eram de um ocre-escuro. Na água negra das angras profundas se engastavam pequenas praias brancas em forma de lua crescente. Os aligatores nos olharam passar quando tornamos a usar os remos.

Subíamos o Orenoco sem falar.

Aquilo durou semanas, meses.

Fazia um calor de estufa.

Só raramente púnhamos o pé em terra e quase nunca em locais habitados.

No baixo Orenoco, há muitas plantações — café, cacau, cana-de-açúcar; há, principalmente, plantações de banana. Elas se estendem por semanas nas margens irregulares do rio. As bananeiras são plantadas em quincôncio e se erigem à noite como exércitos babilônicos. Qualquer homem que se movimenta naquele clima desloca com ele uma coluna de mosquitos que repousa nos seus ombros. Os miseráveis que se agitam debaixo das folhas são mestiços dos espanhóis com mulheres indígenas;

derrubam os cachos a sabraços e machetadas. Quando faziam sinal para nos aproximarmos, era para nos oferecer *garapa*[102] de cana ou nos abastecer de *chicha*,[103] o destilado da raiz da mandioca doce.

Muito mais acima, Angostura é o fim da linha do *Simón-Bolívar*, único vapor que faz cabotagem naquele rio. Trata-se de uma máquina flutuante de três andares, pintada de branco e colorida de vermelho e azul. Nenhuma carena, tem tudo em obras mortas, o fundo é plano como o de uma chata. Na traseira, a roda do leme, única, imensa, é alta e larga como a embarcação. O convés inferior é ocupado pelas máquinas de imensas fornalhas alimentadas com madeira, madeira de tintura, madeira de lei, mogno, palissandra. Os lenhadores, na sua maioria índios quíchuas, reabasteciam-nos de *tablas*, bolinhas de chocolate feitas com cacau grosseiramente misturado com açúcar bruto, e de *açaí*, o licor meio sólido, meio líquido extraído dos frutos de uma palmeira, que se bebe numa cuia, ou meia cabaça.

Mais acima, adentra-se a grande mata virgem e, mais acima ainda, depois de transpor as corredeiras, penetra-se na região dos *llanos*,[104] onde se elaboram todas as formas da vegetação.

Subíamos o Orenoco sem falar.

Aquilo durou semanas, meses.

Fazia um calor de estufa.

Dois de nós estavam sempre remando, o terceiro se ocupava da pesca e da caça. Com alguns ramos e palmas, transformáramos nosso bote num barraco. Estávamos, portanto, à sombra. Ainda assim, descascávamos, a pele nos caía pelo corpo todo e nosso rosto estava tão esturricado que parecíamos, os três, estar usando máscaras. E aquela máscara nova que nos grudava no rosto, que encolhia, comprimia-nos o crânio, nos amassava, deformava o cérebro. Bloqueados, premidos, nossos pensamentos se atrofiavam.

Misteriosa vida do olho.
Ampliação.
Milhares de efêmeros, infusórios, bacilos, algas, leveduras, olhares, fermentos do cérebro.
Silêncio.

Tudo se tornava monstruoso naquela solidão aquática, naquela profundeza silvestre, o bote, nossos utensílios, nossos gestos, nossa comida, aquele rio sem correnteza que subíamos e ia se alargando, aquelas árvores barbudas, os bosques elásticos, aqueles matos ocultos, aquelas ramagens seculares, aqueles cipós, todas aquelas plantas sem nome, aquela seiva transbordante, aquele sol prisioneiro, como uma ninfa, tecendo, tecendo seu casulo, aquela névoa de calor que rebocávamos, aquelas nuvens em formação, aqueles vapores molengas, aquela estrada ondulante, aquele oceano de folhas, de algodão, de estopa, de líquen, de musgo, aquele fervilhamento de estrelas, aquele céu de veludo, aquela lua escorrendo como um xarope, nossos remos calados, os remoinhos, o silêncio.

Estávamos cercados por samambaias arborescentes, flores aveludadas, aromas carnudos, húmus glaucos.

Escoamento. Devir. Interpenetração. Tumescência. Inchaço de um broto, eclosão de uma folha, casca melada, fruta babada, raiz que chupa, semente que destila. Germinação. Tuberculização. Fosforescência. Podridão. Vida.

Vida, vida, vida, vida, vida, vida, vida, vida.

Presença misteriosa para a qual irrompem regularmente os mais grandiosos espetáculos da natureza.

Mísera impotência humana, como não assombrar-se, era todo dia a mesma coisa!

Toda manhã, um frêmito ruim nos despertava. O céu deslizava num trilho de cortina, os galhos se agitavam qual cobertor colorido e, de repente, acionava-se o mecanismo dos pássaros e macacos, exatos quinze minutos antes da aurora. Jogos, gritos, cantos instantâneos, garganteios, *sabiás*,[105] periquitos, rezingávamos em meio àquele alvoroço. Sabíamos de antemão o que o dia nos reservava. Atrás de nós, o rio fumegante se esburacava em rasgaduras; diante de nós se abria inteiro, flocoso, sujo. Lençóis e cortinas estalavam ao vento. Por um segundo, avistava-se o sol nu, nu em pêlo, como que arrepiado, e então um imenso edredom caía sobre nós, um edredom de umidade que nos tapava a vista, os ouvidos, um edredom que nos sufocava. Os ruídos, as vozes, os cantos, os assobios, os chamados eram como que absorvidos por um gigantesco tampão. Cores giratórias se deslocavam junto ao nosso bote formando manchas; através da bruma e dos vapores os seres e as coisas pareciam tatuagens opacas, imprecisas, desbotadas. O sol estava com lepra. Ficávamos como que encapuzados, com seis metros de ar à nossa volta e um teto de doze pés,[106] um teto de algodão, um teto acolchoado. Inútil gritar. Gotas de suor nos escorriam pelo corpo, soltavam-se, caíam sobre o estômago, graúdas, mornas, lentas, graúdas como ovos prestes a eclodir, lentas como a febre em eclosão. Nós nos enchíamos de quinino. Sentíamos náuseas. Nossos remos amoleciam no calor. Nossas roupas se cobriam de bolor. Continuava chovendo e, quando chovia, caía água quente e nossos dentes se descarnavam. Que sonho, que sonho de ópio! Tudo o que surgia em nosso estreito horizonte era coralino, isto é, envernizado, reluzente, duro, com um relevo assombroso no detalhe e, como num sonho, o detalhe era sempre agressivo, mau, cheio de surda hostilidade, lógico e, ao mesmo tempo, inverossímil. Como pessoas febris dando voltas na cama, chegávamos às margens arenosas para respirar um pouco. Que pesadelo! Nove em cada dez vezes o mato se abria para dar passagem a alguma tribo de índios ameaçadores. Tinham corpo robusto, estatura elevada, cabeleira solta, narinas perfuradas com uma vareta afiada, o lóbulo das orelhas alongado pelo peso de densas argolas de pau-marfim, o lábio inferior enfeitado com dentes e garras ou eriçado de espinhos. Estavam armados de arcos e zarabatanas, que descarregavam na nossa direção. Como passassem por antropófagos, voltávamos para o meio do rio e retomávamos nosso sonho de danados. Grandes borboletas azuis, chamadas *pamploneras*, vinham pousar em nossas mãos e faziam vibrar o ar com suas asas úmidas, distendidas. Éramos malditos. A noite não nos trazia nenhum repouso. Na bruma azulada da tarde que sucedia à chuva, gotejavam milhares de vegetais com penachos plumosos. Imensos morcegos deixavam-se cair. Cascavéis ondulavam entre duas águas. O cheiro almiscarado dos crocodilos nos embrulhava o estômago. Ouviam-se as tartarugas pondo os ovos, pondo os ovos incansavelmente. Ancorados na ponta de um promontório, não ousávamos acender um fogo. Nós nos dissimulávamos, nos encolhíamos entre as raízes de borracha que vinham se escorar nas margens como patas fantásticas de alguma monstruosa tarântula. Dormíamos um sono agitado. Licantropia. Aquele a quem tocava estar de guarda resistia o mais que podia ao sortilégio dos mosquitos imitando o longo miado dos guepardos. No céu, a lua inchava feito uma picada. As estrelas se avermelhavam como marcas aparentes de mordida.

Continuava chovendo.

A inundação se estendia.

O rio assumia ares de lago, de mar interno. Estávamos nas proximidades de sua nascente. Era uma imensa planície, inteiramente submersa. Florestas inteiras estavam debaixo d'água. Ilhas frondosas iam-se à deriva. Campos de arroz-bravo alimentavam milhares de pássaros. Patos, gansos, cisnes, de tamanho insuspeitado, cacarejavam, bicavam-se, brigavam. Deixávamonos arredar junto com os troncos mortos. Nosso bote fazia água por todos os lados, estava completamente gasto e toda vez que desabava um temporal — são muitos naquela região, e de uma violência incrível — tínhamos medo de emborcar. Lathuille estava deitado no fundo do bote. Estava moribundo. Seu corpo estava coberto de abscessos e vermes graúdos lhe furavam a pele. Estendido na água morna do fundo, dava-nos conselhos acerca de como nos comportar para conseguir atravessar sem transtornos as terras quentes que, segundo ele, se estendiam do outro lado daquela imensidão de água e onde não tardaríamos a abordar. Nós o escutávamos, sem levar fé na sua longa experiência, pois ele já não se achava em seu juízo perfeito. "Guardem os remos", dizia. "Acreditem na minha experiência, deixem-se arredar. Existe uma corrente tríplice que divide essas águas estagnadas. Trata-se de um enigma geográfico: foi o que Lundt, o explorador, me explicou outrora. Acho que ele tinha razão: devemos estar na bacia que é a nascente de vinte rios, entre os quais o Orenoco e o Amazonas. Teria gostado de verificar o fato. Enfim, já fico bastante orgulhoso por ter trazido vocês até aqui. Não há o que discutir, este bote impermeável foi bom, desta vez o altão do Jeff não me enganou. Depois de pisar em terra, vocês podem abandoná-lo. Enquanto isso, sigam a derivação da madeira flutuante e, quando notarem um velho tronco coberto com bandeirinhas, deixem-se levar, ele estará indo na direção certa. Trata-se de um tronco de *tarumã*[107] que todo ano desce o Amazonas até Manaus, sobe o rio Negro e volta para dormir aqui até a Páscoa seguinte. Como pára em todos os portos e na nascente de todos os rios, os indígenas o enfeitam devotamente com bandeirinhas. Está na época de ele se pôr a caminho, certamente irão cruzar com ele. Vocês que são pagãos, acreditem em mim, sigam-no, mas não toquem nele, pois a 'Mãe-d'Água'[108] os levaria para o fundo da água. Se cruzarem com os..."

Era uma manhã clara. Por exceção, o céu estava puro. Lathuille agonizava. Jazia na relva esponjosa. Nós o desembarcáramos numa ilha. Morravagin fora colocar umas armadilhas. Eu me debruçara sobre o doente e lhe ministrava uma poção de caldo de ervas quando uma flecha vibrante veio cravar-se em sua garganta. Soltei um grito. Quis fugir para o bote, onde deixáramos as armas. Nossa embarcação havia sumido. Voltei correndo para junto de Lathuille. A flecha ainda vibrava. Dois penachos cor-de-rosa tremulavam na ponta. Morravagin, entretanto, vinha voltando. Trazia um par de frangos-d'água. Mal tive tempo de contar o que acabara de se passar e já uns vinte índios nos cercavam. Não os ouvíramos aproximar-se. Avançavam sobre nós e apertavam silenciosamente o cerco. Morravagin ainda quis arengar, um golpe de remo o jogou no chão e ele foi rapidamente amarrado. Eram índios azuis.

Desarmados, doentes, exaustos, éramos prisioneiros.

Deixara-me cair sobre a caixa de primeiros socorros, esperava passivamente pela minha sorte, quando um varapau me interpelou. Estava a poucos passos. Executava uma espécie de dança, sapateava no lugar, batia nos flancos enquanto lançava frases cadenciadas num idioma gutural, muito árido. Não desgrudava os olhos de mim. Eu não sabia o que ele queria dizer e não entendia nada da sua mímica. Estava cheio de indecisão. Não sabia o que responder, ou o que fazer. Morravagin estava roendo as cordas que o prendiam. Tinha sangue no rosto.

"Vamos, diga-lhe alguma coisa!", ele berrava.

O cadáver de Lathuille estava estendido entre nós.

Arranquei a flecha que acabava de se cravar em nosso infeliz companheiro e a estendi para o chefe. Um jorro negro se espalhou pelo chão. Moscas graúdas já se aproximavam. Eu estava tomado pela febre. Tiritava.

O chefe apanhara a flecha. Executava agora outra dança,

grotesca, sobre os calcanhares, os joelhos afastados. Girava de costas em volta do morto. Um colar de penas vermelhas pendia-lhe nas costas. Suas nádegas murchas tremiam ao sol. Desancava-se bruscamente e tinha sobressaltos lombares. À altura dos olhos trazia a flecha, cuja sombra vertical lhe punha um negrume nos olhos. De tempos em tempos, executava uma pirueta e todos os seus companheiros soltavam um longo grito. Finalmente, formou-se um cortejo. Os índios giravam em torno de Morravagin. Pulavam, todos, num pé só.
"Morra, não me faça uma besteira", gritei.
Morravagin os estava insultando.
O chefe se agachara. Manuseava três pedrinhas. Espetara a flecha na cabeleira comprida.

    Depois daqueles trejeitos todos, os índios nos levaram. A flotilha deles estava entre os juncos. Jogaram Morravagin numa piroga. Um velho alto carregava o corpo de Lathuille. Quanto a mim, fizeram-me subir na canoa do chefe. Dois índios entraram nela também, com a caixa de primeiros socorros. Tratavam-me com consideração. Compreendi mais tarde que, de início, os índios julgaram que eu fosse um bruxo. Por causa da caixa e porque eu estava em transe. A piroga maior vinha rebocando nossa pobre canoa de lona, que se afogava na ponta de um cordame e se debatia nos marulhos como um bicho querendo recobrar a liberdade. Nossos belos fuzis reluziam na parte traseira daquele barco desarticulado e caíam na água um a um. Antes do pôr-do-sol, chegamos à grande aldeia, a grande aldeia encarapitada nas árvores. Cem mil vozes nos acolheram.

    Os índios azuis exalam um cheiro estranho, pois são todos doentes, de uma doença chamada *caraté*. Trata-se de uma afecção da pele de origem sifilítica. É sempre hereditária e muito contagiosa. Consiste numa descoloração do pigmento natural, em espécies de pintas subcutâneas que deixam o corpo jaspeado de manchas "geográficas", geralmente azuladas sobre fundo pálido. A nuance varia e existem várias espécies de *caraté*. Não raro as pintas apresentam-se em carne viva e supurando. Seria simples tratá-las com compostos mercuriais. Os índios não se preocupam com isso; eles se coçam.

Os índios azuis de que éramos prisioneiros pertenciam à antiga tribo dos jívaros. Antes da conquista, os jívaros eram os todo-poderosos. De índole guerreira, estavam sempre em luta com seus vizinhos, os sutagaos e os tunja; da conquista para cá, seu número diminuiu consideravelmente. Os espanhóis, contudo, nunca conseguiram submetê-los, e os anais de sua história foram conservados até hoje pelos habitantes de Bogotá, que guardam a lembrança do grande cacique, ou *zipa* Saguanmachica,[109] que por pouco não lhes toma a cidade, e do *zaque* Uzatama,[110] de que fala o antigo cronista Mota Padilla em sua *Conquista del reino de la Nueva Granada*, capítulo 25, números 3 e 4. MS. (Deparei com essa informação dez anos mais tarde, nos arquivos de Sevilha, quando preparava um atentado contra o rei da Espanha.)

Os jívaros de hoje em dia, chamados de índios azuis por causa de sua feia doença, são altos e bem constituídos. Seus membros diferem dos dos índios do Norte e do Leste pelo alongamento dos ossos, e distinguem-se pela finura das juntas. A cabeça é bem destacada dos ombros, de forma subquadrangular, e o ângulo facial é igual ao da raça caucásica. O pescoço é fino e alongado. Os cabelos, pretos, espessos e lisos, cobrem parte da testa e são jogados para trás, em massas parelhas sobre os ombros. Os olhos, oblíquos de baixo para cima, da carúncula lacrimal ao ângulo externo, são pequenos e penetrantes. O nariz é largo, de início fino, a partir da base, depois as asas se afastam. A boca é grande, de lábios um pouco grossos. Eles cortam transversalmente a coroa dos dentes. O corpo é musculoso, sobretudo as pernas e os braços, e, nas mulheres, a concavidade posterior da região lombar é bastante desenvolvida. As mãos e os pés são de tamanho médio, em geral curtos e nervosos. O sexo feminino não apresenta um tórax volumoso, os seios são ovóides e com mamilos obtusos.

Os homens se vestem com uma tanga estreita chamada *guyaco*, a das mulheres é um pouco mais comprida e se chama *furquina*. Seu penteado é feito com penas de *guacamayo*[111] e periquito. O mais das vezes, andam de cabeça descoberta. Todos têm o pescoço ornado com colares de dentes de animais ou sementes coloridas. Trazem, nas orelhas furadas, fragmentos de madeira ou bambus. Essa ostentação de vaidade completa-se com pedaços de baunilha ou raízes odoríferas. Tatuam os braços, as pernas e o rosto com largas listras vermelhas. As mulheres pintam somente o alto do lábio superior e pontuam os antebraços, pulsos e tornozelos. Essas tatuagens são indeléveis e feitas com uma resina chamada *urrucai*.

Esses índios passam o dia a *mariscar*, isto é, a pescar e caçar. Com o arco de madeira de palmeira, usam flechas feitas com um junco leve, a que chamam de *arraxos*. A extremidade é munida de um dente de animal afiado. As mulheres são muito hábeis na arte de fabricar redes de penas. Elas também trançam cordas muito resistentes e tecem algodão-do-mato. Sabem preparar as peles de manati e *caparu*.[112] Se esses índios não têm flautas, nem zarabatanas, a necessidade de soprar, que parece ser comum a todos os nativos da América do Sul, encontrou entre eles uma curiosa aplicação. Fabricam bilhas porosas com dois compartimentos. Esses recipientes representam toda a fauna local, principalmente as aves. Enchem-se os compartimentos com certa quantidade de água. De um lado do vaso, há uma abertura que se leva à boca e, quando se assopra, sai um grito que vem a ser o do animal, ou ave, representado pela bilha-ocarina. Essas bilhas são de todos os tamanhos, do apito à urna, e as vozes que emitem são, portanto, de todos os timbres, de todos os volumes. Cada índio possui sua *gaguère* e emite cem vezes ao dia o grito de seu totem. Todas as vozes juntas formam a mais bela cacofonia. Com um desses concertos é que tínhamos sido saudados na tarde de nossa chegada.

Os índios jívaros praticam uma outra arte singular, que supera o escalpo tão caro aos peles-vermelhas. É a cabeça, e até o corpo inteiro de seus inimigos, que eles conservam para si. Para não atravancar suas aldeias aéreas, e desde que passaram a viver nessas florestas lacustres, reduzem estranhamente o tamanho de suas vítimas, brancas ou indígenas. Substituindo a ossatura por uma armação de raiz de árvore, deixam a cabeça de um adulto com as proporções de uma laranja e transformam em boneco um homem de tamanho considerável. Sua plástica é tão precisa que os rostos mumificados conservam a expressão natural, e os próprios corpos mantêm, no modelo reduzido, apesar da desproporção das mãos e dos pés, algo da antiga atitude. Assisti a essa operação pavorosa quando reduziram o cadáver do coitado do nosso Lathuille. O danado do tagarela, vejam só, hoje se encontra no Museu do Trocadero,[113] e é o mais perfeito exemplar de uma coleção de *tsantsas*.[114]

A religião é o nagualismo. Trata-se de uma espécie de totemismo individual. Em decorrência de uma revelação ocorrida em sonho ou num estado estático, o homem sente viver em comunhão estreita com um ser ou com alguma coisa. Evocam-se as sombras e pratica-se a necromancia. Cada um possui seu espírito particular, o banhado, a *onça*,[115] a águia, a serpente, a lua, a água, o pelicano, um peixe, um crustáceo. O totem chama-se *pacarisca*, ou seja, "origem", "coisa que gera", "ser da mata". O ser ou coisa reverenciada goza de privilégios, não pode ser morto, nem comido, nem cortado, nem rachado, nem reduzido a pó ou cinzas, nem evaporado. Nas festas, todos têm a obrigação de arvorar a respectiva insígnia; o homem reveste então uma pele de animal, enfeita-se com penas e ramos, umedece a cabeça, faz malabarismos com pedras; dança tal passo, tal vôo, tal nado, corre, salta, escorrega, plana, ondula e sopra na bilha que supostamente emite a voz do próprio totem.

A festa religiosa mais importante é a que se celebra no quarto mês da lua e não deixa de ter alguma analogia com as práticas sagradas e profanas usitadas na época da expiação nos países cristãos. É a festa do "Jovem Penitente", jovem destinado à imolação, ou, em outras palavras, o Cristo dos jívaros. É escolhido o mais belo entre os cativos. Ele fica, dali em diante, designado para o grande ato da Redenção. É vestido com magnificência. Perfumes ardem à sua passagem, espalha-se o sangue de animais, oferecem-se flores, frutas e grãos. Antigamente, sacrificavam-lhe recém-nascidos. Ele circula com toda a liberdade e visita todas as aldeias. Por toda parte a multidão se prosterna para adorá-lo, pois ele é a imagem viva, a imagem humana do Sol. Durante um mês, não apenas leva vida alegre, todas as ocas lhe são abertas, preparam-lhe os melhores alimentos, come os melhores bocados de caça e regalam-no com mel silvestre e vinho de palma fermentado, como também desposa publicamente quatro jovens virgens de rara beleza a ele especialmente destinadas. As mulheres dos caciques cuidam de conseguir seus favores, e as do vulgo lhe cedem as primícias das filhas. Todas aquelas que ele fecunda são consideradas santas, tornam-se tabus, vão enclausurar-se nas *aqllas*, ou aldeias-convento, onde não mantêm mais nenhum comércio com os seus. Entre sua progênie é que será escolhido, mais tarde, o sucessor de um cacique falecido. No dia fatal, os sacerdotes empunham o homem deificado e lhe arrancam o coração, enquanto o povo canta:

"Helelá, hoje! Não precisamos mais de Ti para Rei, nem do Sol para Deus. Já temos um Deus que adoramos, e um Cacique pelo qual estamos dispostos a morrer. Nosso Deus é o Oceano de Água que nos cerca, e todo o mundo pode ver que ele é maior que o Sol e nos dá alimento em abundância. Nosso Cacique é Teu Filho, Teu Filho, sim, nosso irmão Mais Velho. Helelá, hoje!"

Como os jívaros não tinham mais nenhum prisioneiro, o homem-deus que naquele ano se fazia de Menino Jesus entre os índios azuis, e engordava e fazia farra nas ocas, não era outro senão Morravagin. Os índios o ataviaram com uma coroa de penas. Seu rosto estava encoberto por uma máscara pintada de amarelo-brilhante. Cordõezinhos vermelho-carmim cingiam-lhe o torso. Suas canelas estavam ornadas de tiras floridas com guizos de argila. Trazia na mão uma pedra calculiforme na qual estava gravado um signo. O signo se constituía de um cilindro com dois circulozinhos na base, encimado por um terceiro circulozinho no alto. Era um símbolo, "a cana do vaso de água, o macho no vaso da fêmea". Aquele signo pronunciava-se *ah-ho*.

Eram agora perpétuas idas e vindas. Embarcava-se, desembarcava-se. As índias que acompanhavam Morravagin-deus em todos os seus deslocamentos eram cada dia mais numerosas. Saíam em turnê pelas aldeias. Encarapitados nos ramos altos das árvores, os índios faziam soar suas bilhas musicais. As *gaguères* cacarejavam dia e noite, chamavam uma à outra pelos banhados e respondiam-se até o mais fundo da floresta. Eram coaxos, mugidos e assobios tais e tão agudos que eu me sentia prisioneiro de um povo de cigarras.

Eu estava sempre sozinho. Deixavam-me livre. E qual a vantagem? Eu passava de uma árvore a outra no emaranhado de cipós. Como só devia contar com meus próprios recursos, ia quase todo dia pescar. Colhia ostras envenenadas em meio às raízes dos mangues, pegava caranguejos, caranguejos horrendos, em forma de ânus ossificados, lançava linhas e não raro puxava d'água uma espécie de lampreia de pele lisa, escorregadia e cuja carne cheirava a lodo. Todas essas operações se faziam tão maquinalmente que eu com freqüência esquecia de cuidar das linhas e voltava de mãos abanando para minha oca. Então não saía mais. Ficava mascando erva de Nicot.[116] Ninguém vinha me ver. As crianças tinham medo de mim. As mulheres não me apreciavam, pois eu não quisera nenhuma delas. Os homens me evitavam, embora eu tivesse tratado de vários deles. Só o embalsamador às vezes rondava à minha volta. Ele invejava meus segredos e minha habilidade. Chamava-se U Pel Mehenil, o que significa "Seu Filho Único". Filho de quem? Ele era fedido.

Passavam-se os dias. Os dias, as noites. Tudo me era absolutamente indiferente. A água ondulava entre os pilotis. Eu estava repleto de piolhos e imundície. Meus cabelos batiam nos ombros. A barba espumava em meu pescoço. Nem sequer me perguntava qual seria o meu destino no final da lunação. Quando via Morravagin-deus passar, desviava-me. Eu havia me esquecido de tudo. Nunca nos dirigimos a palavra depois de nossa chegada entre os índios azuis. Sua apoteose ou morte só vagamente me interessavam. Não pensei nem uma vez na Europa, ou em um meio de voltar para os países civilizados. Que importância tinha aquilo tudo? Eu havia esquecido de tudo. Eu pescava, mascava, cuspia, comia com as mãos. Ia deitar em minha oca, onde não dormia, mas onde tampouco passei alguma noite em claro. Não possuía nenhuma inquietação, nenhuma lembrança. Nada, nada, nada. Nada, senão febre. Uma febre lenta. Eu estava em estado liquescente, com veludo por baixo da pele.

Paludismo.

Eu estava embrutecido, idiota, sem pensamento, frouxo. Sem pensamento, sem passado, sem futuro. Nem o presente existia. A água escorria por tudo. Os montes de lixo cresciam.

Um mau cheiro terrível se desprendia da aldeia estagnante onde as grandes cobras domésticas se enroscavam à porta das ocas. Tudo era eterno e pesado. Denso. O Sol. A Lua. Minha solidão. A noite. A extensão amarela. As névoas. A floresta. A água. O tempo solapado pelo sapo ou uma derradeira *gaguère*: dó-ré, dó-ré, dó-ré, dó-ré, dó-ré, dó-ré...
Inatenção. Indiferença. Imensidão. Zero, zero estrelas. Chama-se a isso Cruzeiro do Sul. Que sul? Pois que se dane o sul. E o norte. E o leste, e o oeste, e tudo. E outra coisa. E nada. Merda.
... Dó-ré, dó-ré, dó-ré, dó-ré, dó-ré, dó-ó-ré, dó-ó-ó-ré, dó-ó-ó-ó-ré...
Escuto.
Certa noite em que me achava estendido no meu leito, chamaram-me pelo nome. Que nome? Eu ainda estava vivo? Tinham murmurado meu nome, meu primeiro nome, Raymond. Estranho, eu não conseguia entender. Algo muito pesado me fazia as vezes de cabeça. Eu não conseguia me mexer. Meus membros estavam enormes. Eu devia estar formando um todo com a noite ou com o túmulo. Havia frufrus de tecido. Apurei o ouvido.
E caí no fundo de mim mesmo, perdendo pé.
Tudo era apenas anquilose e garrote.
Lembro que houve como que um deslize da perpendicular, como se meu ponto de suspensão tivesse subido ligeiramente para se vergar de repente à esquerda e me deixar desmoronar.
Gravitava no vazio com um milhão de formigamentos.
Glóbulos de luz subiam ao meu cérebro, mas eu continuava sufocando, balançado, estirado, largado.
Eu me segurei.
Consciência, cortiça flutuando, cortiça e casca, casca, madeira. Madeira, pedaços de madeira, madeira dura. Há remos

por toda parte, patas de insetos, movimento. Tenho consciência de estar flutuando. Mas estou cansado. Minha cabeça pende. Sinto uma corrente de ar nos olhos. Mas onde estão minhas mãos, minhas pernas, meu corpo? Sou como um cobertor enrolado, como uma meada, como uma roca de cânhamo. Um ponto lancinante, um buraco de agulha, um aguilhão, um ponto doloroso que machuca, uma ponta, uma voz que se insinua, um nome afiado.

"Raymond!"

Gemo.

Desta vez, deu. Sou eu mesmo. Sou eu quem soltou aquele gemido. Estou me achando. Abro os olhos. Bem abertos. Morravagin está debruçado sobre mim feito um universo ameaçador.

"O que foi? O que houve?"

"Beba, Raymond velho, beba."

Bebo gulosamente algo que me faz bem e adormeço, não sem antes experimentar uma imensa sensação de balanço e vertigem.

Essa cena se repete com freqüência.

Onde estou?

Quando abro os olhos, vejo um céu que vai se tornando cada vez mais duro, cada vez mais azul, a ponto de eu não poder suportar seu brilho e logo voltar a fechar meus olhos doentes. Então, sob minhas pálpebras cerradas, avulta lentamente o rosto de Morravagin, que mal tive tempo de entrever. Apresenta-se primeiro como uma chapa fotográfica, em negativo, com a pele preta, a boca e os olhos brancos. Destaca-se confusamente. Depois, fixando dolorosamente minha atenção, revejo dois pedaços de marfim furando-lhe a orelha esquerda. Uma tatuagem risca-lhe o rosto. Será possível? Ele dá uma risada. Abro os olhos. Ele ainda está debruçado sobre mim. Há água escorrendo rápi-

do de suas axilas. Uma canoa com dezoito índias azuis sobe por detrás da cabeça dele. Ele usa uma máscara impassível. O colar de penas vermelhas pendurado em seu pescoço balança junto ao meu olho, me deixa vesgo e me faz gritar. É terrível. Desmaio.
 Ele fala.
 "Você se lembra de Lathuille e das baboseiras que ele inventou de contar antes de morrer? Pois então! Ele estava certo, ele não era louco. Aquela história de tronco de árvore, e bandeirinhas, e as regras de conduta que nos dava e recomendava que seguíssemos no caso de depararmos com os índios, tudo aquilo me voltou à memória enquanto eu bancava o esperto e o bom Deus entre os selvagens. Fiz com que me adorassem, sabe."
 Está tudo rodando.
 Caio na gargalhada. Ele prossegue.
 "Você não é nada bobo. Parecia estar de mal comigo e maltratou todas as índias, velhas e moças, que apareciam para dividir sua oca. Contudo, Lathuille dissera, lembre-se: 'Se depararem com as índias, façam-lhes amor à francesa'. Foi o que eu fiz. Minhas quatro esposas não agüentavam mais. Todas as mulheres dos caciques estavam seduzidas. As moças do povo estavam iniciadas. Eu fazia com todas. Ensinei-lhes uma porção de refinamentos. Elas se uniam e, alternadamente, retomavam posição entre mim e minhas quatro esposas. Algumas até vinham das aldeias mais distantes para participar dos novos jogos acadêmicos e a cada dia meu séquito crescia com novas recrutas."
 Sei perfeitamente que estou vogando e afundando. Adormeço. Estou meio acordado. Faltam-me forças para pensar. Entreabrem-me os dentes e vertem um líquido bom que absorvo. Tudo está inchado, mole, salivoso, ganglionar. Consigo estender uma perna e reencontro minhas mãos. Tenho a impressão de pesar um peso enorme. Agora, devo estar sorrindo, pois me sinto bem; mas continuo sem forças e, sobretudo, sem coragem

para abrir os olhos. Estou longe. Estendo o ouvido. Escuto a voz de Morravagin murmurando meu nome e prosseguindo:
"As mulheres e moças juntavam-se a mim ou me seguiam nas pirogas dos caciques; traziam-me as *gaguères*, os totens de seu clã, os fetiches de sua aldeia. Eu as via chegar. Ria por detrás de minha máscara amarela. El Dorado! Chacoalhava meus guizos de argila. Ensinava-lhes uma dança nova, um culto e cerimônias de que elas próprias eram objeto. Pregava a emancipação, anunciava a vinda de uma filha nascida de seus enlaces, Safo, a redentora, propunha a formação de um grande colégio de cacicas. As *aqllas* tinham sido desertadas. As *mamaconas*[117] me cercavam ferozmente. Eram as mais ardentes profetizas do novo culto."

Não é verdade. Estou aqui. Estou dormindo. Estou desperto. Eu me recobro. Eu me perco. Agito as mãos, mais, devagar, devagar. Sim, não. Sim, não. Não, é alguém acariciando as minhas mãos, devagar, devagar, mais. Ah! Como é bom! Um borbulhar grande de água corrente. Torno a perder-me. Estou muito longe. Escuto.

"Depois de juntar à minha volta a maior flotilha de pirogas, mandei atear fogo na aldeia grande e demos início à migração anunciada, rumo ao sul, rumo ao sol, pelo rio Negro... Antes, cada mulher casada sacrificara seu recém-nascido, e cada moça, seu irmão de sangue. Nas árvores, os índios berravam como macacos. Foi três dias antes do meu sacrifício, o tabu não fora suspenso; impotentes, aterrorizados, os sacerdotes não podiam intervir. Mandei triturar todas as *gaguères* e afundar todas as pirogas que não podíamos levar conosco. Mandei destruir todos os totens, todos os amuletos. Que hecatombe!... Ao passar, embarquei você e sua caixa de primeiros socorros. Como você delirava, interpretei cada grito seu enquanto ordem, enquanto profecia. A cada manhã, esvaziei um frasco da caixa no rio. À noite, acampando numa praia deserta, mandava acender uma fogueira e, distribuindo às mulheres libações copiosas do vinho de palma que sempre lhes fora proibido, celebrávamos uma vasta orgia que se encerrava com o sacrifício de uma delas, a quem eu abria o ventre."

Gritos, cantos, danças, eu é que designo a vítima, pois gesticulo muito.

Não, não estou agitado. Obedeço.

"Primeiro, desventrei minhas quatro esposas, Velha Pequena, Velha Grande, Queda d'Água e Falta d'Água. Depois, Colar de Milho, do clã do Esquilo, e Pássaro Bonito, do clã da Árvore. E assim sucessivamente, a cada noite uma mulher ou moça conhecida, uma vedete, escolhendo de preferência aquela de que todas as outras tinham inveja, a favorita da véspera."

Não, não estou agitado. Sim, estamos salvos. É verdade, estive doente, muito doente. Onde estamos? Vamos chegar amanhã? Bem. Sim, sim, vou conseguir ficar de pé, não tenha dúvida. Não, não vou sentir medo, pode ficar tranqüilo.

"A descida do rio Negro durou dezessete semanas. Todo domingo, eu abandonava uma piroga vazia que já estava sem tripulação. Sete pirogas com seis deram meia-volta, retornando as mulheres para a aldeia. Muitas morreram de privação. Na última semana, já não passávamos de treze na canoa grande: Caldo de Etzal, Festa Grande, Festa Pequena, Buquê de Flores, Queda dos Frutos, Varredura, Chegada dos Deuses, Trilha da Montanha, Festa dos Olhos, Respiga, Cipó Pequeno, você e eu."

Será ontem, hoje, ou amanhã?

"Levante-se!"

Levanto-me. Minha cabeça está cheia de noite. Há um sol grande e cem archotes. Morravagin me ampara estreitamente. Subimos uma escada. Há uns homens lá em cima fazendo sinais para mim. Minhas pernas se vergam. Estou a bordo de um vapor. Rio, rio muito. Descemos uma escada. Muitos braços me mantêm ereto. Estamos num corredor comprido. Comprido, comprido. Vacilo. Lâmpadas giram. Um avental pula na minha frente e me puxa. Tropeço num varão de cobre. Caio. Caio. Deixo-me ir. Estou numa cama. Estou compreendendo, estou compreendendo. "Ah! Que cheiro bom de Europa! Ah! Que cheiro bom de Europa!" Os lençóis, as luzes. Muito branco, muito branco. Roupa limpa. Uma camisa. Tudo laqueado. Adormeço. Pra valer.

Agora, quando acordo, abro imediatamente os olhos. Vejo antes de tudo uma fileira de frascos etiquetados com cuidado, e o rosto flocoso do doutor que vai e vem entre as lâmpadas do teto. Morravagin ainda está ali, segurando a minha mão. Dão-me injeções. Escuto o barulho tão simpático das máquinas. Morravagin ainda está ali, segurando a minha mão. Minha mão. Adormeço. Durmo. Pra valer.

Dias, semanas se passam. Não me dou conta. Bem-estar. Retorno à vida. Como é bom! Estou novo em folha. Morravagin está sempre ali. Assim que abro o olho e sorrio para ele, ele me conta histórias e me faz rir.

Tudo o que Morravagin conta me faz rir. É impulsivo, é minha maneira de renascer para a vida.

Risos.

Ele fala.

"Cipó Pequeno, *Malinatli*, era vesga dos dois olhos mas tinha bíceps enormes. Era o melhor remador..."

Ou então:

"Varredura, *Ochpaniztli*, que era tão doce, pulou na água quando avistou o vapor. Como eu estava justamente desembarcando, não tive tempo de prestar atenção nela. Escutei-a berrar durante muito tempo; um aligator a agarrava pela perna. Você sabe que eu não sei..."

Ou então:

"Era *Etzacualitzli*, a Caldo, quem acariciava suas mãos. Era do clã das Formigas..."
Não agüento mais, o riso está me sufocando. Então, o médico de bordo intervém e roga a Morravagin que se cale para não me cansar. Caro doutor. Estamos a bordo do *Marajó*, pequeno vapor brasileiro que faz a viagem direta de Manaus, na província do Amazonas, para Marselha, no departamento de Bouches-du-Rhône. Descemos o Amazonas por mil milhas marinhas, vogamos sobre o rio mais antigo do globo, neste vale que é como a matriz do mundo, o paraíso da vida terrestre, o santuário da natureza. Mas que importância têm para nós a natureza, as mais belas formas de vegetação, os mais raros espetáculos da criação? Não saímos da enfermaria de bordo. Rimos. Trancados. De mãos dadas. Morravagin e eu.

O) REGRESSO A PARIS

Chegamos a Paris quando as portas da cidade se fechavam sobre o término do caso Bonnot.[118]
Por não conhecer outro, levara Morravagin para um pequeno hotel da rua Cujas, a dois passos do bar Faux Monnayeurs. O quarto que ocupávamos dava para o pátio, e era o mesmo em que eu sofrera tantas privações nos meus tempos de estudante. Como naquela época, descia ao bar toda manhã para ler os jornais e tomar um magro café com leite. Mas havia russos demais naquele bar, tive medo de alguém nos reconhecer. Não tardei a arrastar Morravagin até a esquina e, virando para a direita, pusemo-nos a freqüentar os cafés do bulevar Saint-Michel. Descendo cada dia um pouco mais, logo alcançamos o Sena e, como ainda havia russos demais em todos aqueles cafés, transpusemos resolutamente a água. Mudamo-nos e fomos de mala e cuia para um hotel suspeito nas cercanias da Bastilha.

Paris, grande cidade da solidão, mata e selva humana. Passávamos o dia inteiro fora. Vagávamos pelas ruas. Caminhávamos sempre em frente; ora pelo triste bulevar de l'Hôpital, os Gobelins, Port-Royal, Montparnasse, os Inválidos na direção de Grenelle, ora pelos bulevares Richard-Lenoir, la Chapelle, la Villette, Clichy, em Ternes e Porta Maillot. Retornávamos pelas *fortifs*[119] a qualquer hora do dia ou da noite.

Era o final do inverno, fazia frio. Andávamos depressa, um atrás do outro. Garoava. Os ônibus nos respingavam. Em pé na esquina de alguma rua, nos alimentávamos com dois tostões de batatas fritas ou posta de carne de vaca salgada. Havia mulheres demais nos restaurantes ou nos cafés maiores. Havia mulheres demais em Paris. Escolhíamos barzinhos desertos para ficarmos tranqüilos, e seguidamente ali passávamos o dia.

Todos os cafés se pareciam, era sempre a mesma coisa. Estavam todos em efervescência. Só se falava no caso Bonnot. Naqueles pequenos cafés com cheiro de serragem e gato, que mofam à sombra de sórdidos prédios administrativos, nas praças vazias dos bairros, em frente a três bancos, um mictório inclinado, um muro coberto de cartazes eleitorais sujos e o piscar grotesco de um lampadário, descobríamos, estupefatos, um mundo de horríveis pequeno-burgueses assustados. Em Passy, Auteuil, no Centro, em Montrouge, como em Saint-Ouen ou Ménilmontant, eram sempre os mesmos mexericos. Triste caso e gente mesquinha. Assentos disformes. Partidas de baralho suspensas. 1848.[120] Garnier, Bonnot, Rirette Maîtrejean causavam sensação, porque as pessoas ainda são romanescas na França, porque se aborrecem, porque são proprietárias. Estávamos mesmo em Paris?

"Olhe para eles, mas olhe só, que tontos", dizia Morravagin. "Não é possível. Este é o povo que o mundo inteiro inveja."

Estávamos numa taberna no bulevar Exelmans. Um *gar-*

çon de recette,[121] um cocheiro de fiacre e um velhinho raquítico brindavam no balcão. As zeladoras do bairro vinham comprar dois tostões de rapé. Pessoas com pacotes imundos debaixo do braço entravam e saíam. Havia um cachorro sarnento junto ao aquecedor. O dono tinha uma pinta no canto do olho. O garçon de recette era um idiota. "Mas olhe só para eles, temendo por suas economias. Não é possível, deve haver outra coisa neste país que não essa horrível paixão pelo dinheiro, balzaquiana, fora de moda, odiosa, grandiloqüente."
Entretanto, onde encontrar a novidade e homens, neste país que se converteu na banca do mundo? Na França, a oficialidade e a legalidade revestem e arrocham todas as formas de vida. Bonito fardão dos acadêmicos. A instrução obrigatória resulta na mais bela poda da personalidade. Ensina-se o conformismo às crianças. Inculca-se nelas o respeito pelo formalismo. Bom-tom, bom gosto, *savoir-vivre*. A vida da família francesa transcorre entre cerimônias solenemente ridículas e antiquadas. O único prodígio é o tédio. A única ambição de um adolescente é tornar-se rapidamente um funcionário, igual ao pai. Tabelionato, funerária, tradição. Napoleão povoou Paris de efígies. Pálida alegoria, o Louvre parece, certos dias, transparente e azulado como uma imensa cédula de dinheiro e, como o papel-moeda que já não corresponderá a mais nada se o tesouro do Estado se exaurir, o Louvre esvaziado de seus reis, a França sem suas antigas províncias, o cidadão francês reproduzido em série nas Declarações dos Direitos Humanos, assim como os *assignats*[122] no prelo, já estão fora de circulação e não têm valor algum. Inflação sentimental. Se em 1912 o mundo inteiro ainda desejava esse valor, França, é que todos queriam possuir uma vinheta, um clichê, uma mulherzinha, a piranha, Paris, donde a falência da Terceira República, que rebenta dando continuamente à luz

uma Sarah Bernhardt,[123] uma Cécile Sorel,[124] uma Rirette Maîtrejean[125] e, mais tarde, a mère Caillaux.[126] E nem um homem, nem um homem.

Mas onde será que estavam o ouro da França, a novidade, os homens novos? Instintivamente, procurávamos por eles. As semanas iam se passando. Retornávamos cada vez com mais freqüência para o bairro de Ternes. Lá, longe dos artistas e dos intelectuais, desconhecidas dos políticos, dos notários e dos mestres-escolas, imensas salas se abriam para o público. Era tudo de ouro. Os cinemas, os bailes, os ringues. O enorme palácio dos autômatos. Um povo asseado e limpo o invadia, homens de uma elegância jovem, mulheres de pulôver. Estava-se distante da Inglaterra, da América e da China, e, no entanto, estava-se em comunhão com o mundo inteiro. As pessoas falavam franca, claramente, em voz alta. Mesmo ao se divertirem, ainda falavam de seu trabalho. Sentia-se que estavam atreladas a um labor imenso que também incluía seu lazer e seus momentos de descanso. É isso que dá um novo impulso à vida e reforma as sociedades.

Povo magnífico de Levallois-Perret e de Courbevoie, povo de macacão azul, povo do carro-aviação, seguíamos seus grupos quando vocês voltavam para casa e ainda estávamos lá, de manhã, quando vocês saíam para o trabalho. Fábricas, fábricas, fábricas. Fábricas de Boulogne a Suresnes. Únicos distritos de Paris em que se encontram crianças pelas ruas. Agora só freqüentávamos os sopões daquela zona e os brilhantes aperitivos-concertos da noite. Bingo todo sábado. Há grandes bilhares, gramofones gigantes e caça-níqueis novinhos. Gasta-se. Sem fazer as contas. Apetite, alegria, luxo, cantorias, danças, músicas novas. Famílias numerosas. Recordes. Viagens. Altitudes, longitudes, revistas ilustradas, esportes. Fala-se de cavalos-vapor. Trabalha-se segundo os mais modernos procedimentos. Está-se ao corrente dos últimos dados da técnica. Acredita-se cegamente nas novas superstições. Arrisca-se cotidianamente a vida. Cada um dando de si, gastando a si mesmo. Sem fazer contas. Como se está longe, neste meio, da tradição cara aos puros. E, no entanto, só você é autêntico, só você é francês, povo admirável de Levallois-Perret e de Courbevoie, povo de macacão azul, povo do carro-aviação. Todos vocês são peludos e são ases.

Certo dia, rondando por Saint-Cloud entre tascas e botequins, deparamos com uma turma de vinte e três rapagões que tomavam champanhe alegremente. Era a tripulação do avião Borel, do aparelho de bambu, do aeroplano de incidências variáveis que acabava de bater, em menos de uma semana, todos os recordes mundiais de altitude e tempo, com um, dois, três, quatro, cinco, seis, sete, oito, nove, dez, onze, doze, treze, catorze, quinze, dezesseis, dezessete, dezoito, dezenove, vinte, vinte e um, vinte e dois, vinte e três passageiros.

Aquilo sim, foi uma bela de uma obra, e imaginem só a trabalheira que deu!

P) AVIAÇÃO

Morravagin era aviador. Espatifava o avião em aterrissagens brutais. Estávamos, havia três meses já, morando em Chartres. Eu residia num local grande, alto, desnudo, quadrado, encarapitado entre as duas torres da catedral. Alugara-o por dois anos. Lá de cima eu via, no planalto em frente, edificarem-se os hangares retilíneos do campo de aviação.

Meu quarto tinha por mobília uma pequena cama de ferro, uma tina grande, uma cadeira e uma mesinha de madeira-branca. Umas épuras estavam pregadas nas paredes.

Novamente me cercara de muitos livros. Retomara meus

estudos, mas não escrevia uma linha sequer. Ficava lendo o dia inteiro, instalado num pequeno terraço balaustrado, sessenta metros acima do nível da praça; os sinos da igreja contavam as horas para mim; ficava lendo, recostado numa imensa gárgula que representava um asno com chapéu que zurrava. Fazia um tempo bonito demais. Minha cabeça estava pesada demais. Não conseguia fixar a atenção no livro. O universo inteiro fervilhava no meu cérebro, e aqueles dez anos de vida intensa partilhados com Morravagin.

As horas soavam lentamente.

De quando em quando vinha uma sombra passear sobre o livro aberto. Era o avião de Morravagin que se insinuava entre mim e o Sol. Então eu erguia a cabeça e seguia demoradamente com os olhos o gracioso, frágil aparelho que viravolteava, descrevia curvas, espirais, despencava em parafuso, em folha seca, sobre a asa, sobre a outra asa, reerguia-se, fechava o círculo acima da cidade, desaparecia num esplendor de luz.

Fazia um sol de fogo. Era verão.

Todas as noites, eu descia de minha torre e ia ter com Morravagin na praça, no hotel Grand Monarque. Ele estava sempre na mesa do fundo, na extremidade da sala de jantar. Sorria de longe assim que me via entrar. Diante dele estava sentado um homem que ficava de costas para mim, cujo casaco de sarja azul tinha regularmente três vincos horizontais entre os ombros. Era Bastien Champcommunal,[127] o inventor.

Conhecêramos Champcommunal certa noite, no Halles,[128] no "Au Pére Tranquille", na sala de cima, onde nos arriscáramos excepcionalmente, em meio aos casais mal ajustados e às mulheres entravadas que se entregavam aos prazeres do tango. Ocupávamos uma mesinha de canto. Acabávamos de jantar fartamente e esvaziar algumas velhas garrafas de borgonha. Ao lado e à nossa frente ao mesmo tempo, de viés, num ângulo de noventa graus em relação à nossa mesa de canto, já fazia uns quinze minutos que um homenzarrão barbudo gesticulava para nós. Tinha barba até os olhos e grandes tufos de pêlos saíam das suas orelhas. Estava bastante desarrumado e completamente bêbado. Em dado momento, quis levantar-se e desabou sobre a nossa mesa, derrubando copos e garrafas. Era Champcommunal.

"Senhores", dizia ele, recobrando com dificuldade o equilíbrio em cima do banco e pousando a patona peluda no ombro de Morravagin, "os senhores são simpáticos, permitam que eu erga meu copo à sua saúde e peça outra garrafa. Garçom, sai um Mercurey", berrava entre dois soluços.

E, novamente dirigindo-se a nós, retomou:
"Dá para perceber que vocês já viajaram muito. As viagens educam a juventude... ude... ude... e fazem perder tempo. Perdi meu tempo na juventude... ude... ude, portanto, viajei muito."

Agarrava-se em Morravagin com ambas as mãos.

"Sim, senhores", prosseguiu, "meu pai me mandou para as florestas do Canadá, e foi lá que, de repente, tive a idéia do meu avião, um avião fantástico que voa para a frente, para trás e na perpendicular. Estava prontinho dentro da minha cabeça. Não tive de fazer nenhum cálculo. Os números que eu anotava num caderno grosso de estudante brotavam sozinhos. Nunca precisei revisar minhas fórmulas, nem verificá-las. Estava tudo correto e se ajustava à perfeição. E no entanto, tive de esperar três anos para poder dar início à construção do meu avião.

"Garçom, sai um Mercurey", berrava de novo, enquanto enchia mais uma vez nossos copos. "Uma delícia, não é? À sua saúde, senhores!"

E continuou com voz cada vez mais pastosa:
"Meu pai era primeiro-presidente do tribunal. Não queria ouvir falar no meu avião. Por isso tive de esperar três anos naquela fazenda perdida do Canadá, onde eu derrubava árvores,

arrancava touceiras, abria sulcos fundos, chafurdava na gleba, colocando todo o meu peso na charrua, pesado, sujo, lamacento, vergado sobre os cabos do arado, vergado sobre a terra negra, vergado como a gente se verga quando se entrega aos trabalhos da terra, eu que, sabia, ia voar e me libertar um dia das leis da gravidade e viajar, veloz como a luz. Foi duro. Só voltei para a França no ano passado, com a morte do meu pai e, desde então, levo um tombo duas, três vezes ao mês, regularmente.

"Garçom, sai um Mercurey, o último, estou sem um tostão.

"Pois venham me visitar uma manhã dessas", ele disse, bebendo aquela última garrafa. "Estou morando em Chartres. Comprei um campo de batatas. Construí uma casinha canadense que me serve de hangar, oficina e moradia. Vivo ali que nem um jeca, com um bom amigo que me dá uma mão. Venham me visitar. Agora vou me mandar, tenho que ir ver meu teco-teco."

Champcommunal, que se levantara, presenteou o garçom com um esbarrão enquanto lhe esvaziava nas mãos o conteúdo de seu porta-níqueis. Saiu. Nós o encontramos instantes mais tarde, no vestiário. Mal conseguia parar em pé. Esbarrou em nós sem nos reconhecer.

"Que figura!", exclamou Morravagin. "Vamos com ele. Não vai conseguir ir para casa sozinho."

Champcommunal fizera sinal para um táxi, e depois se esborrachara na calçada. O motorista quase o atropelara. Com a ajuda do porteiro do estabelecimento, o acomodamos no carro e, como ele dissera que morava em Chartres, mandamos tocar para a estação Montparnasse. A aurora surgia, azulada. Montanhas de cenouras e repolhos coloriam-se com excessiva crueza aos nossos olhos fatigados. Havia um cheiro bom de verdureira. Mulheres do povo nos falavam gracinhas enquanto ficavam de lado para deixar passar o táxi onde Champcommunal, derrubado, congestionado, descabelado, ia curtindo sua bebedeira.

Na estação, o primeiro ônibus da manhã estava de saída. Champcommunal não despertara. Ô bêbado danado! Nós o içamos numa cabine de terceira. Então, depois de um breve conciliábulo, partimos com ele. Em Chartres, um fiacre chacoalhante, calhambeque inconcebível, nos conduziu ao campo de aviação.

Ficava no final de uma charneca deserta, uns barracões miseráveis. Asas destroçadas serviam de cerca. Células, montantes, peças de madeira perfuradas jaziam pela relva como ossadas esparsas. Galões rebentados, latas de conserva vazias, panos de saco, pneumáticos velhos demarcavam a pista. Como estavam nivelando o solo com o lixo doméstico da cidade, a planície inteirinha estava coberta de cacos de garrafas e potes que reluziam ao sol. Milhares de sapatos desparceirados se encarquilhavam ao ar livre. Dávamos com os pés em molas de colchão. A cada cem passos, tropeçávamos em montes de ferro-velho.

Champcommunal não queria avançar.

Reconhecemos de imediato a sua casa, pelo fato de ser construída com troncos não aplainados. Empurramos a porta corrediça.

"Vejam meu avião", gritava, entusiasmado, Champcommunal, que escapara de nossas mãos para subir na carlinga. "Vejam esse velame, e reparem que não existe cauda. O leme de profundidade fica no plano inferior. A ponta das asas tem curvatura."

Acionava um comando, apertava os pedais para ilustrar sua demonstração. Com efeito, alguns cabos se esticavam como cordas de violino e a ponta das asas se mexia.

"Com isto aqui, vou dar a volta ao mundo e chegar em primeiríssimo lugar."

O avião era um velho aparelho remendado, recapado, sujo. Faltava uma roda no trem de aterrissagem. Alguns ovéns estavam rompidos. Inúmeras tiras de tafetá tapavam os rasgos das lonas. Faltava assoalho debaixo dos assentos. O motor soltava um óleo escuro. As juntas de adução de gasolina eram atadas com barbante. A hélice estava desmontada.

"Deu. Ele agora está no ponto. A cada dia vou aperfeiçoando um pouco. Já quase morri umas dez vezes com ele", dizia Champcommunal, enternecido.

Andávamos em volta do grande triplano amarelo. O hangar estava atravancado com ferramentas e peças avulsas. Um segundo avião, em construção. Um motor, no banco. Havia uma cama de ferro a um canto e uma rede atrás do aquecedor. Havia uma pequena forja ao fundo, um torno grande e uma bancada diante da janela. Um homem estava junto à bancada. Era jovem. Nem nossa chegada, nem os gritos intempestivos de Champcommunal o distraíram de seu trabalho. Não virara a cabeça nem uma vez sequer. Estava debruçado sobre seu trabalho. Com um compasso, anotava pontos de referência numa hélice de madeira.

"Venha almoçar", disse-lhe Champcommunal. "Deixe aí seus logaritmos, e a tralha toda. Hoje é feriado. Vamos nos fartar."

E, voltando-se para nós:

"Senhores", disse, "permitam que lhes apresente meu tenente, Blaise Cendrars."

Então, depois de mergulhar a cabeça numa bacia de água fria, acrescentou:

"Vamos até o Grand Monarque, vamos almoçar."

O inventor estava arruinado. Tendo Morravagin providenciado os fundos, nove meses após esse primeiro encontro o novo avião de Champcommunal estava pronto. Fora construído em segredo. Era o aparelho que vinha me distrair em minha torre e me impedia de ler e pensar. Tinha pressa de vê-lo partir. Eram suas últimas saídas para ajustes finais. Estávamos na última quinzena de julho; ele estava para alçar vôo na primeira semana de agosto. Tinha pressa de vê-lo partir, pois não quisera participar dessa nova aventura de que Morravagin era a alma. Morravagin projetara dar a volta ao mundo de avião. Cendrars, Champcommunal e ele estavam para embarcar a qualquer momento. Ele retomara a primeira idéia de Champcommunal e a aperfeiçoara, ampliando-a. Aquilo convertera-se num empreendimento universal.

Morravagin fizera contato com os mais famosos centros turísticos, as companhias transatlânticas, os grandes clubes esportivos, as sociedades científicas, a imprensa de todos os países. Lançara desafios. Entabulara apostas. Tal como a planejara, sua viagem deveria lhe render cerca de novecentos milhões. O mundo inteiro aguardava suas proezas.

A programação era a seguinte.

Primeira partida, primeira demonstração: Chartres-Interlacken, o avião pousaria no cume da Jungfrau[129] e desceria até o cassino em vôo planado. Exposição do aparelho, conferências de Blaise Cendrars, entrevistas, comunicados aos jornais, proezas, recorde mundial, prêmios e bolsas.

Segunda partida, segunda demonstração: Interlacken-Londres, participação na corrida anual de velocidade e resistência ao redor da Inglaterra, exposição, conferências, entrevistas, comunicados, prêmios, bolsas, recordes, grande prêmio do *Daily Mail*, assinatura definitiva dos compromissos assumidos, abertura oficial das apostas, depósito de uma garantia de um milhão no Banco da Inglaterra.

Terceira partida, terceira demonstração: o circuito das capitais, conferências, propaganda, publicidade, Paris, Bruxelas, Haia, Hamburgo, Berlim, Copenhague, Cristiânia,[130] Estocolmo, Helsingfors, São Petersburgo, Moscou.

Encerramento oficial das apostas européias. Nova partida: primeira etapa da volta ao mundo, Moscou-Tóquio, em sessenta horas de vôo, com escala em Oremburgo, Omsk, Tomsk, Irkutsk, Tchitá, Mukden,[131] Pequim, Seul, Tóquio.

Tóquio, encerramento oficial das apostas asiáticas e nova partida para a segunda etapa da volta ao mundo: primeira ligação aérea entre a Ásia e a América: primeira travessia do Pacífico, via Vladivostok, Nicoláievsk, Petropávlovsk, ilhas Próximas (ilha dos Ratos), ilhas Aleutas (ilha das Raposas), ponta do Alasca (Kartuk), Sitka, ilha da Rainha Carlota, Vancouver.

Primeira etapa americana: Victoria, Olympia, Salem, San Francisco.

San Francisco, exposição do aparelho, conferências de Blaise Cendrars, entrevistas, comunicados aos jornais, prêmios, bolsas, recepções, grande prêmio da cidade de San Francisco etc.

Terceira etapa da volta ao mundo: travessia do continente americano, passeio aéreo de cidade em cidade com exposição, conferências, publicidade, grande turnê de propaganda organizada por Barnum, *manager*.

Chegada a Nova York com o máximo de sensação, grande prêmio de 1 milhão de dólares do *New York Herald*.

Invernagem em Nova York. Construção de um novo aparelho visando à travessia do Atlântico. Venda das patentes, participação na companhia americana que construir em série esse tipo de aparelho etc.

Na primavera, encerramento das apostas americanas, partida para a última etapa da volta ao mundo; primeira ligação aérea entre a América e a Europa, Londres e Paris depois de visitar Montreal e Quebec, quarenta e oito horas de vôo para a travessia do Atlântico, o grande prêmio de cem mil libras esterlinas da União da Imprensa Britânica etc.

"Todos os bancos toparam. Você vai ver tudo o que consigo tirar de uma máquina", explicava-me Morravagin. "Glória, fortuna, honrarias, entusiasmo popular, delírio das massas. Se-

rei o senhor do mundo. Farei com que me proclamem Deus. Vamos jogar tudo para o alto, você vai ver só."
"..."
"E aí, você não vem com a gente? Não? Está bem, não se fala mais nisso. Aliás, agora é tarde demais. Seu lugar está ocupado por um tanque de óleo, o que vai nos permitir levar uma boa reserva de gasolina. O avião está prontíssimo. Partimos daqui a três dias..."
"..."
"Pena você não vir com a gente. Você teria girado a manivela de bordo. Contava com você para levar um aparelho de filmagem. Vamos ficar sem cinema. Azar. Afora isso, está tudo às mil maravilhas. Só você está caindo fora...
"Compreendo muito bem sua necessidade de repouso e sua vontade de mergulhar novamente nos livros. Meu Deus! Você ainda tem vontade de refletir, você sempre precisou refletir sobre um monte de coisas, olhar e ver, tomar medidas, impressões, notas que não sabe como classificar. Deixe isso para os arquivistas policiais. Então você ainda não entendeu que o mundo do pensamento se danou e que a filosofia é pior que a *bertillonage*.[132] Vocês me dão vontade de rir com essa angústia metafísica, vocês estão é oprimidos pelo susto, pelo medo da vida, pelo medo dos homens de ação, da ação, da desordem. Mas tudo não passa de desordem, meu velho. São desordem os vegetais, os minerais e os bichos; desordem, a multidão de raças humanas; desordem, a vida dos homens, o pensamento, a história, as batalhas, as invenções, o comércio, as artes; desordem, as teorias, as paixões, os sistemas. Sempre foi assim. Por que é que vocês querem colocar ordem nisso tudo? Que ordem? O que é que vocês estão procurando? Não existe verdade. Existe apenas a ação, a ação que obedece a um milhão de motivações distintas, a ação efêmera, a ação que suporta todas as contingências pos-

síveis e imagináveis, a ação antagonista. A vida. A vida é o crime, o roubo, a inveja, a fome, a mentira, a porra, a estupidez, as doenças, as erupções vulcânicas, os tremores de terra, montões de cadáveres. Não há nada que você possa fazer, cara, você não vai começar a parir livros, vai?..."

Morravagin estava tão certo que, três dias depois, num domingo, dia marcado para o seu vôo maravilhoso, estourava a guerra, a Grande Guerra, em 2 de agosto de 1914.

Q) A GUERRA

Juntei-me no primeiro dia ao meu regimento; não vou dizer meu "belo regimento", como na canção, mas uma droga de um regimento de caipiras. Apelidaram-nos de "3º ambulante", porque éramos legítima carne de canhão, porque servíamos de tapa-buraco e nos mandavam para todos os cantos do front onde houvesse alguma baixaria a fazer ou algum imprevisto com que deparar...

Eu sabia que Morravagin se alistara na aviação, mas não tinha nenhuma notícia dele. Pensava nele constantemente. Não, eu realmente não tinha mais nada em comum com os pobres-diabos que me cercavam; só ele ocupava todos os meus pensamentos durante as longas noites do front. Vigiava comigo na trincheira, ficava ao meu lado no ataque, enfiava a mão na mesma gamela. Sua presença iluminava meu abrigo sombrio. Nas patrulhas, inspirava-me astúcias de apache para não cair numa emboscada; na retaguarda, eu suportava tudo, vexações, trotes, tarefas, pensando em sua vida na prisão. Era ele quem me levantava o moral, me dava saúde e coragem física para nunca esmorecer, e também foi ele quem me deu a energia e o bom humor necessários para juntar os meus pedaços no campo de batalha,

depois de meu terrível ferimento. Só pensava nele ao descer da fazenda Navarin, apoiado em dois fuzis que me serviam de muleta, esgueirando-me entre os arames farpados e os estouros, deixando atrás de mim um comprido rastro de sangue...
Se não sabia nada de Morravagin, lia avidamente os jornais. As notícias do mundo eram absurdas, aquela guerra era estúpida. E, santo Deus, quanto palavrório! Liberdade, justiça, autonomia dos povos, civilização. Eu dava risada, pensando em Morravagin. Como é que os povos ainda se deixavam enganar por aquelas mentiras todas? Que piada! Nós, na Rússia, não fazíamos cerimônia quando abatíamos os grão-duques. Ah! Se Morravagin então tivesse contado com aqueles armamentos, aquelas fábricas, aqueles gases, aqueles canhões, todas as coletividades do mundo! Por que é que ele não aparecia? Com ele, a história da guerra estaria definitivamente lançada. Como é que ele não estava à frente daquela matança universal, para intensificá-la, acelerá-la, dar-lhe um rápido desfecho? Maldita humanidade. Destruição. O fim do mundo. Ponto final...
Certo dia, soube pelo *Petit Parisien* que um aviador francês acabava de sobrevoar Viena, jogara bombas sobre o Hofburg[133] e, na volta, caíra nas linhas austríacas.
Tive a intuição imediata de que se tratava de Morravagin.
Que covardia!
Vingar-se do imperador. Aproveitar a guerra para acertar as contas com um velho rancor de família. Vingar os antepassados.
Que mesquinharia!
Morravagin perdera a melhor chance da vida dele. Ir cuidar de Francisco José enquanto o mundo inteiro seguia o seu exemplo e eu esperava que ele aparecesse para destruir todas as nações!
Que frouxo!
Fiquei profundamente decepcionado...

R) A ILHA DE SANTA MARGARIDA[134]

Perdi uma perna na guerra, a perna esquerda. Arrasto-me ao sol de muletas como um coxo infeliz. Estou louco de raiva. Caio na gargalhada. Nada mudou na retaguarda. A vida está ainda mais estúpida que antes.

Encontrei Cendrars num hospital de Cannes. Amputaram-lhe o braço direito. Ele me conta que Champcommunal foi morto na Casa do Barqueiro. Ninguém tem notícia de Morravagin. Vago de muletas pelas ruas ensolaradas como um coxo penado. Vago pelos bancos. Não leio os jornais. Não falo com ninguém. O céu está azul. Não há uma vela sequer no mar.

Toda quinta-feira, na companhia de outros amputados e feridos em tratamento no Carlton, uma canoa-automóvel nos leva à ilha de Santa Margarida.

A ilha é perfumada e verde. Há uma linda praia onde os feridos se banham e tomam banho de sol. Eu não vou tão longe. O bosquete não me atrai. Nem a gruta azul. Nem as ondas do largo que vêm rebentar na ponta do promontório. Nem a peça de 75 montada ali contra os submarinos. Não vou além das imediações do embarcadouro.

Há, primeiro, uma escada íngreme, uma espécie de escada sarracena que conduz ao forte. Galgo-a até o topo. Um velho portão enferrujado barra a esplanada entalhada na rocha. Há muito sol nesse lugar, e um cheiro bom de tamarindo.

O portão está sempre fechado. Avistam-se, através das grades retorcidas, as casamatas desusadas do forte que domina o mar. Janelinhas de uma prisão desenham-se entre os galhos baixos dos carrasqueiros. Por uma delas é que, deixando-se deslizar por uma corda comprida até uma barca que o esperava, o mare-

chal Bazaine[135] teve a coragem de fugir e se refugiar na Espanha, onde foi viver cercado do desprezo geral e morrer na desonra.
O recanto é tranqüilo. Acomodo-me habitualmente em uma guarita abandonada e espero que caia a noite e ecoe a sirene da canoa. Sou sempre o último a chegar ao pontão. Já está todo o mundo a bordo. Meus companheiros gritam:
"Anda logo, cara, vamos acabar perdendo a sopa de novo."
E o padre Baptistin, a quem passo minhas muletas e que me dá a mão para eu embarcar, resmunga:
"Seu danado, você só tem uma pata e vai bancar a camurça nos rochedos. Então, não consegue ficar quieto e voltar na hora certa como os outros?"
Não, não consigo ficar quieto e voltar na hora certa como os outros. Preciso me afastar e me isolar. Preciso me cansar. Preciso conseguir subir os duzentos degraus da escada, sem parar, sem perder o fôlego. Preciso esquecer de tudo para reencontrar a mim mesmo. O lugar é deserto. Lá de cima, vejo o mar escurecer sob o vento. É preciso igualmente que minha vontade se endureça. Não quero mais pensar em Morravagin. Sinto que estou tomando grandes resoluções. É preciso. Minha vida não acabou.

Numa certa quinta-feira, deparei com o portão entreaberto e minha guarita ocupada. Uma placa balançava ao vento. Nela se lia, escrito em letras graúdas desenhadas com molde vazado: CENTRO DE NEUROLOGIA nº 101 *bis*. Um soldadinho falava sozinho dentro da guarita. Era um ser meio pálido, descarnado, inquieto. Tinha uma mancha branca feia debaixo da pele. Ele me disse que se chamava Souriceau.[136] Quis imediatamente saber qual era o meu nome e me fez um monte de perguntas. Estava sem arma, sem cinturão. Seu capote o cobria feito uma batina. Estava descolorido, desbotado, de tanto passar pelo esterilizador.
Souriceau não me deixava responder. Falava sozinho com

grande volubilidade. Contou-me sua campanha. De repente, agarrou-me pelo braço, fez com que eu penetrasse rapidamente na guarita e, certificando-se de que ninguém nos espiava nas redondezas e ninguém podia nos escutar, confidenciou-me sob juras de segredo e falando-me ao ouvido:

"Nunca fui ferido, sabe; olhe só, eu perdi meu regimento."

Ele desabotoou o capote e mostrou a gola de sua túnica, cujo reverso, com efeito, não trazia nenhuma insígnia regimentar.

"Olhe só", dizia febrilmente, "não tenho número, não tenho matrícula, não tenho placa de identidade, não tenho caderneta militar, perdi tudo. Que ótimo, não? Perdi até o meu regimento."

Revirava os bolsos.

"Está vendo? Não tenho mais nada. Perdi tudo. Perdi até o meu regimento."

Era um pobre louco que perdera o regimento na guerra, perdera a razão na guerra, perdera tudo, era um louco, um pobre louco.

Olhei para ele.

Olhei para o letreiro, depois para o portão, e entrei. Entrei naquela quinta-feira e em todas as quintas-feiras seguintes.

s) A MORFINA

O Centro de Neurologia nº 101 *bis* abriga uns sessenta fenômenos. Além de Souriceau, "o soldado que perdeu seu regimento", e do infeliz que acha que ainda está na trincheira e assume em sua cama a posição regulamentar do atirador deitado, encontram-se ali todas as afecções psíquicas resultantes das fadigas da guerra, do medo, do esgotamento, da miséria, das doenças e dos ferimentos. Pode-se certificar que os loucos encerrados ali não são uns simuladores, nem uns cansados, nem uns simples neurastênicos; todos eles conquistaram seu galão de loucura nos diversos centros neurológicos do exército, onde passaram uma temporada e foram colocados em observação, onde foram longamente interrogados, selecionados, divididos, por inúmeras comissões de especialistas, antes de serem evacuados, por etapas, para o 101 *bis*, ilha da qual não se retorna. O diretor do Centro, doutor Montalti, um corso, um cinco-galões, tem portanto razões para sorrir; não há em seu setor nem um arteiro, nem um indisciplinado, nem um emboscado, não há um só soldado recuperável na sua prisão. Sua consciência está tranqüila. A França pode ficar tranqüila. Ele exerce boa vigilância e seria o primeiro a mandar dar meia-volta a um desses grandes manhosos que inventam doenças a rodo e se fazem de loucos para não voltar para o fogo, caso aparecesse. Os danados são perigosos, é preciso ficar de olho aberto, quanto mais não seja pelo prestígio da ciência.

O principal auxiliar do doutor é a srta. Germaine Soyez, uma russa feroz que leva os doentes com rédea curta como se fossem prisioneiros, e aterroriza os enfermeiros militares que estão sob suas ordens. Despacha um sujeito para Verdun em cinco segundos e sem aviso prévio. Também manda e desmanda e o próprio Montalti a teme um bocado. Não sei como consegui agradar-lhe desde a primeira vez que me apresentei em seu gabinete de enfermeira-chefe (tinha um peito de general prussiano e ostentava o broche da Cruz Vermelha como se fosse a ordem do comendador); vi, porém, sua altivez abrandar-se quando falei no meu professor e amigo, o doutor d'Entraigues, e foi quase sorrindo que aquela autoritária pessoa me deu permissão para visitar o estabelecimento.

Faz tempo que o forte de Santa Margarida é uma construção desocupada. Durante a primeira metade do século XIX, serviu de prisão militar aos oficiais condenados à reclusão em recinto fortificado. O que significa que, se o lugar é agradável, uma longa temporada ali não tem nada de encantador, pois os pátios, os fossos, as amuradas, os bastiões, as praças-d'armas, os taludes, os redutos são eriçados de grades de ferro ou repletos de armadilhas para lobos. Nunca vi, num local de alvenaria, tamanha multiplicidade de ferros de lança, estacas, bolas com pontas aguçadas, moitas e espinheiros. As próprias portas eram blindadas, reforçadas, cravejadas como a dos antigos cofres-fortes genoveses. Era preciso abrir imensos cadeados e fechaduras muito complicadas para penetrar nos estreitos dormitórios e nas pequenas celas de janelas pesadamente gradeadas. É para essa Bastilha medieval que, em 1916, os serviços administrativos tiveram a feliz idéia de enviar os loucos do exército, os hiperloucos, os incuráveis, os imprestáveis, o resíduo de todos os outros centros, hospícios, hospitais e depósitos e onde, a cada três meses, bastante regularmente, uma comissão de velhos generais vinha conferir se não havia nenhum patife a recuperar e despachar a toque de caixa para o front.

    Eu não era general e não tinha vontade de recuperar ninguém. Não saberia dizer, portanto, o que me levava a voltar todas as quintas-feiras àqueles antros de miséria. Os sofrimentos alheios nunca me deleitaram e não sou de sentir pena de mim mesmo. Confesso, no entanto, que o horror que aquele lugar exalava convinha ao meu estado de espírito e eu sentia até o fundo das entranhas a vergonha de ser homem e de ter colaborado com aquilo. Que gozo sombrio! Haverá pensamento mais monstruoso, espetáculo mais eloqüente, afirmação mais patente da impotência e da loucura do cérebro? A guerra. As filosofias, as religiões, as artes, as técnicas, os ofícios vão dar nisso. As mais finas flores da civilização. Os mais puros meandros do pensamento. A mais generosa paixão altruísta do coração. O mais he-

róico gesto dos homens. A guerra. Hoje, como há mil anos; amanhã, como há cem mil anos. Não, não se trata de pátria, alemão ou francês, branco ou negro, papua ou macaco de Bornéu. Mas da tua vida. Se queres viver, mata. Mata para te libertares, para comer, para cagar. O que é vergonhoso, é matar em bandos, na hora tal, no dia tal, em nome de certos princípios, à sombra de uma bandeira, sob o olhar dos anciões, de forma desinteressada e passiva. Sê sozinho contra todos, rapaz, mata, mata, não tens semelhante, és o único a estar vivo, mata até que os outros te encurtem, guilhotinem, garroteiem, enforquem. Com ou sem fricotes, em nome da comunidade ou em nome do rei.
Que risadas!
Eu ia e vinha pelos quintais, pátios, muralhas, taludes, esconderijos, caminhos cobertos, caminhos de ronda. Tinha a impressão de circular dentro de uma cabeça. Aquela construção inteligente, refletida, complicada por barricadas e bastiões, saliências e redutos inexpugnáveis, parecia como que o molde petrificado do cérebro, e eu andava de muletas pelos corredores de pedra, entre as grades e os cavalos de frisa, agressivo e rabugento como o ínfimo pensamento do homem, o pensamento em liberdade. Cada abertura sobre o exterior é um vão para canhão.
Certo dia, na quarta ou quinta vez em que eu passeava livremente pelo forte, ouvi gritos estridentes que vinham de um bastião isolado. A srta. Soyez, que passava correndo, fez sinal para que eu a acompanhasse.
"Venha", gritou, "é outra crise do morfinômano."
Eu a segui capengando.
Quando cheguei na sala, a srta. Soyez estava debruçada sobre um doente que se debatia aos berros:
"Aí não, aí não, estou dizendo que não sinto nada e você vai entortar mais uma agulha."
"Você já me fez entortar três, imbecil. Onde é que você quer que eu dê essa injeção?", retrucou a srta. Soyez, indignada.

"No nariz, no nariz ou na..."
Estavam imundos, os dois. Olhei à minha volta. Encontrava-me num quarto grande. O teto baixo era abobadado. Havia grades grossas na janela, a pique sobre o mar. Era a parte mais antiga do forte, onde o sol nunca aparece. A peça era gelada. Nela reinava imensa desordem. O piso ladrilhado estava todo coberto com folhas de papel, páginas manuscritas postas uma ao lado da outra. Eram centenas, milhares. Estavam sobre todos os móveis, sobre a mesa, sobre o assento, sobre o banco. Estavam coladas nas paredes. Formavam montes, pilhas pelos cantos. Enchiam uma arca grande que transbordava de tão cheia. Havia vários debaixo dos meus pés. A srta. Soyez e o doente as amarfanhavam ao se debaterem.

A srta. Soyez concluía justamente sua pequena operação e me explicava que se tratava de um maníaco inveterado, tão endurecido que já não havia um ponto sensível e que só era possível dar-lhe injeção no nariz ou na...

"Morravagin!", exclamei, reconhecendo o doente que acabava de se erguer e abotoava as calças, pois a srta. Soyez primeiro tentara aplicar-lhe a injeção na nádega.

"Como assim, o senhor o conhece?", perguntou Germaine, estupefata.

"Mas é claro, senhorita, é meu irmão."

T) O PLANETA MARTE

Morravagin se encontrava num estado de indescritível exaltação. Passava vinte e três horas por dia sentado à sua mesa, escrevendo. Em seis meses, encheu mais de dez mil páginas, o que representa uma média de quase sessenta páginas ao dia. Sustentava-se unicamente à base de morfina. Naquelas condições,

eu não tinha como interrogá-lo e proceder à investigação que as aventuras de meu fabuloso amigo autorizavam e prescreviam. Fosse como fosse, ele já não pertencia a este mundo. Julgava encontrar-se no planeta Marte. E quando eu vinha visitá-lo, regularmente, a cada quinta-feira, agarrava-se no meu braço, clamava pela Terra em altos brados, procurava o solo, as árvores, os animais domésticos, com as duas mãos bem acima da cabeça. Ele nunca falou nos seus semelhantes.
Não estou bem certo de que tenha me reconhecido.

U) O MÁSCARA DE FERRO[137]

Morravagin morreu em 17 de fevereiro de 1917, no mesmo quarto que durante tanto tempo foi ocupado, no reinado de Luís XIV, por aquele que a história conhece como "o homem da máscara de ferro". Pura coincidência anedótica e não simbólica.

Morravagin morreu em 17 de fevereiro de 1917, aos 51 anos de idade. Como não era quinta-feira, não pude assistir aos seus derradeiros momentos, eu, seu único amigo nesta vida. Tampouco pude assistir ao seu enterro, que ocorreu numa quarta-feira.

Foi somente no dia seguinte, quinta-feira, que a srta. Soyez me comunicou que ele falecera e consentiu em obter para mim um duplo relatório que o doutor Montalti encaminhou às autoridades competentes a respeito daquela morte.

Eis a cópia fiel dessa surpreendente oração fúnebre:

Existem no encéfalo certas regiões cujas funções permanecem, mesmo hoje, após inúmeras pesquisas de que foram objeto, obscuras e misteriosas. A região do terceiro ventrículo e do infundíbulo é uma delas.

O que vem complicar o problema e torna difícil, e muitas ve-

zes problemática, a interpretação dos dados experimentais é que, à complexidade estrutural da região interpeduncular, vem somar-se a proximidade de um aparelho glandular cuja influência, embora insuficientemente determinada, demonstra cada vez mais exercer uma atuação sobre o organismo como um todo. Estamos falando da hipófise.

Sabe-se que diversos trabalhos experimentais parecem ter demonstrado que a excitação, ou ablação, da hipófise resultava em alterações significativas da circulação, da respiração, do metabolismo, da secreção renal, do crescimento, para mencionar apenas as mais flagrantes.

O método anatômico-clínico até o momento só ofereceu, quanto ao problema de nosso interesse, poucos elementos indiscutíveis.

O motivo para isso está na raridade relativa das lesões bem delimitadas da região do infundíbulo; na imensa maioria dos casos trata-se, com efeito, de produções tuberculosas ou, sobretudo, sifilíticas que, devido à sua difusão e às toxinas que emitem à distância, não circunscrevem a um território preciso seus efeitos nocivos.

Tivemos recentemente a oportunidade de acompanhar, por um período relativamente longo, um doente portador de uma lesão neoplásica interpeduncular, sobre o qual uma série de sintomas chamou nossa atenção em razão de seu interesse fisiológico. Gostaríamos de relatá-los brevemente, pois esclarecem e definem uma parte da semiologia da região infundibular e interpeduncular. Permitem esboçar a descrição da síndrome infundibular que foi assinalada nas diversas observações do tumor da pituitária e, ainda recentemente, num caso de tumor da epífise descrito por Warren e Tilney* mas, até onde sabemos, nunca se apresentou tão claramente como no caso que relatamos:

* Warren e F. Tilney, "Tumor of the pineal body with invasion of the midbrain, Thalamus, Hypotalamus and Pituary Body". The Journal of Nervous and Mental Diseases, janeiro de 1917.

Trata-se de um homem de 51 anos de idade, M........., piloto a bordo de um aeroplano. Em seus antecedentes pessoais, observamos vários acessos de paludismo e um cancro sifilítico cinco anos atrás.

Em abril de 1916, foi evacuado da Áustria, via Suíça, e tratado de uma anemia durante quatro meses no hospital de Beaune.

Tendo dado entrada em 18 de setembro de 1916 no Centro de Neurologia, nº 101 bis, o doente se apresenta bastante debilitado, visivelmente emagrecido e pálido. O interrogatório nos informa que havia muitos meses vinha se alimentando mal, perdeu o apetite, emagreceu e sente suas forças definharem. No momento, a astenia está bastante pronunciada e o sujeito não tem condições de exercer nenhum trabalho que exija esforço contínuo. Além disso, seu sono é perturbado e durante a noite o doente é obrigado a beber várias vezes.

O exame dos diversos órgãos não nos revela nada de muito específico. Observa-se ligeiro aumento do volume do baço, uma obscuridade respiratória do vértice direito. É impossível apontar qualquer sintoma orgânico do sistema nervoso além de distúrbios oculares. Esses últimos, segundo o sujeito, surgiram progressivamente e consistem num enfraquecimento da visão. Essa ambliopia, contudo, não chega a impedir o doente de passear e reconhecer as pessoas que o cercam. A leitura é difícil e só os caracteres maiores são identificados.

Desde que deu entrada, observa-se um aumento da quantidade das urinas, cuja taxa varia de 2 a 2,5 litros. A análise não revela nenhum elemento anormal.

Essa poliúria é acompanhada, como constatamos, de polidipsia, mas não de polifagia, e não há vestígio algum de glicosúria.

A punção lombar apresenta um líquido claro, um pouco hipertenso (22 no manômetro de H. Claude), contendo 0,56 de albumina de diversos linfócitos. Não houve ocorrência de nenhuma reação em conseqüência da punção.

O exame ocular realizado pelo doutor Cotonnet, médico-chefe do centro oftalmológico de Cannes, evidencia hemianopsia bitemporal típica e completa, não acompanhada de estase ou paralisias oculares. A pupila direita parece descolorida no segmento nasal, os vasos estão normais; a pupila esquerda está ainda mais descolorida no segmento nasal. Os reflexos pupilares do olho direito estão presentes, mas reduzidos, e os do olho esquerdo também ocorrem, mas são apenas perceptíveis. A visão está bastante reduzida, mas permite ao doente identificar os objetos que lhe são apresentados.

De nossa parte, observamos a extrema variabilidade do diâmetro iriano, ora excessivamente largo, ora muito reduzido.

Em razão dos antecedentes específicos do doente e da existência de uma linfocitose com notável albuminose do líquido céfalo-raquidiano, instituímos o tratamento específico intensivo e estabelecemos o diagnóstico de meningite gomosa basilar implicando o quiasma e a região do tuber cinereum.

Mal transcorreram alguns dias e o doente apresentou uma série de distúrbios interessantes: o pulso, de irregular que era, passou a claramente arrítmico e fraco; os batimentos do coração estão menos nítidos, um pouco abafados. A pressão arterial pelo Pachon é de máxima 15 e mínima 9. A cada certo tempo, observam-se extra-sístoles.

O exame do sangue não nos revela nada de especial: apenas uma ligeira linfocitose.

Em 10 de outubro, ou seja, oito dias depois da instauração do tratamento específico, o doente apresenta distúrbios na fala; essa se torna lenta, escandida, arrastada, monótona à maneira da disartria dos pseudobulbares. Nenhuma disfagia.

Suspende-se o tratamento específico.

Em 22 de outubro, o distúrbio da articulação desapareceu, assim como as alterações do pulso; tudo parece estar voltando ao *normal quando, subitamente, em 23 de outubro, o sujeito cai num sono profundo de que é impossível arrancá-lo. Essa crise de narcolepsia, que se estende por cerca de cinco horas, deixa o sujeito, quando desperta, amnésico e surpreso. Fato a notar: essa amnésia não abrange apenas o período narcoléptico, mas também o período que antecedeu sua entrada no hospital, ele não lembra como entrou no Centro Neurológico 101 bis, nem há quanto tempo está em tratamento.*

O exame das diferentes funções do sistema nervoso mantém-se totalmente negativo e tanto a reflexividade como a sensibilidade, a motricidade, a troficidade estão ilesas.

Os distúrbios da memória que assinalava acima duraram pouco tempo, já que três ou quatro dias após a crise narcoléptica tinham sumido completamente.

Em 26 de novembro de 1916, sem razão aparente, manifestam-se novamente fenômenos cardiovasculares análogos aos que vimos anteriormente. Os batimentos cardíacos precipitam-se e o pulso está a 136 por minuto; nota-se um ritmo embriocárdio típico, com enfraquecimento dos ruídos do coração.

Em 30 de novembro, o doente acusa amaurose total. "Estou dentro da noite profunda", diz ele. O estado geral se altera, o emagrecimento progride. O doente, aliás, alimenta-se mal e apresenta, desde sua chegada, pronunciada inapetência.

A instabilidade do diâmetro iriano continua manifesta. O exame das urinas sempre apresenta o mesmo resultado: ausência de qualquer elemento anormal e nenhum aumento do volume das 24 horas, 2,5 litros.

26 de dezembro de 1916. O sujeito mostra-se cada vez mais caquético e sintomas de bacilose do vértice direito se definem. De súbito, sem que se possa apontar nenhuma causa, o doente é acometido de um delírio confusional com onirismo. Diz que sua cama está úmida por causa da chuva e das névoas do mar; julga estar no Orenoco na primavera (sic!).

A gravidade de seu estado não o impressiona e, pelo contrário, ele vem manifestando há alguns dias uma euforia que contrasta com a realidade.

O doente mantém até o fim esse sentimento de euforia que todo dia o leva a afirmar que se encontra num mundo superior, alhures, que está melhor, que logo vai se levantar para entrar em convalescença etc.

De 10 de janeiro de 1917 a 17 de fevereiro não ocorreu nenhum novo fenômeno patológico. O estado mental não se modificou, tampouco a poliúria ou a polidipsia. Em diversas ocasiões, o sujeito apresenta ataques de narcolepsia idênticos àquele que mencionamos. Quanto à visão, manteve-se em constante enfraquecimento, mas com oscilações acentuadas; ora o doente parecia só perceber sensações luminosas, várias ofuscações, ora identificava corretamente os objetos que se lhe apresentavam. O estado pulmonar agravou-se e foi com os sintomas de uma tísica de forma broncopneumônica que o doente sucumbiu em 17 de fevereiro de 1917.

Na autópsia, constatamos a existência de uma tumefação retroquiasmática nitidamente flutuante e de coloração violácea. A hipófise estava normal, assim como a sela túrcica, não parecia comprimida, e a seção do caule pituitário não causou o escorrimento do líquido contido no tumor. Esse último ocupava o espaço interpeduncular, rejeitando lateralmente os dois pedúnculos cerebrais, os corpos mamilares atrás e, à frente, o quiasma e as tiras ópticas, cuja parte interna parecia manifestamente achatada.

Nos cortes frontais dos hemisférios, as relações do tumor com as paredes ventriculares eram nitidamente aparentes.

Esse tumor, com o corte, revela constituir-se de uma membrana isolável, distinta da parede ependimária, constituindo uma cavidade fechada, independente do ventrículo que preenche, e compartimentada. Das cavidades secundárias assim constituídas, escorre ora um líquido claro, ora um líquido positivamente hemorrágico. Na base inferior desse tumor quístico, a membrana interna está eriçada de nódulos irregulares e duros. Um exame histológico realizado pela srta. Soyez (Germaine) esclareceu-nos sobre a natureza desse tumor. Trata-se de um tumor epitelial quístico desenvolvido à custa do revestimento do terceiro ventrículo. Os brotos, salientes na cavidade, são formados por tecido conjuntivo ou neurológico lasso em continuidade ao tecido subependimário parietal revestido de um epitélio em vias de proliferação epiteliomatosa.

Esse tumor distende assim o terceiro ventrículo, afasta as camadas ópticas uma da outra, mas reduz principalmente o segmento inferior do ventrículo, o infundíbulo e a lâmina terminal, deixando totalmente intacta a hipófise, cuja tenda nem sequer se apresenta deprimida. Os ventrículos laterais estão ligeiramente distendidos. Em parte alguma observamos alterações meníngeas ou vasculares.

3. Os manuscritos de Morravagin

v) O ANO DE 2013

Os manuscritos de Morravagin me foram entregues após a sua morte. Estavam encerrados num baú de fundo duplo. O compartimento secreto continha uma seringa Pravaz, e o baú propriamente dito, os manuscritos em desordem. Esses manuscritos estão escritos em pedaços, farrapos de papel de tudo que é formato e de tudo que é tipo. Estão redigidos em alemão, francês e espanhol. São dois maços grandes e milhares de folhas avulsas.

O primeiro maço intitula-se *O ano de 2013*. Contém dados históricos, sociais, econômicos dos acontecimentos que transcorreram para nós, homens, das primeiras relações estabelecidas com o planeta Marte, assim como o histórico da primeira viagem e a origem dessas relações. O relato é desconexo. Esse estudo encontra-se, infelizmente, incompleto e apresenta certas lacunas que não consegui preencher. Morravagin falava muito pouco sobre sua estada no planeta Marte.

O manuscrito de *O ano de 2013* subdivide-se em três partes bem distintas.

Primeira Parte: um trecho lírico intitulado:
Terra, 2 de agosto de 1914.

Segunda Parte: uma longa narrativa em sete capítulos com os seguintes títulos:
Capítulo I: A Grande Guerra 1914-2013.
Capítulo II: Quadro do Estado do Mundo no 99º ano da Guerra (Guerra da Sociedade das Nações).
Capítulo III: De um País neutro.
Capítulo IV: História de Dois Desertores.
Capítulo V: De alguns aparelhos e dos novos Métodos de Guerra.
Capítulo VI: Influência da Kultur marciana sobre a Civilização humana.
Capítulo VII: O Porquê da Guerra.

Terceira Parte: um trecho lírico intitulado:
Marte, 2 de agosto de 2013.

O manuscrito está assinado: *por Morravagin, idiota*.

w) O FIM DO MUNDO

O segundo maço dos manuscritos de Morravagin intitula-se: *O fim do mundo*. Embora inteiramente redigido por seu punho, não consegui estabelecer se o roteiro é obra da imaginação ou se, pelo contrário, meu amigo não teria se dado ao trabalho, pensando em mim, de coligir o texto sobre um programa de cinema quando de sua misteriosa estada no planeta Marte. Sabendo de minha curiosidade pelas coisas do céu, Morravagin estabeleceu, para meu uso, um dicionário dos duzentos mil principais significados da única palavra da língua marciana, sendo essa palavra uma onomatopéia: o rangido de uma rolha de cristal esmerilhado — vivendo os marcianos em estado de gás ponderado no interior de um frasco, segundo me explicou Morravagin durante nosso último encontro, uma semana antes de sua morte. Foi esse dicionário que me permitiu traduzir, ou melhor, adaptar, o roteiro marciano. Encarreguei Blaise Cendrars de cuidar de sua publicação, talvez até mesmo de sua realização filmada.

O manuscrito não está assinado. Estava num envelope, endereçado a mim no meu endereço de Chartres.

x) A ÚNICA PALAVRA DA LÍNGUA MARCIANA

A única palavra da língua marciana escreve-se foneticamente:
ké-ré-kê-kê-kô-kex.
Significa tudo aquilo que quisermos.

Y) PÁGINA INÉDITA DE MORRAVAGIN, SUA ASSINATURA, SEU RETRATO

Eis, a título de amostra, uma página inédita de Morravagin:

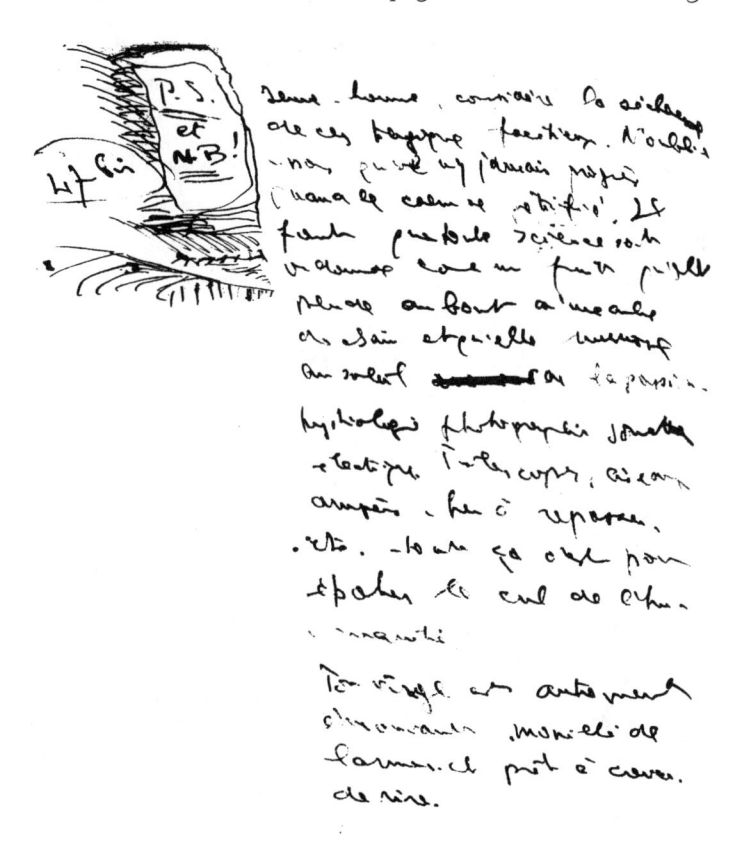

(47 bis/ P.S. e N.B.!/ Jovem, considere a secura/ desses trágicos faceciosos. Não esqueça/ que nunca há progresso/ quando o coração petrifica. É/ preciso que toda ciência seja/ ordenada como um fruto, que ela/ penda na ponta de uma árvore/ de carne e que amadureça/ ao sol da paixão,/ histologia, fotografia, campainha/ elétrica, telescópios, pássaros,/ ampères, ferro de passar/ etc. — isso tudo é para/ assombrar o cu da hu-/ manidade.

Teu rosto é tão mais/ comovente quando molhado de/ lágrimas e prestes a rebentar/ de rir.)

Eis, a título de curiosidade, o fac-símile de sua assinatura:

E, finalmente, eis seu retrato vindo do lápis de Conrad Moricand.[138] Moricand esteve com Morravagin uma vez, no Café de la Rotonde.

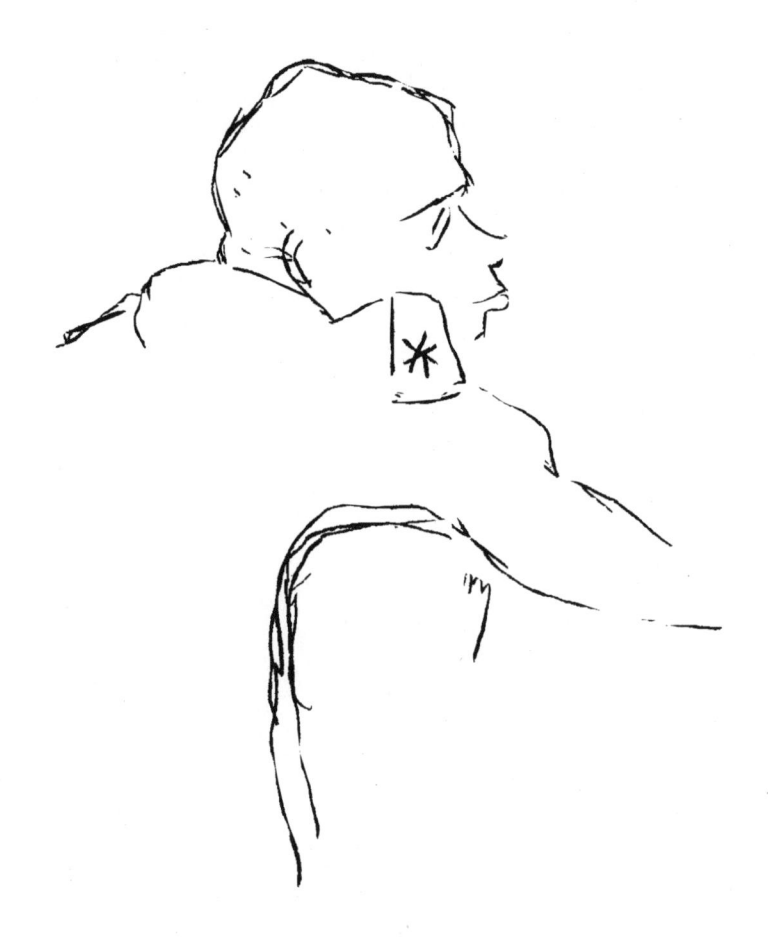

z) EPITÁFIO

Lê-se, num túmulo do cemitério militar da ilha de Santa Margarida, a seguinte inscrição, traçada a lápis-tinta:

AQUI JAZ UM ESTRANGEIRO.

Pro domo[139]
Como escrevi Morravagin
(Papéis reencontrados)

O primeiro papel que reencontro está datado de *Paris, novembro de 1912*.

Les Pâques à New York [Páscoa em Nova York] acabava de ser publicado e eu dera início ao *Transsibérien*.[140] Eu vivia à época na maior pindaíba, efetuando vagos trabalhos editoriais (tradução de *Memórias de uma cantora** para a Collection des Curieux [Coleção dos Curiosos]; cópia, na Mazarina,[141] de *Perceval le Gallois* [Percival, o Galês] para a Bibliothèque Bleue etc., e uma colaboração regular para a *Revue de Géographie*, a *Revue du Commerce et de l'Industrie d'Exportation* etc.). Ficava permanentemente num café "Biard" do Boul' Mich'.[142] Escrevia, escrevia. Passava a noite ali. O café custava dez centavos.

Foi nesse bar que, uma noite, jogando conversa fora com um judeuzinho, um certo Starckmann (era um rapaz muito dedicado a mim, um aprendiz a quem confiei, no ano seguinte, a

---

* Memórias atribuídas a Wilhelmine Schroeder-Devrient, a imortal Leonora do *Fidélio* de Beethoven, uma das mais célebres ninfômanas da Europa galante (1804-60).

encadernação da edição do *Transsibérien* e que, em 1914, seguindo meu exemplo, alistou-se no primeiro dia da guerra para ser morto em 9 de maio de 1915 às portas de Souchez), contando-lhe alguns episódios de minha vida, nasceu dentro de mim, espontaneamente, a idéia de *Morravagin*, desencadeada como que por uma mola na engrenagem da conversa, como se, fazendo-me alguma pergunta da qual não lembro, Starckmann tivesse apertado um botão automático... e, até o amanhecer, contei-lhe a história de Morravagin como se fosse algo que tivesse de fato acontecido comigo. Naquela manhã, provavelmente, é que devo ter anotado a lápis, no tal pedaço de papel: *De Morravagin, idiota*, e a data. Ponto final. E não pensei mais em Morravagin, absorvido que estava, primeiro pela redação e composição do *Transsibérien*, depois por sua execução tipográfica, chamada de *O primeiro livro simultâneo*, feitura que demorou um ano, na gráfica Crété, em Corbeil.

* * *

Na primavera de 1914, voltei a *Morravagin* e, sob a influência dos primeiros sucessos espetaculares da aviação e da leitura de *Fantomas*,[143] fiz dele um romance de aventuras. Donde esse segundo papel, datado de maio de 1914, e tendo por título *Le Roi des Airs, grand roman d'aventures* em 18 volumes [O rei dos ares, grande romance de aventuras em 18 volumes]. A primeira e a última palavra do livro eram "Merda". Eu estava muito orgulhoso desse achado. E se tivesse, então, topado com um editor, decerto o livro teria saído com essa forma. Escrevi mais de mil e oitocentas páginas, esquecidas num hotelzinho dos arredores da estação de Lyon, que eu freqüentava sempre que ia pegar mulheres para os lados da Bastilha, o que dava lugar a célebres brigas — e eu adorava brigar! —, ou perdidas em uma de minhas inumeráveis mudanças — na época, eu me mudava toda semana, para morar alternadamente em cada um dos vinte distritos de Paris, inclusive com umas esticadas nos subúrbios.

    Lembro-me mais particularmente de um volume, o oitavo, intitulado *L'Europe sans tête* [A Europa sem cabeça], que vendi a um editor de Munique por intermédio de meu amigo Ludwig Rubiner, encarregado de criar uma coleção com os cem melhores romances de aventura do século XIX.[144] Recebi quinhentos marcos adiantados, e ele nunca foi publicado!... Lembro-me ainda de ter exposto o assunto ao meu amigo Kek, então escultor. Estávamos em pé, na traseira de um ônibus, passando pela rua do *faubourg* Saint-Honoré. Aonde será que estávamos indo?... Fazia um tempo esplêndido e desci, com o ônibus em andamento, em frente ao Elysée, bem no meio de uma frase, pois o pobre sujeito não parecia estar entendendo. Os escultores têm o espírito lento... A *Europa sem cabeça* tratava nada menos que do rapto e seqüestro, ou até mesmo do assassinato, por uma gangue de aviadores, dos jovens pintores (Picasso, Braque, Léger), dos jovens músicos (Satie, Stravinsky, Ravel), dos jovens poetas parisienses (Apollinaire, Max Jacob, eu), que Paris ainda não conhecia e que sem demora se tornariam famosos, e de entregar o futuro intelectual da Europa e, portanto, do mundo, à tutela dos jornalistas, dos políticos, dos pseudo-artistas e da polícia alemã.

    Morravagin se divertia. Eu também. (Não se fez nada melhor depois disso, por mais que se diga!)

    Outro volume é a história dos novecentos milhões citada no *Panama*,[145] que estava para ser publicado no número especial de *Montjoie!* em agosto de 1914, número que foi impresso mas não saiu. Começara a guerra. *Agosto de 1914.*

* * *

Sobreveio a guerra. Durante os dois anos de participação no exército, não pensava em outra coisa senão no *Morravagin, idiota*. Uma chama criadora me devorava, mas não escrevi uma linha sequer: disparava tiros de fuzil. Nem de dia, nem de noite, Morravagin nunca me deixou sozinho naquela vida anônima das trincheiras. Era quem me acompanhava nas patrulhas e me inspirava astúcias de pele-vermelha para armar uma emboscada, uma armadilha. Nos banhados da Somme e durante um triste inverno inteiro, foi quem me reconfortou, falando-me sobre sua vida de aventureiro, quando corria pelos pampas encharcados pelo inverno terrível da Patagônia. Sua presença iluminava meu abrigo sombrio. Na retaguarda, eu engolia tudo, trotes, tarefas, servidões, vivendo de sua vida na prisão. Como ele, eu usava um número de matrícula. Ele estava ao meu lado no ataque, e talvez tenha sido ele quem me deu a coragem física e a energia e a vontade para me levantar do chão no campo de batalha da Champagne. Tornei a encontrá-lo no meu leito de hospital depois da amputação. Naquele momento, ele crescera mais ainda, revestido com a pele de Sadory, o último descendente dos autênticos reis da Hungria, que eu conhecera antes da guerra, refugiado num hotelzinho do bulevar Exelmans, o Point du Jour, de quem eu ouvira a confissão. (Estudante de Belas-Artes, Sadory trabalhava com Auguste Rodin e era com o cinzel um virtuose tal que o mestre lhe confiara a execução do *Baiser* [Beijo] que está no museu do Luxemburgo.) Morravagin estava criado. Eu já conhecia sua juventude, seu passado. Não me faltava mais nada. O sujeito estava ali, bem vivo, completo. Eu o possuía. Ele me possuía. Nada mais simples do que, dessa vez, escrever a sua história. Poderia tê-lo feito em uma página ou em cem volumes, de tal modo aquilo tudo me parecia fácil e se desenvolvia logicamente. No entanto, uma vez retomada a vida civil, não fiz nada.

Mais uma vez, perdi meu tempo. E Morravagin, o livro por fazer, foi relegado às calendas gregas!

* * *

Primavera de 1916. Eu passeava em Paris com uma linda garota pela qual estava "de quatro". Todo entregue à minha amante, os grandes livros por fazer foram mandados para o quinto dos infernos! Certo dia, contemplando Paris do alto das torres de Notre-Dame, perguntei à minha pombinha qual seria, na opinião dela, o som da trombeta do Juízo Final, caso o anjo, encarapitado no topo da catedral, levasse de repente sua trombeta à boca. À noite, deitado na casa da Amada, em Montparnasse, voltei àquela idéia e, apaixonando-me pela coisa, tracei-lhe a traços largos o pavor de Paris caso as profecias se realizassem e a taciturna e milenar catedral se pusesse subitamente a barrir e galopar como um elefante enfurecido, espezinhando, esmagando a cidade. Era 13 de abril, eu anotei. Em 9 de novembro escrevi *Mystère de l'Ange N.-D*. [O mistério do Anjo N.-D.], tal como saiu na revista *La Caravane* (número de abril de 1917), e que era para mim uma indicação do que não se deveria pôr num livro sobre o *Fim do Mundo*, que eu estava pensando em escrever e sobre o qual refletira o verão inteiro (um velho tema que me perseguia desde 1907, época em que, julgando-me músico, pusera-me a compor uma grande sinfonia: *Le Déluge* [O dilúvio]). Escrevi, ao mesmo tempo, o roteiro detalhado de um filme que Pathé, depois Gaumont recusaram, a pretexto de que havia personagens demais e uma multidão grande demais em ação. Griffith acabava de rodar o *Nascimento de uma nação*, obra-prima que nunca foi projetada na França mas à qual eu assistira privadamente e que me deixara uma prodigiosa impressão de inventividade e criação, força e poesia modernas.

Tenho vontade de trabalhar. Um sujeito me empresta um dinheiro. Parto bruscamente, rompendo laços muito doces.

* * *

Eis-me, no inverno, em Cannes. Fico lá três meses. Estava com vontade de trabalhar. Nada mais está dando certo. Minha cabeça está estourando. Pressionada por projetos. Projetos demais. Não faço nada. Em compensação, Morravagin está cuidando da realização técnica do filme *Fin du monde*. Obriga-me a rodá-lo no planeta Marte, inventa o aparelho que possibilita a viagem, enxerga a influência que essa realização interplanetária exerce sobre nossa civilização, idéias e costumes, situa a revolução universal que ela acarreta para nós em plena guerra atual e, para maior verossimilhança, retrata o estado econômico do mundo no $99^{\underline{o}}$ ano da guerra. Como um gênio do mal, ele me conta o episódio dos dois desertores que são os primeiros a aterrissar no planeta Marte e considera esse desesperado sucesso muito mais importante e prenhe de conseqüências para o futuro do gênero humano do que a descoberta da América por Cristóvão Colombo.

Nascera o *Ano de 2013*.

Ele dita, eu não escrevo. Ele conta, conta, conta, eu fujo para os bares. Ele inventa novos episódios para prender minha atenção, eu me embebedo. Ele define milhões de detalhes inéditos, entre uma bebedeirografia e outra tomo milhões de notas. Meu quarto de hotel acaba ficando cheio de dossiês espalhados pelo assoalho, papéis em desordem transbordando das malas, tábuas de logaritmos mal coladas nas paredes, épuras, fórmulas escritas a carvão na divisória. Parecia o quarto de um astrônomo ou de um inventor enlouquecido.

Retorno a Paris.

Exausto, esgotado, descontente, volto para Montparnasse. Cometo excessos. Embriago-me. Levo uma vida desregrada. Nos meus raros momentos de lucidez, minha aflição, meu desespero são tamanhos que os poucos amigos que conseguem se aproximar o bastante para perceber o que se passa comigo recuam, apavorados. Estou com idéias de morte. Desejos de assassinato. Tomo providências para me realistar. Inscrevo-me na marinha como fiscal submarinista no mar do Norte. Tinha vontade de ir para as colônias, mudar de nome, sumir. Certa noite, dou uma facada num bar, na rua de la Gaîté. Endivido-me terrivelmente. No final de junho de 1917, vendo toda a minha tralha, obtenho alguma grana e vou embora para o campo.

Durante um mês ainda ofendo com minha presença a vida sazonal do campo e, um belo dia, alugo uma granja oscilante num lugarejo perdido, encerro-me e me ponho a escrever.

* * *

É 31 de julho de 1917.
Meu pensamento está claro. Domino o assunto. Estabeleço um plano preciso, detalhado. Meu livro está pronto. Só me falta escrever o desenvolvimento literário em torno da armação bem assente. Posso começar por qualquer número do meu programa. Está tudo bem organizado. O livro divide-se em três partes de setenta e duas páginas cada. Escrevendo três páginas por dia, posso terminar num mínimo de três meses. Tudo me parece simples e fácil.

Porém.

Tenho de vencer a preguiça que constitui a base do meu temperamento, a indolência do meu caráter, essa tendência satânica à autocontradição que sempre intervém e me faz perder um monte de coisas, que me desdobra e me faz rir de mim mesmo em todas as oportunidades e por qualquer motivo, que me mete em situações esquisitas. Também tenho de vencer o medo, esse estado de transe que me invade e paralisa às vésperas de começar um trabalho literário de fôlego que irá me encerrar entre quatro paredes, trabalhos forçados, vida de condenado durante longos meses enquanto os trens rodam, os barcos vão e vêm e não estou a bordo, e homens e mulheres acordam e não estarei lá para dar-lhes bom-dia! É realmente preciso ter uma imensa reserva de felicidade armazenada para colocar-se deliberadamente nessa situação de *outlaw*[146] que é a do homem de letras na sociedade contemporânea, de felicidade, tranqüilidade, saúde, equilíbrio de caráter, disponibilidade e boa vontade. Passados dez dias de tateamento, estou pronto. Estou trabalhando. Comecei meu romance de Morravagin pelo final. Escrevo...

* * *

Ontem, terminei a terceira parte e hoje vou atacar a primeira parte.

Escrevi, para me distrair, as notas precedentes e redijo as considerações seguintes acerca de minha maneira de trabalhar, ao mesmo tempo que debocho levemente de mim mesmo. Que cara-de-pau para um principiante! Meus manuscritos passam por três estágios:

1º um estágio de pensamento: viso o horizonte, traço um ângulo determinado, rebusco, agarro os pensamentos no ar e engaiolo-os vivos, embaralhados, depressa e muito: estenografia;

2º um estágio de estilo: sonoridade e imagens, escolho meus pensamentos, eu os acaricio, lavo, emperiquito, amestro, eles correm atrelados na frase: caligrafia;

3º um estágio de palavras: correção e preocupação com o detalhe novo, a expressão certeira como uma chicotada que empina de surpresa o pensamento: tipografia.

O primeiro estágio é o mais difícil: formulação; o segundo, o mais fácil: modulação; o terceiro, o mais duro: fixação.

O todo constitui meu inédito.

Minha previsão é não terminar meu livro antes de um ano. Essa é, aliás, minha média: um ano para o *Transsibérien*, um ano para o *Panama*. E ainda preciso de calor e de sol... É da minha natureza.

* * *

Não acredito que existam temas literários, ou melhor, existe apenas um: o homem.

Mas que homem? O homem que escreve, ora essa, não existe outro assunto possível. Quem é? Em todo caso, não sou eu, é o Outro. "Eu sou o Outro", escreve Gérard de Nerval embaixo de uma de suas muito raras fotografias.

Mas quem é esse Outro? Pouco importa. Você encontra um sujeito por acaso e nunca mais o vê. Um belo dia, esse senhor reaparece na sua consciência e fica dez anos incomodando. Nem sempre é uma pessoa incisiva; pode ser amorfa, ou mesmo neutra.

Foi o que me aconteceu com o senhor Morravagin. Eu queria começar a escrever, ele tomara o meu lugar. Estava ali, instalado no fundo de mim mesmo como numa poltrona. Por mais que eu o sacudisse, e me debatesse, ele não queria mudar de lugar. "Daqui eu não saio!", parecia dizer. Era um drama atroz. Com o tempo, comecei a notar que aquele Outro se apropriava de tudo o que me acontecia na vida, e revestia-se com todos os traços que eu observava ao meu redor. Meus pensamentos, meus estudos favoritos, minha maneira de sentir, tudo convergia para ele, era dele, fazia-o viver. Alimentei, criei um parasita a minhas expensas. No fim já não sabia qual de nós dois plagiava o outro. Ele viajou no meu lugar. Fez amor no meu lugar. Mas nunca houve identificação real, pois éramos, ambos, ele, eu, e o Outro. Trágico tête-à-tête que faz com que só possamos escrever um único livro, ou várias vezes o mesmo livro. Por isso é que todos os belos livros se parecem. São todos autobiográficos. Por isso existe um único tema literário: o homem. Por isso existe apenas uma literatura: a desse homem, desse Outro, o homem que escreve.

* * *

Sou um pouco igual a uma máquina, preciso estar com corda. Todo dia, antes de me pôr ao trabalho, preciso esquentar a mão e escrevo dezenas de cartas, eu que tinha jurado não dar notícias a ninguém! Mais tarde, meus amigos ficarão surpresos ao descobrir minha independência e vão achar que gozei a cara deles.

* * *

Quem era Morravagin na realidade?

Eu o conheci em 1907 num restaurante operário de Mattenhof, em Berna. Sentado de lado num banco, engolia sua porção de batata assada e uma xícara grande de café com leite. Como não tivesse pão, paguei um pedaço para ele. Como não soubesse aonde ir, levei-o até a minha casa. Era um indivíduo triste que estava saindo da prisão. Violentara duas menininhas. Fora condenado a vinte e cinco anos. Era um pobre coitado completamente embrutecido. E que sentia vergonha. E que se escondia. Eu tivera de fazê-lo beber para que me contasse a pobre coitada de sua vida morta. Era, em suma, uma vítima da Obra de evangelização das prisões. Chamava-se Meunier, ou Ménier. O que mais me ficou foi seu aspecto físico.

Courcelles, 13 de agosto de 1917

* * *

Hoje, 1º de setembro de 1917, estou fazendo trinta anos. Estou começando o *Fim do mundo*, em suplemento a *Morravagin*.

Trinta anos! Era o prazo que tinha me dado para me suicidar, outrora, quando acreditava no gênio da juventude. Hoje, não acredito em mais nada, a vida não me enche mais de horror do que a morte, e vice-versa.

Fiz a pergunta a todos os meus amigos: Você está pronto para morrer agora mesmo? Nenhum deles jamais me respondeu. *Eu* estou pronto; mas estou igualmente pronto para viver mais cem mil anos. Não é a mesma coisa?

Há os homens.

E, mais que nunca, fico maravilhado de ver como tudo é fácil, tranquilo, inútil e absolutamente desnecessário ou fatal. Cometem-se as mais gigantescas das burrices e o mundo berra de alegria, como, por exemplo, na guerra, com suas fanfarras, seus *Te Deum*, suas celebrações de vitória, seus sinos, suas bandeiras, seus monumentos, suas cruzes de madeira. *Uma noite de Paris vai repovoar isso tudo,* dizia Napoleão após a inspeção do campo de batalha de Leipzig. Como a vida é admirável. Uma noite de Paris...

Há os homens. Não devemos nos levar a sério demais.

Uma noite basta.

Uma noite de amor.

Menos que isso, uma rapidinha...

Um laço.

Quanto ao meu livro, e se ele é "bom"? Julguem-no como queiram e me deixem em paz.

Não devemos nos levar a sério demais. Se eu fosse um bobo, ele seria ruim e eu lhe daria muita importância e me apegaria a ele. Mas ainda tenho uma linda viagem por fazer...

Há os homens.

O *Fim do mundo* foi escrito numa só noite e só contém uma rasura! Minha mais bela noite de escrita. Minha mais bela noite de amor.

La Pierre, 1º de setembro de 1917

* * *

Começo um novo manuscrito de *Morravagin* em Nice, em 9 de janeiro de 1918 (manuscrito sobre papel azul).

Tomo a decisão de escrever um mínimo de DEZ páginas por dia para estar pronto em 15 de fevereiro e acabar com isso de uma vez por todas.

Privo-me de tudo, não saio mais e vivo como um ermitão.

Em 9 de janeiro faço 15 páginas de 0 a 15

10	8	15 a 23
12	5	23 a 28
13	15	28 a 40
14	7	40 a 47
15	8	47 a 55
16	5	55 a 60
17	4	60 a 64
19	16	64 a 80
22	18	80 a 98
23	14	98 a 112
25	18	112 a 130
26	10	130 a 140
29	2	140 a 142
30	15	142 a 157
1º de fevereiro	4	157 a 161
2	3	161 a 164

Mais 73 páginas definitivas do *Fim do mundo*, terminadas em La Pierre em setembro de 1917, ou seja, 233 páginas definitivas.[147]

Detido em 3 de fevereiro de 1918. FALTA DE DINHEIRO. Retorno forçado a Paris. Mais DEZ dias e eu podia terminar o meu livro.

(assinado) *Merda*

* * *

Redação de *Morravagin*. (Nice, janeiro-fevereiro de 1918.) Redação bastante regular. Ao mesmo tempo difícil e tranqüila. Trezentas páginas. Não pude terminar o livro. Lirismo demais. Um esforço imenso para retratar o aspecto plástico dos acontecimentos cotidianos (*Vida de Morravagin, idiota*).
A saúde vai bem.
De manhã. Em plena luz do sol, cabeça descoberta, na varanda. À noite, com as estrelas por detrás das vidraças. Órion, como no front.
Vou e venho para lá e para cá e dou pontapés em bolas de crianças. Meus filhos estão comigo. Encontrões sonoros. Bolas de marfim nas paredes de cristal. Estaria precisando de uns ensurdecedores gongos chineses. A única música possível para a medula e as idéias doentes. Jardim bem pequenininho com pedras branqueadas pelo calor. Areia em forma de tabuleiro de xadrez. Coleção de conchas. Três tartarugas do Sudão, pesadonas e mudas. Cáctus hostis. No disco da lua cheia, uma única palmeira, comprida, desnuda, embriagada.
Solidão.
Caneta-tinteiro é maldade. Suja tudo.

Paris, 7 de fevereiro de 1918

* * *

Hoje é 28 de janeiro de 1924, passo pelo equador às 14 horas, a bordo do *Formose*, que me leva para o Brasil.
Retomei *Morravagin* e durante a travessia copiei à máquina meu manuscrito de Nice.
Esse livro me incomoda, contém demasiados trechos de valentia. Eu bem que o deixaria para lá; infelizmente já o vendi para um editor, recebi dinheiro adiantado e ainda preciso receber mais para terminar de pagar minha viagem. Por outro la-

do, se para mim Morravagin está bem morto, não consigo me ligar a outra coisa, a *Dan Yack*, que está bem adiantado, ou a um volume de novelas que está quase pronto. Estou com os neurônios entupidos.

Minha vida esteve muito complicada de 1918 para cá. Foi preciso me sustentar, dar duro, batalhar feito um escravo para sustentar todo o mundo e a cada ano que passava fui agregando novos dependentes (são, atualmente, vinte e uma pessoas). Essa vida ativa, cinema e finanças, não me desgostava. Mas o que comecei a não suportar foi, sobretudo, a literatura — suas tarefas, seus castigos — e a vida artificial e conformista que os escritores levam. Não quero mais saber de cerebralismo, dos estetas, dos literatos militantes, das rivalidades entre pequenas e grandes panelinhas, da maledicência profissional, nem da vaidade que corrói os autores e os infla, nem do seu arrivismo nojento. Assim, tive de fazer, durante esses anos todos que acabam de passar, um imenso esforço de vontade para romper com toda essa gente, para deixar de ser ingênuo. Ajuste energético. Creio estar agora preparado e poder levar uma vida dupla, uma vida de atividades febris, múltiplas, especulativas, aventurosa, para ver no que dá, em meio aos homens, mexer com muito dinheiro de maneira desinteressada, até mesmo gratuita, e uma vida de escrita demorada, como deve ser quando se tem tempo pela frente. Estou com uma série de livros por fazer. Sim. Mas dentro da vida e em meio aos outros homens, a vida que inventamos dia a dia, os homens a que nos ligamos nos desligando, pois gosto de zombar de mim mesmo e fazer, para me atrapalhar, o exato contrário do que decidi, e gosto de perder tempo. É, hoje em dia, a única maneira de ser livre.

A minha situação é muito especial e difícil de manter até o fim. Sou livre. Sou independente. Não pertenço a nenhum país, a nenhuma nação, a nenhum meio. Amo o mundo inteiro e desprezo o mundo. Eu cá me entendo, desprezo-o em nome da poesia em ação, pois os homens são demasiadamente prosaicos. Um monte de gente me paga com a mesma moeda. Caio na gargalhada, é claro. Mas tenho orgulho demais. Cuidado... *Morravagin*. Tentei retomá-lo várias vezes depois do abandono em Nice. Hoje, se está de volta à ordem do dia, é que Cocteau o trouxe à tona. Segundo me disseram, Cocteau falou dele com Edmond Jaloux; Jaloux, que dirige uma coleção de romances, fala dele com seu editor; escrevem-me. Não quero saber. Não conheço mais Jean Cocteau e não quero mais ouvir falar em Jaloux. Então, voltam à carga, por intermédio de Paul Laffitte, de jovens que vêm me visitar na minha casa para me falar da continuidade da boa literatura (imagine, nunca escreveram nada, talvez nem tenham lido nada! Mas são encantadores, bem-vestidos, agradáveis, parecem sobrinhos-netos de Cocteau, e Jean, que saiu da braguilha de Catulle Mendès, é mesmo sobrinho-neto de Proust!). Finalmente, o editor me manda seu representante, Brun, o diretor da casa. Louis Brun, ex-fotógrafo ambulante, desfia-me seu discurso. Age sem cerimônia. Diz ele que é simples e direto nos negócios. Pergunta qual é o meu preço. Peço uma quantia altíssima. Ele desconta um quinto. Assinamos. Ele me trata por você. Nos despedimos como bons amigos. Nos entendemos às mil maravilhas. Foi assim que pude pegar o barco e agora, já a bordo, preciso terminar o livro, o que é bem embaraçoso. Para ser sincero, pensei que pudesse fazê-lo nos oito dias da travessia Dacar-Rio. Antes disso, ainda tinha de escrever um balé para Erik Satie e eu prometera despachá-lo pelo correio em Lisboa.

    Cumpri a palavra dada a Satie porque se tratava do bom Satie. Mas para mim, que nada! Não consigo realizar meu trabalho a bordo. Depois de tantos anos, não consigo voltar a entrar no espírito de Morravagin, nem voltar a encontrar aquele estilo empolado e pretensioso para concluir a segunda parte deixada de lado, *De Morravagin, idiota*, não encontro mais o tom daquela efusão lírica. O ambiente, a bordo, não ajuda. Altomar, piscina no convés, bar, passageiras, orquestra, jazz, alegres companheiros, não posso largar isso tudo para ir me trancar na minha cabine e ficar esmiuçando firulas. Vou concluir isso tudo na *fazenda* porque é preciso, mas não tem graça nenhuma. Oito dias de cavalo a menos, oito dias de caça no mato e na floresta, oito dias de tiros de fuzil que não vou disparar, oito dias de exploração, de Ford, de canoagem que não vou fazer, oito noites em que não poderei ir dançar, conversar com os negros e as negras, com os índios e as índias, beber com os *vaqueiros*, com os domadores de cavalos, os caçadores, os plantadores, nem escutar suas histórias incríveis, nem surpreender seus amores e arriscar a pele. Oito dias... oito noites... Quanto tempo perdido à máquina de escrever!...

* * *

Um último papel encontrado — uma série de provas — traz a menção: *Correções para uma nova edição, São Paulo, março de 1926*. Conto mais de quinhentas gralhas, erros de ortografia e outras negligências do gênero, e distrações provavelmente devidas ao clima, ao ambiente, ao falar português, à leitura dos jornais brasileiros.

Eu concluíra *Morravagin* em 1º de novembro de 1925, na Mimoseraie, em Biarritz e, nesse meio-tempo, levara *L'Or* [O ouro] ao Brun para aquietá-lo, e para arrancar-lhe um novo adiantamento. Eu escrevera *O ouro* em seis semanas, de tão impaciente que estava de voltar para o Brasil perder meu tempo, como no ano anterior, na época da revolução de Isidoro, quando não escrevera uma linha sequer...

Foi assim que me iniciei, não tanto na arte do romance

como na arte da... malandragem, exercida pelo romancista moderno desde Balzac e que consiste em saber conseguir dinheiro em troca de vento. Através de ilusionismo e persuasão, empenhando o futuro em páginas imaginárias, problemáticas, que não raro jamais verão a luz do dia nem sairão das névoas do limbo, em que pesem o compromisso assumido, as datas marcadas com antecedência e as assinaturas permutadas com a maior boa-fé, o que é uma história de doidos beirando a inconsciência e a trapaça, o romancista e seu editor entram em acordo, o que para mim é um perpétuo motivo de surpresa, ou mesmo de acessos de riso. Será que não sai ninguém logrado? É justamente esse o problema, essa situação rende e continua, e todo dia vemos livros sendo publicados! É muito divertido. É até mesmo o único aspecto saudável do escritor e a única resposta confessável à célebre indagação: *Por que é que você escreve?*...

* * *

Era o dia de Todos os Santos. A noite de 1º de novembro estava acabando. Devia ser umas três, quatro horas da manhã quando pus um ponto final no meu romance *Morravagin* e dei um suspiro de alívio. Passara a noite fazendo e refazendo uns cinqüenta pontos de sutura para juntar direitinho todos aqueles fragmentos disparatados, escritos ao longo de tantos anos. Como já disse, começara *Morravagin* pelo final, depois continuara com os três capítulos da primeira parte. Seguindo até o fim esse método absurdo de escrever, permitido pelo plano preciso e detalhado que eu estabelecera desde o início e tivera durante anos diante dos olhos, colado na cabeceira de minha cama em todos os hotéis do mundo em que possivelmente dormi durante esse tempo todo, ao redigir a segunda parte, *Vida de Morravagin, idiota*, eu igualmente alternara, conforme meu humor do momento, os capítulos do final e os do início dessa segunda parte, tanto que acabara em pane bem no meio do capítulo dos índios azuis, exatamente na linha 12 da página 272 (ver a edição de *Morravagin*, Grasset, Paris, 1926).*

Passara, então, a noite de Todos os Santos dando o retoque, escrevendo e reescrevendo aquela página 272 um número incontável de vezes e mais especificamente, nessa página, a sutura da linha 12, que recosturei como às bordas de uma chaga, com muita destreza, aplicação, zelo e delicadeza para não deixar que se notasse nenhum vestígio da operação. Julgo ter conseguido. Estava orgulhoso do meu trabalho cirúrgico e por ter sabido escrever aquela última linha onde o sonho e a vida e o ambiente exótico e a dura realidade se interpenetram até a unificação, e ter sabido usar aquela palavra *coralíneo*[148] como a um pó de projeção[149] me enchia mais de alegria e felicidade que todo o conjunto do livro sobre o qual eu tanto sofrera e penara. Pois danese! Eu acabava de bater o ponto final e isso merecia ser festejado, que diabos! Morravagin estava morto, morto e enterrado.

Apesar da hora, corri para o outro lado da casa, galguei de quatro em quatro a escada que levava ao andar de cima, empurrei a porta, acendi a luz e penetrei no quarto de minha velha amiga, a sra. E. de E...z,[150] minha anfitriã na Mimoseraie.

A grande dama boliviana acordou soltando um grito de pavor e jogou-se de camisola no genuflexório:

"Ah! é você, Blaise, que Deus o abençoe!... Imagine que eu estava tendo um pesadelo em que era presa de um leão que me devorava para impedir que eu fizesse minhas orações pelos finados... Devo ter dado gritos... Desculpe-me se o acordei..."

* Na página 178, linha 24 da presente edição, mudei a palavra para *coralino* (*corallin*, no original) em algumas provas tipográficas. Com razão ou sem razão?... Quem sabe... Os dicionários ocupam espaço, mas não posso viver sem o meu *Petit Larousse*.

"Muito pelo contrário, Eugênia, eu é quem lhe devo desculpas por penetrar a essa hora em seu quarto, arriscando-me a assustá-la. Mas não podia agir de outro jeito, eu não podia esperar mais, precisava anunciar-lhe imediatamente. Imagine, terminei meu livro, acabou, sou um homem livre!..."
"Deus seja louvado!", disse a índia, mergulhando nas mãos sua bela cabeça de cabelos brancos.
Ela se pôs a orar com fervor.
"Espere, vamos comemorar", disse eu. "Desço à adega e volto em seguida."
E para que a cara senhora não apanhasse frio, joguei-lhe uma manta de vicunha sobre os ombros.

Quando eu subi de volta, a nobre mulher estava como que em êxtase no seu genuflexório, recitando a oração dos finados, desfiando o rosário cujas pérolas maiores ela beijava, e, entoando uma ladainha em espanhol, chamou nominalmente todos os seus mortos queridos, enterrados lá, na Bolívia; seu pai, sua mãe de que me falara tantas vezes, sua irmã, que eu conhecia, uma outra irmã, que eu não conhecia, seu sobrinho, filho de uma terceira irmã que se suicidara no ano anterior no Claridge, em Paris, e fora levada de avião de volta para suas montanhas natais; outros membros de sua família, mas não o seu marido, o embaixador, falecido havia pouco, e muitos, para mim desconhecidos, dos quais nunca me falara e aos quais agora contava que eu terminara o meu livro. Estranho solilóquio. Eu permanecia calado. Devia ser um costume de sua terra. Eu abri religiosamente o magnum que trouxera da adega e enchi as taças, duas taças respeitáveis. Entre duas ladainhas, Eugênia me estendia a sua, e estava tão comovida que o diamante graúdo que ela à noite usava no polegar (mais uma superstição de sua terra) tilintava na borda da taça que eu enchia de champanhe e que ela esvaziava num só gole sem interromper suas devoções.

... E foi assim que vimos nascer o dia no ângulo superior de uma vidraça rachada...
Lá fora, chovia pra valer.

Assim que abriram os guichês, meu manuscrito partiu rumo ao seu editor, em Paris, e, dois dias depois, eu me encontrava a bordo de um cargueiro da "Tramp Line".[151] Os iniciados que, como eu, nunca têm pressa de chegar ao seu destino e que gostam de beber e comer bem a bordo já me entenderam e sabem de qual companhia se trata. É sem igual no Atlântico Sul. Falo dos "Chargeurs". Ah! valentes xavecos!

* * *

De acordo com o colofão do impressor, que é de 23 de *fevereiro de 1926*, meu livro deve ter sido lançado em Paris no fim de fevereiro ou no começo de março. Nessa data, eu estava de volta ao Brasil e ainda estava corrigindo as provas em São Paulo, como atesta o jogo de provas, felizmente encontradas, que mencionei acima.[152]

Como não tenho assinatura do *Argus de la Presse*, e como só voltaria a Paris no final de 1927 e só passaria lá uns quatro, cinco dias antes de ir me estabelecer numa pequena baía nos arredores de Marselha a fim de atacar a redação final do *Plan de l'Aiguille* [Plano da agulha] e das *Confessions de Dan Yack* [Confissões de Dan Yack], dois romances que seriam lançados, o primeiro em 28 e o segundo em 29, não saberia dizer, a respeito de *Morravagin*, qual foi a acolhida da crítica ou a reação do público. Na verdade, só me ficou uma idéia muito vaga.

Lembro-me de que um leitor desconhecido me remeteu um recorte, que reendereçaram para São Paulo, um recorte do *Nouvelles Littéraires*, um rodapé inteiro assinado por Edmond Jaloux, anexando um mundaréu de felicitações e congratulações, tratando-me por "Caro Mestre" (era a primeira vez!), acrescentando, o pobre coitado, que eu agora "chegara lá" (chegara aonde, Deus do céu! E como as pessoas são bobas!...), rodapé do qual eu tirava, entre outras considerações, a de que Edmond Jaloux não parecia satisfeito, nada satisfeito mesmo, por meu livro ter sido lançado por seu editor sem ele saber, e sem eu ter tido a gentileza ou a tolice de submeter-lhe previamente meu manuscrito, caramba! Seu despeito era manifesto demais para não me fazer rir e congratular, no ato, o amigo Brun pela malvada peça tão bem pregada! Mandei, portanto, um telegrama para Brun.

Lembro-me de outra carta ainda que, essa, me deixou feliz, pois seria impossível, em tão poucas palavras, ir mais fundo e dissecar melhor a alma do... Outro. (Vocês estão lembrados do assunto: o homem que escreve! Falei nele no início destas notas fugidias.)

102, rue de l'Université

Paris, 13/5/26

Prezado senhor Blaise Cendrars,

Agradeço por ter mandado que me remetessem seu livro Morravagin, que li com o maior interesse e muita curiosidade, e até mesmo, confesso, alguma indiscrição.

Não domino suficientemente a língua francesa e, por outro lado, nossa amizade é demasiado recente para que eu me permita julgar o seu talento literário, mas permita-me cumprimentar o romancista que se libertou de uma soturna, terrível obsessão, e não tenho como expressar a alegria que sinto pelo senhor.

Hoje, o senhor é um homem livre!

Quanto mais avançar em sua obra, mais se dará conta da importância que essa conquista, quero dizer, a Liberdade, terá para o senhor.

O senhor se libertou do seu duplo, enquanto a maioria dos homens de letras permanece vítima e prisioneira do seu até a mor-

te, o que eles dizem ser fidelidade para consigo mesmos quando, nove em cada dez vezes, trata-se de um caso típico de possessão. Persevere.

Doutor Ferral

Sou indesculpável por ter perdido de vista um amigo tão clarividente, um homem tão admirável. Mas se, como a Bagdá do califa Harun al-Rachid, Paris é uma cidade onde podem ocorrer os mais extraordinários encontros, Paris é igualmente a capital da poesia e, portanto, do esquecimento e da distração, e é possível perder-se em suas ruas e nunca mais encontrar-se com um amigo.

O doutor Ferral, antigo médico de Francisco José, refugiado em Paris após a morte do imperador e o desastre da Áustria, vivia mediocremente dos produtos de um instituto de beleza que abrira em plena rua do *faubourg* Saint-Germain, num suntuoso palacete que as belas senhoras da sociedade e as avarentas burguesas da vizinhança teimavam em não querer freqüentar. É verdade que o doutor era um tremendo sedutor, mistificador e brincalhão, até mesmo mordaz e um bocadinho brutal para com as mulheres, como são muitos homens da corte, sob uma aparente polidez que tanto mais beira a impertinência pelo fato de os modos refinadíssimos deixarem transparecer um profundo desprezo. O doutor era um misógino, mas seu espírito era encantador e sua conversa, recheada de anedotas verdadeiras, de observações cruas, de uma experiência pessoal adquirida em todos os meios e nos círculos mais fechados da sociedade em que um médico penetra sem discussão e sem nenhuma ilusão, era brilhante e sem cessar iluminada pelos reflexos de imensas leituras estendidas em todas as direções, pois Ferral sabia tudo, e adivinhava-se muito mais do que ele dizia ou dava a entender. Era maravilhoso! Quando esse original vinha me visitar em minha casa de campo em Tremblay-sur-Mauldre, trazia-me ovos frescos de Paris, a pretexto de que as galinhas do campo, assim como as agricultoras da aldeia, não tinham nenhuma higiene, usavam duvidosa roupa de baixo, alimentavam-se mal e sobretudo de imundícies, chocavam os germes de todas as doenças, punham atravessado e não poderiam produzir ovos que não cheirassem. Seus paradoxos e seu cinismo me deleitavam. Ficávamos horas à mesa. Eu oferecia um velho calvados que meu amigo sabia apreciar, ele estendia-me seus charutos. E, além disso, o homem tinha coração. O que terá sido feito dele?...

Posfácio

Em 1925, escrevi no prefácio de Morravagin: "... Existe na região de Isle-de-France um antigo campanário. Ao pé do campanário, uma pequena casa. Nessa casa, um sótão fechado à chave. Atrás da porta fechada à chave, uma arca de fundo duplo. No compartimento secreto há uma seringa Pravaz; no baú propriamente dito, manuscritos...". E eu concluía: "... Não vou continuar com este Prefácio, pois o presente volume é, ele próprio, um Prefácio, um Prefácio demasiado longo às *Obras completas* de Morravagin, que hei de editar um dia mas ainda não tive tempo de organizar. Por isso os manuscritos vão continuar na arca de fundo duplo, a arca, no sótão, no sótão fechado à chave, na pequena casa, ao pé do antigo campanário, numa pequena aldeia de Isle-de-France, enquanto eu, Blaise Cendrars, ainda estiver vagando por este mundo, pelos países, pelos livros e pelos homens...".

Voltei lá, dias atrás, após doze anos de ausência.

Estava vazia.

Ainda é a mesma casa. A Segunda Guerra passara por ali.

Minha casinha de campo tinha sido pilhada. Dos vinte e cinco mil volumes que ela continha, mal consegui recuperar uns dois ou três mil, e em que estado, meu Deus! Sujos, rasgados, incompletos.

Mas isso não é nada. O drama é que o baú de fundo duplo de Morravagin tinha sumido e nunca, nunca mais vou poder pôr ordem nos seus papéis e publicar suas *Obras completas*, incluindo *O ano de 2013*, antecipação premonitória da era atômica ou Apocalipse dos dias de hoje.

Mas isso não é nada. O vergonhoso é todas as minhas pastas terem sido esvaziadas, ou mesmo jogadas, pelas janelas, e o assoalho de cada peça, e até do jardim, estar coberto por uma grossa camada de papel manchado.

Foi assim que consegui tirar daquela imundície o punhado de notas anteriores, em meio a tantos outros papéis e manuscritos maculados e tornados ilegíveis.

Mas isso ainda não é o cúmulo da ignomínia. A infâmia indelével é que cada uma dessas páginas reencontradas traz a marca das solas pregadas das botinas da polícia alemã, que espezinhou aquilo tudo, tudo, até mesmo a única fotografia que me restara de minha mãe e que encontrei no jardim, enterrada na lama!...

Blaise Cendrars
Paris, 20 de setembro de 1951

Bibliografia de *Morravagin*

LE MYSTÈRE DE L'ANGE NOTRE-DAME [O mistério do Anjo Notre-Dame]; *La Caravane*, 1916.

LE FILM DE LA FIN DU MONDE [O filme do fim do mundo]; *Mercure de France*, 1º de dezembro de 1918.

M. 43-57 Z., detento (memórias); *Littérature*, novembro de 1919.

Resposta à pesquisa: O que você está preparando?; *L'Intransigeant*, 17 de agosto de 1919.

LE FILM DE LA FIN DU MONDE, com 22 composições coloridas de Fernand Léger, 1 vol. in-4º raisin.[153] Paris, *Editions de la Sirène*, 1919.

NOTAS SOBRE A PATOGENIA; *Action*, fevereiro de 1920.

MORRAVAGIN (dois fragmentos); *Les Ecrits Nouveaux*, fevereiro de 1921.

MACHA (fragmentos); *Les Feuilles Libres*, junho de 1925.

Os índios azuis. N.R.F., fevereiro de 1926.

O princípio da utilidade; *Navire d'Argent*, abril de 1926.

MORAVAGINE, romance, Grasset, 1926.

MORAVAGINE (tradução alemã); *Kammer-Verlag*, Berlim, 1927.

MORAVAGINE (tradução espanhola), *Edicions Ercilla*, Santiago do Chile, 1935.

MORAVAGINE, nova edição, 1927, *Club Français du Livre*, 1947.

O princípio da utilidade: *Civiltà delle Machine*, Roma, maio-junho 1955.

O FIM DO MUNDO
filmado pelo Anjo Notre-Dame

1. Deus neutro

1.

Dia 31 de dezembro. Deus-Pai está sentado à sua escrivaninha americana. Assina apressadamente uma porção de documentos. Está em mangas de camisa e com uma viseira verde sobre os olhos. Levanta-se, acende um charuto grosso, consulta o relógio de pulso, caminha nervosamente pelo gabinete, anda para lá e para cá mascando o charuto. Volta a sentar-se à escrivaninha, empurra febrilmente para o lado os documentos que acaba de assinar e abre o Grande Livro que está à sua direita. Compulsa-o por um instante, anota a lápis uns números na sua caderneta de anotações, sopra a cinza do charuto que caiu no meio das páginas do livro. Agarra de repente o telefone e telefona furiosamente. Convoca seus chefes de seção.

2.

Entram os chefes de seção.
O Papa, o Grão-rabino, o chefe do Santo Sínodo, o Grão-mestre da Maçonaria, o Grande Lama, o Grande Bonzo, o Sr. Pastor, o Deputado socialista-cristão, Rasputin etc., entram em fila indiana e vêm se alinhar atrás da poltrona do patrão. Todos ostentam as insígnias de seus ministérios e estão com seus livros de contabilidade na mão. Deus-Pai interpela um por um. Cada um se adianta, apresenta seu livro, que Deus rubrica depois de anotar a soma na sua caderneta. Em seguida, dispensa-os bruscamente com um gesto.

3.

Uma vez sozinho, Deus-Pai efetua rapidamente o balanço. O ano foi bom. A Grande Guerra está dando lucro. Tantos ofícios para o descanso das almas. Mil milhões de mortos a 1,25 francos.
Ele esfrega as mãos alegremente. Mas isso não pode durar para sempre. Está tudo encarecendo. É preciso ir pensando em outra coisa. Ainda bem que...
Entregam-lhe um telegrama:

Marte-City-P.K.Z. 19.18.43
Venha. Sua presença necessária. Primeiro cortejo propaganda sexta 13. Sucesso garantido.
Menelique

Apanha chapéu, luvas, bengala e sai depressa.

4.

Deus-Pai entra no seu automóvel de luxo. Avistam-se os novos galpões, achatados e retilíneos, da GRI-GRI's COMMUNION TRUST CO. LTD., cujo imenso letreiro luminoso se acende no crepúsculo. Anoitece. Milhares de empregados deixam os escritórios. Multidão atarefada. Vaivém indescritível. Turbilhão. Engarrafamentos. Variedade infinita de trajes. Monges, levitas, popes, seminaristas, *clergymen*,[154] missionários, catecúmenos, são funcionários nos escritórios onde lindas freirinhas são datilógrafas.

5.

Interlaken. Estação de Marte. Imensos edifícios iluminados ao pé do maciço da Jungfrau. Usinas por toda a montanha. Instalações industriais. Mastros. Chaminés. Condutos d'água gigantescos. Pontes, vigas, cabos, pilastras, reservatórios. Rosnar das turbinas no vale. O trem interplanetário chega em meio a um imenso fragor, cai numa rede magnética estendida de cume a cume. Elevadores sobem e descem. Potentes projetores se acendem. Sinais luminosos. Telegrafia óptica colorida. O trem de partida é agarrado, e brandido, pelo estilingue dos dínamos gigantes. Um relâmpago ultravioleta. Uma espiral se desenrola. O trem partiu. Avista-se sua lanterna traseira sumindo no céu estrelado. Os sinais luminosos redobram de intensidade.

II. O Barnum das religiões

6.

Marte-City. Deus-Pai se instalou em Marte, Barnum[155] das religiões. O desfile semanal sai do recinto do circo e se põe em formação.

7.

Desfilam todos, de Krishna a Jesus, os fundadores das religiões da mais alta antigüidade. Depois é a vez do general Booth,[156] *Herr* Rudolf Schreiner, o Sâr Peladan.[157] Nos muitos carros dourados com forma de catedral gótica, de templo pagão, de pagode, de sinagoga etc. etc., os Christian Scientists,[158] os metodistas, os mórmons, os anabatistas etc. etc., todas as seitas modernas celebram seu culto inigualável. Fetiches negros, oceânicos, mexicanos. Máscaras careteiras. Danças e cantos rituais. Em gaiolas, as divindades ruins, Asmodeu,[159] Arimá[160] etc., ou alguns excêntricos, como Assuero,[161] a visitandina[162] Maria Alacoque, Huysmans[163] etc. Também alguns quadros vivos ou reconstituições históricas, como o massacre dos albigenses;[164] Baco azul, deus dos macacos; a fuga de Maomé etc. Poeira, estandartes, círios, baldaquins, chuva de confetes. Fumaça dos turíbulos e dos incensórios. Os elefantes arreados barrem, os leopardos mantidos em coleiras uivam. Camelos, dromedários, mulas empetecadas de vermelho. Aqui e ali, no cortejo, um ou outro charlatão: o zulu engolidor de fogo; o homem da cara de cão; Ukêkié,[165] a mulher selvagem que devora frangos vivos; Carlitos trepado em pernas de pau.

8.

A multidão de marcianos se amontoa ao encontro do desfile. São vistos nas bolhas de sabão que lhes servem de habitáculo, imponderáveis fetos dentro de frascos. Ao modo dos camaleões, eles se irisam, se colorem, ao sabor dos sentimentos que os agitam.

9.

Os sortilégios, o anúncio gritado, a música estrepitosa, o cenário todo sarapintado, o dourado dos figurinos, a violência dos perfumes, o trágico, o horror de certos espetáculos, de certas cenas, de certos sacrifícios celebrados, todos os meios brutalmente sensuais explorados nesse desfile de religiões, a exposição nauseabunda de certos martírios, a tortura, por exemplo, infligida aos animais na reencarnação dos egípcios, o pavor congelado das máscaras negras, a crueldade das danças, isso tudo agita, consterna, assusta a multidão de marcianos delicados e frágeis. Deus-Pai extrapolou o próprio objetivo. Barnum é demasiado vulgar.

10.

Vêem-se os habitáculos dos marcianos colorindo-se violentamente com cores extremas. Alguns ficam pretos, explodem, rebentam. As bolhas começam a tremer. Parecem efervescer. São vistas subindo umas em cima das outras, inchando desmesuradamente ou então se encolhendo, flácidas. Elas fogem.

11.

Os marcianos soltam sua polícia. Vêem-se autômatos de estanho, pesados e terríveis, acometer o cortejo. Desordem geral. O cortejo se dissolve. Deus-Pai foge para o deserto.

III. O truque das profecias

12.

Cidade dos Aventureiros, na concessão dos homens, em Marte.
Deus-Pai chega, extenuado, dilacerado, calvo. Perdeu o falso colarinho, e os sapatos de verniz estão estropiados. Dirige-se precipitadamente ao Grande Hotel, onde o recebe seu fiel amigo Menelique.

13.

Manhã seguinte.
Deus está de roupão numa poltrona. Os mais influentes membros da colônia vêm lhe apresentar os pêsames pelos acontecimentos da véspera.
Deus anuncia que pretende montar um cinema e que tem os mais belos filmes de guerra.

Contam-lhe então que os marcianos são uns pacíficos desencantados e convictos. Iodófagos, alimentam-se dos vapores peptônicos do sangue humano, porém não suportam a visão da menor crueldade.

Deus teima. Tem planos, idéias, não quer desistir. O espetáculo da guerra desenfreada na terra é grandioso demais para que não se tire dele algum partido, algum proveito.

Cada qual lhe oferece conselhos.

Depois que todos se foram, Menelique se aproxima de Deus e, na qualidade de criado respeitoso e admirador que se permite aconselhar o patrão, sugere-lhe realizar profecias. Deus convoca telegraficamente alguns velhos pilantras do Antigo Testamento.

Esfrega as mãos e sorri.

14.

Chegam os Profetas.
Deus expõe seu plano de realizar profecias. Imediatamente, é um tal de cada um defender e preconizar a sua... Gritos, brigas, gesticulações. Judeus se puxam pela barba.

Naum, Amós, Miquéias, três dos profetas menores do cânone, se mostram particularmente violentos. Deus os segura pelos ombros e empurra todos dali para fora.

15.

Menelique entra e lhe põe debaixo dos olhos uma fotografia da Notre-Dame de Paris, com o Anjo, encarapitado na cumeeira, entre as duas torres, segurando a trombeta na mão. Explica que se trata de Thouroulde, o poeta francês que com tanta valentia fez soar o olifante de Roland. Diz que conviria seguramente. Deus aquiesce. Envia uma mensagem cifrada ao Anjo N.-D.

IV. O Anjo N.-D. cinegrafista

16.

Paris. Vista geral.

A Roda; a Torre; o Sacré-Coeur; o Panthéon; as Pontes. Rio abaixo e rio acima, as florestas de Boulogne e Vincennes. As alegres colinas de Saint-Cloud e Montmorency. Ao fundo, para os lados de Alfortville, sobe o Sena, luminoso. Os trens.

17.

Cenas específicas em diferentes bairros. Os artistas em Montparnasse; as elegantes no Bois; o aperitivo no Moulin-Rouge. Les Halles às cinco da manhã. Um engarrafamento de carros no Châtelet; a Bolsa; a saída dos ateliês, na rue de la Paix. Um chá social. Os automóveis, na place de l'Etoile, movimentam-se como canetas-tinteiro. Uma greve na Villette. As rotativas do *Matin*; os sopões populares no bulevar de l'Hôpital; a rue de la Glacière; o jardim do Luxemburgo; o bairro Europe. Os trapeiros, no quai de Grenelle. Uma operação em Saint-Louis; as grandes fábricas na periferia etc.

18.

Pequenas cenas parisienses, de interior e de rua. A verdureira ao ar livre; o vendedor ambulante; o poeta nas águas-furtadas; o *gentleman* larápio, a alta Marcela. Um assíduo dos bulevares; o detento da cela 11. O limpador de esgoto trabalhando; o último boêmio; dona Corta-sempre e dona Luneta; o diácono de Saint-Séverin. O sr. Deibler; o auxiliar de escritório do Ministério das Finanças etc.

19.

Notre-Dame de Paris em todos os seus ângulos. Detalhes precisos de sua arquitetura. As quimeras. Os apóstolos no telhado. E vê-se o Anjo N.-D. levando a trombeta à boca.

v. O fim do mundo

20.

Meio-dia. Adro de Notre-Dame. Os ônibus giram em torno do refúgio central. Um carro fúnebre sai do Hôtel-Dieu, seguido pelos cegos da guerra. Defronte, uma subdivisão de guardas municipais alinhada diante do quartel. Homens atarefados atravessam a praça em todos os sentidos. Na margem esquerda, passam estudantes em fila.

21.

Ao primeiro toque do clarim, o disco do Sol aumenta um ponto e sua luz esmorece. Todos os astros aparecem repentinamente no céu. A Lua gira, visivelmente.

22.

O Anjo N.-D. mal enche as bochechas.

23.

Vêem-se os transeuntes taparem os ouvidos e decididamente virarem a cabeça.

24.

Todas as cidades do mundo despontam no horizonte, deslizam pelas vias férreas, vêm se amontoar, se aglomerar no adro de Notre-Dame.

25.

O Sol se imobiliza. É meio-dia e um.

26.

De imediato, tudo o que foi edificado pelos homens desmorona sobre os vivos e os soterra. Só o que tem aparência de vida mecânica ainda perdura uns dois segundos. Vêem-se trens rodando exaustos, máquinas girando a esmo, aviões caindo como folhas secas.

27.

Uma imensa coluna de poeira sobe direto para o céu, depois se rasga, se divide, se deita, redemoinha, se esgarça, se estira para todo lado: os ventos sopram em tempestade; o mar se abre e se fecha; as montanhas do México sapateiam na luz.

VI. Câmera acelerada e câmera lenta

28.

O homem morto e os animais domésticos destruídos, reaparecem as espécies e os gêneros que tinham sido expulsos. Os mares se repovoam de baleias e a superfície da terra é invadida por uma enorme vegetação.

29.

Vêem-se os campos incultos verdejarem e florirem furiosamente. Uma audaciosa vegetação desabrocha. As gramíneas tornam-se lenhosas; os capins, altos e fortes, endurecem. A cicuta é leguminosa. Arbustos surgem, brotam. As florestas se estendem, e vêem-se as planícies da Europa se ensombrecerem, se cobrirem uniformemente de apalachina.

30.

No ar úmido voam pássaros inumeráveis de plumagem pesada e melada. A lontra, o castor abundam nos cursos d'água. Insetos gigantes eclodem nos pântanos e põem ovos, incansavelmente.

31.

O disco do Sol se distende e esfria mais. As geleiras crescem em altura e em extensão. Vêem-se descer das montanhas do Sul as vicunhas, os condores e os ursos. Todos eles se refugiam nas estepes extremas do Norte, onde passa uma corrente de ar quente. Tudo se adapta ao novo ambiente de extensão e imensidade. A vicunha alonga as pernas e o pescoço. As asas do condor se atrofiam, e o seu humor. O urso engorda, incha, péla, fica enorme. Vêem-se uma girafa, um iguanodonte, um mamute.

32.

Então tudo se congela. Os gelos se estendem; invadem os mares e o céu os arrasta. Os pássaros estão mortos, e os animais terrestres. Nas margens de um estreito canal de água morna, único subsistente, vêm respirar seres úmidos, ápodes, de face humana, cujos pulmões, externos, ficam dos dois lados da cabeça.

33.

De novo o Sol cresce e seu calor se multiplica, e, em meio

à cortina de névoas, vê-se uma ilha intensa e colorida surgir. Nela, reduzidas e em estranha confusão, as formas de todos os seres aniquilados: os cangurus passam pulando; os lêmures voam; o ornitorrinco avança para o primeiro plano e olha para nós, em agonia, com seus olhos zombadores; o pássaro-lira executa sua dança sexual; o orangotango tosse, tuberculoso; um tatu se enrola em bola.

34.

O deserto. Ossos embranquecidos e imensas cascas de ovo.

35.

Chove. Chove. Tudo se derrete. Tudo se dilui. O céu e a terra. O Sol está babado. Estira-se nas nuvens em debandada e com elas cai na lama. Vêem-se os raios se decompondo nas gotas d'água e arco-íris minúsculos semeando a terra.

36.

O Sol está agora bem perto. Seu disco ocupa um quarto do céu. Solta, perpendicularmente ao solo, imensos feixes de fogo. Então, firma-se, torna a subir um pouco e se condensa numa massa espessa e vagamente ovóide.

37.

As geleiras estão liquefeitas. O solo se consolida. Os vapores clareiam, erguem-se a meia altura. Faz calor. Um rio de lama carrega imensas turfeiras que se aglomeram, se soldam e vão aos poucos perfazendo continente. Um capim súbito jorra a alturas insanas, murcha de imediato e ressuscita. A flora das hulheiras brota, cresce, esponjosa, monocelular, carnuda e transparente.

38.

Vêem-se plantas vasculares captando a energia dos três elementos, transformando-a, fabricando substâncias complexas que se tornam alimento.

39.

Chove. Chove. A água sobe. As agulhas das coníferas se ramificam, se espalmam, se abrem em forma de sombrinha. Cogumelos brotam em todos os ramos, flutuam água abaixo. Algas, lêvedos, esponjas negras. Detritos de toda sorte se acumulam no fundo dos lagos. Plesiossauros em decomposição.

40.

O Sol se dissolveu. Espécie de névoa granulosa e fosforescente sobre um mar decomposto, onde se movem pesadamente algumas lavas obscenas, gigantescas, tumescentes.

41.

Um olho escuro se fecha sobre tudo aquilo que foi.

42.

Um dedo se estende, se alonga, toca, apalpa, se encolhe, recolhe-se numa concha. Tufos de patas ervosas despertam, giram como girassóis. Um estômago viaja na ponta de um fio e vibra. Sucções, sacolejos, ventosas. Tudo está cego debaixo d'água e a luz é caolha.

43.

A articulação se petrifica. O estômago saciado se torna coral. Oxidia. Os poros emitem um suor vítreo. O movimento, rarefeito, congela-se numa charneira. A vida cria raízes e desce como uma sonda, se ancora. Na profundeza, é noite absoluta e só as pedras se animam.

44.

Vêem-se as cristalizações se formando, estrelas de seis pontas, e cada ponta se amarra, se cruza, em forma de X, de tau, de cruz de santo Antônio, de trevo, de cruz papal. Tudo sem proporção na tela. Um infinitamente pequeno se torna infinitamente grande. O fogo central projeta a sombra molecular.

45.

Poliedros evoluem estrategicamente. Gases coloridos se precipitam. Os minerais completos se fundem, e vêem-se os elementos quimicamente puros brotando da ganga da matéria.

46.

Tudo está preto. Vê-se uma trama venosa de fogo vermelho escuro desenhando a árvore genealógica da Terra. É espessa como um sistema nervoso.

47.

Uma circulação se estabelece, uma efervescência, um resplendor. Segmentos de sombra se destacam. Fusos de fogo se isolam. Cones, cilindros, pirâmides. Tudo desaba sobre o átrio central. Explosão. E o mar ardente se precipita, espuma torrentosa.

48.

Uma bola. Superfície gretada, rachada, dessecada, que a unha de uma luz fria coça. Dela se soltam, como películas, uma camada de giz, de gesso, de gipsita, e então uma camada de sílex batendo faíscas sob o choque. Cada época geológica ressurge. Cavam-se crateras. A pedra-pomes jaz ao fundo de um circo. A ardósia perpendicular. A rocha. O granito. O bórax. O sal oco.

49.

Tudo jorra. Tudo se confunde. Caos. O mar oleoso, pesado como o asfalto. A terra escura, sangrenta, se liquefaz. As vagas viram montanhas e os continentes se abismam.
Turbilhão.

50.

Nadadeira de tubarão, o derradeiro raio da luz rasga o espaço caótico...

VII. De trás para a frente

51.

Na sua cabine, Abin, o projecionista, acende a lanterna. Queima um fusível. Rompe-se uma mola. E o filme se desenrola vertiginosamente de trás para a frente.

52.

O derradeiro raio da luz ateia fogo no mar oleoso. A terra escura estoura. Blocos de matéria incandescente caem a pique. A água subterrânea se vaporiza. A terra submarina explode. A água, o ar, o fogo se apartam. As altas terras hercínias surgem dos oceanos. As químicas se ligam. Órgãos arborescentes perfuram a sombra, sobem, crescem. Um olho se abre, orlado de espuma do mar. O sol é como uma planta prestativa. Tudo o que sai das águas se nutre, se incha, se satura de calor granulado. Tudo rasteja. Os lêvedos, as algas, os cogumelos estão ativos, resplandecem. De súbito, os fósseis gigantescos estão de pé. Chove. Os vapores se condensam. As geleiras se formam. Faz frio. O sol agora está todo pálido. Ele se afasta, se arredonda, se intensifica. A poeira do deserto ressuscita. Mil animais ápodes rastejam na areia. Carapaças, conchas, anéis. Então, tudo se gela. A banquisa. O lobo-marinho uiva e se agita. O elefante abandona as margens de um mar polar. No interior das terras, a vicunha foge para as montanhas. As plantas e os pássaros, tudo seca devagar, adquire um brilho esverdeado, muito suave. Os legumes são saborosos. Ovelhas, vacas, cavalos nas pradarias.

53.

Vê-se Paris novamente. Os trens, os automóveis que circulam. A multidão atarefada no adro de Notre-Dame. O gesto lasso do Anjo N.-D. tirando a trombeta da boca.

54.

Um rasgo e então, depois de extensa lacuna, Deus fugindo dos marcianos, saindo do deserto, integrando o cortejo, voltando para o recinto do circo, deixando Marte, chegando a Interlaken, subindo em movimento inverso no seu automóvel de luxo, rodando para trás rumo aos escritórios da GRIGRI'S COMMUNION TRUST CO. LTD. Em seu escritório, tira luvas, bengala, chapéu.

55.

E se vê, como no início, Deus-Pai sentado à sua escrivaninha americana, mascando furiosamente seu charuto...
ETC.
É a bancarrota.

Pós-posfácio

Blaise Cendrars escreveu *Morravagin* entre 1913 e 1925. A obra foi concebida como uma paródia de romance de aventuras,[1] em que a personagem eslava que empresta seu nome obsceno à capa do volume é a encarnação da doença — física e espiritual — do século XX. Anarquismo, psicanálise, positivismo, revolução, a Primeira Guerra, misoginia, aviação, dadá, política, medicina, tudo é convocado neste texto híbrido para falar de um século que iria transformar radicalmente a vida no planeta, com a instituição inexorável do mundo moderno. Nas andanças intermináveis relatadas neste *road book*, Cendrars procura o vetor que emana da instabilidade do processo civilizador. Como Morravagin, seu autor deambulou mundo afora. E carregou o original de seu livro por onde esteve.[2] Escrevia um pouco em cada parte — seu estilo descontínuo incorpora as variações de tempo e lugar. Parte dele foi escrito no Brasil: o trecho referente ao "Princípio da utilidade", no capítulo "Nossas andanças pela América", que fala do futuro da sociedade de consumo e da globalização da economia.

A saga de Morravagin é a ilustração de um percurso sinistro da história recente, em que a guerra se torna aceitável, lógica, necessária e profilática. Ao fim, monstruosa nos parece a vida normal, circunscrita aos contornos conformistas da vida burguesa, esta sim, antinatural por excelência. No livro, todos os espaços disponíveis foram ocupados por seu autor. Blaise Cendrars escreveu o prefácio, o posfácio, um *Pro domo*, a vida de Morravagin, além de *O fim do mundo*, este supostamente da lavra de sua personagem. Tanta volúpia de escrita na verdade corresponde a dois movimentos simultâneos: o de acompanhar um processo que durou pelo menos treze anos, durante o qual a vida do escritor padeceu inúmeros sobressaltos, culminando com a perda do braço direito, numa batalha do front da Primeira Guerra, e também o de um acerto de contas entre escritor e seus duplos, multiplicados numa galeria de espelhos.

Raymond, o narrador, é duplo de Cendrars; dr. Stein, do dr. Freud; Morravagin, duplo tanto de Cendrars como de Raymond; o livro, enquanto biografia, da própria vida; o Outro, que escreve, do Eu, que renuncia à vida para escrever. (O escritor nunca escondeu seu fascínio por Gerard de Nerval, autor justamente da frase "Je suis l'Autre" [Eu sou o Outro)], que Cendrars usou como legenda de um auto-retrato seu.) O manuscrito de Morravagin, confiado por Raymond a Blaise Cendrars-personagem, é duplo do próprio texto de Cendrars. Por esse motivo precisa ser encerrado num baú de fundo duplo. Ao introduzir Blaise Cendrars como personagem secundária no final de seu romance, Cendrars-escritor torna explícita a sua dupla identidade.[3] Cendrars-escritor se aborrece escrevendo; projeta-se como personagem de seu relato, em que pode viver uma vida mirabolante, uma vida dupla, mais afim ao seu temperamento. Além do próprio autor, as personagens têm igualmente consciência de sua constituição reflexa. "Todas as estrelas são duplas" [p. 154].

[...] olhando-nos agir, observando-nos de perto, Morravagin estudava, contemplava seu próprio duplo, misterioso, profundo, em comunhão com o cimo e com a raiz, com a vida, com a morte, e era o que lhe permitia agir sem escrúpulos, sem remorsos, sem hesitação, sem transtorno e espalhar sangue com toda a segurança, como um criador, indiferente como Deus, indiferente como um idiota. [p. 97]

Cendrars vê o duplo como um negativo fotográfico, em que a pele se torna preta, a boca e os olhos, brancos.

Estranha projeção de nós mesmos, aqueles novos seres nos absorviam a ponto de entrarmos imperceptivelmente em sua pele até a identificação total [...]. [pp. 88-9]

O texto de *Morravagin* traz inscrito na sua história o processo de emancipação psicológica de Cendrars. Em 1915, possuído pelo espírito de Morravagin, que o acompanhara ao front, flerta com o perigo e se expõe além da prudência. Perde o braço direito na fazenda Navarin, na Champagne, no mesmo ataque em que seu duplo Raymond perde a perna esquerda. Amputado, liberta-se inicialmente de seus fantasmas de violência auto-infligida, mas renuncia à poesia; sem a mão destra não sabe mais escrever. Seu penoso renascimento se dará em 1917, na "mais bela noite de escrita", em que, com uma única rasura, redige com a mão esquerda o manuscrito do roteiro *O fim do mundo filmado pelo anjo N.-D.* [p. 241]. Inspirado em arrebatadora cosmogonia poética, conclui em seguida, por encomenda do costureiro-bibliófilo Jacques Doucet, *O eubagem, aos antípodas da unidade.* Esse renascimento do escritor traz consigo a fantasia de tornar-se cineasta, inicialmente pela escrita do roteiro, que, no entanto, embute a decisão de filmá-lo. O roteiro traz a assinatura de Morravagin, o duplo, que Cendrars terá de abandonar quando publica *O fim do mundo*, em 1919, numa bela edição da Sirène, diagramada e ilustrada por Léger. O Cendrars-cineasta, que ele, embora sem sucesso, tentará ardentemente ser, é agora duplo do Cendrars-escritor. Espelho contra espelho, vertigem, multiplicação. O médico e seus monstros. Cendrars, que chegou a estudar medicina em Berna, sem, no entanto, concluir o curso, desconfia da cura prometida pela medicina positivista. Para ele, a doença é indissociável da vida. Em *Morravagin*, Cendrars defende a doença como estado intrínseco ao processo vital. Morravagin é estruturalmente doente e disso decorre sua força e seu fascínio, sua especificidade como criatura, indiferente à dor moral e física. Age como um monstro, pela consciência aguda da natureza profunda da vida, que engendra o estado de guerra permanente, entre países, grupos, classes, espécies — uma guerra de todos contra todos, estendida, no seu limite, ao século futuro e ao planeta Marte, esperança frustrada de redenção da humanidade.

Morravagin é a biografia de um monstro. Doente física e moralmente, não há ciência — natural ou política — que o possa curar. A personagem é a encarnação do século XX, que se iniciava então com grande estrépito, com sua voragem da violência gratuita e sua compulsão à guerra em escala internacional. Livro frankenstein, feito de colagens,[4] de peças justapostas, nele Cendrars, segundo seu próprio depoimento, atua como cirurgião do texto, que pratica suturas rotineiras, até entrar "em pane" na frase "Que sonho, que sonho de ópio!" [p. 178]. O encontro das duas correntes de texto constituía-se em barreira intransponível para a linha de sua agulha fina. Empenha-se em vencer este obstáculo e quando o supera revela-se orgulhoso por ter sabido escrever aquela última linha onde o sonho e a vida e o ambiente exótico e a dura realidade se interpenetram até a unificação [...] [*Pro Domo*, p. 248]

Uma das mais fiéis obsessões de Cendrars, a unidade entre consciente e inconsciente, sonho e realidade, terra e cosmos, o local e os antípodas, civilização e selvageria, entre o eu e o outro, aqui mais uma vez perseguida, parece utilizar-se de um instrumento oculto de mediação que sugere uma aproximação com o vício de Thomas De Quincey, o autor de *Prazeres e dores do ópio*. Passagens inteiras e descrições pormenorizadas assemelham-se a reminiscências de um sonho de ópio:

> Primeiro, as cinco vogais, ariscas, assustadas, espertas como vicunhas; depois, descendo a espiral do corredor cada vez mais estreito com teto cada vez mais baixo, as consoantes desdentadas, encaracoladas numa carapaça de escamas que dormem, hibernam longos meses a fio; mais adiante, as consoantes chiantes e lisas como enguias que me mordiscavam a ponta dos dedos; em seguida, aquelas moles, lassas, cegas, muitas vezes babonas como larvas, que eu beliscava com as unhas ao coçar as fibrilas de uma turba pré-histórica; e então, as consoantes cavas, frias, quebradiças, cascosas, que eu juntava na areia e colecionava como conchas; e, lá no fundo, de barriga para baixo, ao debruçar-me sobre uma fissura, em meio às raízes, não sei que ar envenenado vinha-me açoitar, picotar o rosto, pequenos animálculos corriam-me pela pele nos lugares mais cocegentos, eram espiriformes e peludos como a trompa das borboletas e davam arrancadas bruscas, esfoladas, gritantes. [pp. 57-8]

"Vogais ariscas", "espertas como vicunhas", e consoantes "cascosas" são como "animálculos" que percorrem o corpo: há mais eloqüente figuração da escrita como assombração?

Segundo De Quincey,

o ópio, se tomado de maneira apropriada, introduz [nas faculdades mentais] a mais extraordinária ordem, regramento e harmonia. [...] Fornece simplesmente aquele tipo de calor vital que irá sempre acompanhar a corpórea constituição da saúde primitiva ou antediluviana.[5]

Morravagin, ser natural, não se deixa abalar pelos percalços e acidentes e menos ainda por qualquer imperativo moral.

[...] o consumidor de ópio sente que a parte mais divina de sua natureza é sobrelevada; que as afecções morais estão num estado de serenidade superior, e acima de tudo é a grande luz de seu soberbo intelecto.[6]

A personagem de Morravagin combina elementos do projeto Dadá — niilismo, instinto de destruição — [7] com uma pitada de anarquismo — o inimigo das leis — [8] e certa compaixão do Príncipe Idiota, de Dostoiévski, não por acaso o livro preferido de Cendrars. "Morravagin, idiota" é tanto o destruidor alienado, indiferente, quanto o paisano, homem comum — Morravagin, *esquire* — que a etimologia da palavra sugere.[9] Semelhante ambigüidade se reflete na sexualidade de Morravagin: possuía "voz quente, grave, de alto feminino"; sua mulher, Masha, é masculina; Raymond, o melhor amigo, é sexualmente neutro, como o próprio escritor.

Morravagin tem muito de Cendrars, partidário do "jusqu'auboutisme".[10] Seu primeiro crime foi matar o cachorro de estimação, sentimento que o poeta preconizava num célebre verso: "quando se ama é preciso partir". O "povo magnífico de Levallois-Perret e de Courbevoie" [p. 198] ele o conheceu na companhia do pintor Robert Delaunay, à época trajando o macacão azul de mecânico de aviões. Cendrars sempre insistiu que "os bons livros se parecem. São todos autobiográficos".

A misoginia da personagem, declarada no seu próprio nome — *Mort-à-vagin* (*Moravagine*), Morte-à-vagina (Morravagin) — " é um projeto de subversão. Reação do autor à constatação de que

> A mulher é todo-poderosa, mais bem assentada na vida, possui vários centros erotógenos, sabe então sofrer melhor, possui mais resistência, sua libido lhe dá peso, ela é a mais forte. O homem é seu escravo, ele se rende, se estende aos seus pés, abdica passivamente. Ele suporta. A mulher é masoquista. O único princípio da vida é o masoquismo e o masoquismo é um princípio morto. Eis o porquê de a existência ser idiota, imbecil, vã, sem nenhuma razão de ser, e de a vida ser inútil. [pp. 72-3]

Morravagin, o oriental, o mongol, fará soprar "o vento curvado feito cimitarra", irá "forçar o ventre agudo de (n)ossa civilização", assim como Jack, o estripador, o ocidental, desventrava as mulheres. A mulher, esteio da civilização ocidental, "é maléfica" [p. 73]. Sua condenação é, portanto, simbólica, histórica, o que permite a Cendrars declarar em 1945, em *L'Homme foudroyé* [O Homem fulminado]: "Amo demais a mulher para não ser misógino".

O que prevalece em *Morravagin*, por absurdo, é a pulsão de vida. Vida elevada à oitava potência [p. 177]. O seu projeto exterminador é resposta à perda da inocência da juventude, cujo principal atributo deveria ser "assombrar o cu da humanidade" [p. 227]. A morte de Morravagin ocorre quando este se reconhece "dentro da noite profunda" [p. 221], que a guerra permanente e a sociedade industrial reservam para os homens livres.

Morravagin + O fim do mundo

Por sugestão de Claude Leroy, organizador da edição das obras completas de Cendrars sob o lema "Tout autour d'aujourd'hui", foram reunidos pela primeira vez no mesmo volume *Morravagin* e *O fim do mundo filmado pelo anjo Notre-Dame*, narrativa influenciada pelo impacto do cinema na sensibilidade humana.

La Fin du monde faz parte do projeto de Cendrars para *Moravagine*. No período em que o escritor se protegia atrás desse duplo, chegou a atribuir-lhe a escrita de ambos, assim como no romance acabado atribui a Morravagin os breves capítulos "O ano 2013" e "O fim do mundo". Essa simbiose de origem está documentada numa carta de Cendrars, datada de 10 de setembro de 1917, dirigida a Jean Cocteau. Celebrando a data de seu aniversário de trinta anos, informa que concluiu *La Fin du monde*, um livro de trezentas páginas.

> Que livro híbrido! Por vezes delicado, violento, polêmico, colérico, frio e lírico. E tão pouco literário apesar de todos os macetes e os truques da profissão. Um monstro, lhe digo. Com um PREFÁCIO poético de trinta páginas! Mais uma NOTÍCIA ponderada, histórico-científica de cem páginas, no gênero dos estudos psicológicos caros a Bourget (!) onde Bouvard e Pecuchet se debatem num imbróglio policial. Depois o ANO 2013 por Seu Moravagin, idiota, cem páginas de viagens, divertimentos, satíricos, baboseiras e amabilidades! Enfim o filme do Fim do mundo, figura lírica de cinqüenta páginas! Eis como concebo o volume! Tem um pouco de Bíblia, do darwinismo e da linha Barbey d'Aurévilly — Villiers de l'Isle Adam para alguns horrores bem conformes. Um monstro de cesariana, lhe digo, escrito com um fórceps [...][12]

Em O fim do mundo, filme de palavras, "a luz é caolha" [p. 279], e a reversibilidade do movimento cinematográfico, que encantava os pioneiros do cinema, é utilizada com engenho para forjar uma criação do mundo ao revés [pp. 282-3]. Cendrars pensava com ele inaugurar um gênero literário: o "grand roman cinéma" [grande romance cinema], que teria "adaptado do marciano". Se o gênero permanecia literário, as ilustrações "cinematográficas" já deveriam estar perfeitamente sincronizadas com o novo meio.

O cinema de papel de Cendrars era na verdade portador de poderosas virtualidades: as imagens do anjo cinegrafista antecipam as de Metrópolis (1927), de Fritz Lang, filme clássico do período silencioso, assim como sua fantasia da origem da vida só poderia ser plenamente realizada em desenho animado no estúdio de Walt Disney. Cendrars tentou se tornar cineasta mais de uma vez. Trabalhou como assistente de Abel Gance (*J'Accuse* e *La Roue*) e dirigiu um filme em Roma (*La Venere Nera*).

Atraído por Oswald de Andrade para realizar um filme de propaganda do Brasil, Cendrars aqui chegou em fevereiro de 1924. Trazia na bagagem os manuscritos de *Morravagin*.

Morravagin no Brasil

Feuilles de route, o livro de poesias da primeira viagem ao Brasil, traz uma revelação em seu poema "Bagagem":

[...] Eis o que minha mala contém
O manuscrito de *Morravagin* que devo terminar a bordo e despachar no correio de Santos para Grasset [...]"[13]

A bordo do *Formose*, navio da companhia Chargeurs réunis que o leva ao Brasil, Cendrars passa a limpo, datilografando na sua recém comprada Remington, o manuscrito de *Morravagin*, mas não avança uma linha. Os compromissos sociais, e literários, que o esperavam no Rio e em São Paulo, as oportunidades de viagens — às fazendas de café, ao Carnaval do Rio e às cidades históricas de Minas —, os poemas de viagem que ia bordando segundo a agenda do turista, desviaram a atenção de Cendrars de seu livro, enquanto o mantinham perfeitamente ocupado. Convidado a dar conferências, sobre moderna poesia francesa, literatura negra e pintura contemporânea, em que se esperava que desse seu aval de especialista à então incipiente pintura pau-brasil de Tarsila, Cendrars nela faz um apanhado da evolução da pintura até os contemporâneos, mas sobretudo fala de um nova sensibilidade dos tempos modernos.

Em 12 de junho de 1924, no salão do Conservatório Dramático e Musical de São Paulo, diante de uma platéia ilustre, capitaneada pelo presidente do Estado, Cendrars discorre horas sobre "uma nova maneira de ser e de sentir", na conferência que intitulou "As tendências gerais da estética contemporânea". Essa sensibilidade moderna não estava mais sintonizada com o espírito dos museus ou com a cultura tal como a concebeu o século XIX. Fora atualizada pela estética dos engenheiros, que desenham carros, aviões e navios para o conforto do homem contemporâneo. Segundo ele, uma conseqüência do "Princípio da utilidade", que aprendera com seu mestre, Remy de Gourmont.

O projeto do filme de propaganda em parceria com Oswald de Andrade e Washington Luís é suspenso, para jamais ser retomado, em virtude da eclosão em São Paulo da Revolução de julho de 1924. Cendrars retorna à França, estimulado pela experiência brasileira. Publica *Feuilles de route*, os poemas da viagem ao Brasil, e conclui *L'Or*, que o relança inesperadamente no mundo literário.

No final de 1925, em Biarritz, Cendrars lograva finalmente pôr um ponto final no seu *Morravagin*. Encaminha os originais ao editor e embarca para uma segunda viagem ao Brasil, que tem início em 25 de janeiro. Repete-se a mesma liturgia dos compromissos sociais da viagem anterior. O depoimento de Prudente de Morais, neto, recupera a atmosfera de um desses encontros literários em torno do grande escritor que revisitava o Rio de Janeiro.

Me lembro de uma ocasião em que o Paulo Silveira ofereceu um jantar em homenagem ao Cendrars. Convidou alguns amigos e enquanto se esperava perguntou a ele quais os novos livros que tinha em preparo. O Cendrars citou dois ou três títulos, entre os quais o primeiro já pronto (em provas se não me engano) era *Moravagine*. Paulo Silveira deu aquela gargalhada dele e disse: "Vous savez, en Portugais c'est un titre obscène, pornographique" [Você sabe, em português é um título obsceno, pornográfico]. Cendrars respondeu: "Mais en Français aussi!" [Em francês, também!].[14]

Em março de 1926, Cendrars recebia de seu editor, em São Paulo, os primeiros exemplares do novo livro. Revê cuidadosamente um volume para futuras edições, e doa o jogo de provas a Paulo Prado, o amigo que o hospedava. Convenientemente distante de Paris, o escritor instruiu seu editor a distribuir o livro a jornalistas e amigos, sem dedicatórias pessoais, com um cartão impresso: "*Hommage de l'auteur, actuellement au Brésil.* BLAISE CENDRARS" [Homenagem do autor, atualmente no Brasil]. A dispensa da palavra personalizada, acrescida da informação de mais uma viagem ao Brasil, conferiam um ar de discreta rotina ao lançamento de uma obra há muito aguardada e na qual investira anos de labor.

Cendrars parecia nessa época indiferente à recepção de seu livro. Havia finalmente se libertado de seu duplo, o que lhe era mais grato que os louros — ou espinhos — fugazes da crítica. Longe de Paris, onde poderia acompanhar e retrucar os artigos, nem no Brasil se dedicou à publicidade da nova obra. Ninguém de seu círculo parece ter lido; dela não há resenhas brasileiras. A única dedicatória conhecida foi endereçada a Marinette, mulher francesa de Paulo Prado: "à Marinette, ce méchant livre, gage de ma bonne amitié" [a Marinette, esta besteira de livro, garantia de minha boa amizade].[15] Nela, de certa forma pede desculpas pela inconveniência de publicar *Morravagin* fora de seu tempo.

A ausência de recepção local à obra, no momento em que o escritor justamente circulava entre nós, é tão mais curiosa, se atentarmos para a evidente presença brasileira nesse livro. O capítulo "Nossas andanças pela América" retrabalha o texto da conferência feita em São Paulo, em junho de 1924.[16] O elogio da monocultura celebrava a riqueza do ambiente paulista, todo ele ancorado na economia de exportação do café. Palavras em português, grafadas segundo a memória do ouvido, e situações brasileiras, distribuídas ao longo do texto, colorem com tinta local a geografia imaginária do escritor: vaqueiros [p. 162]; garapa, chicha e açaí [p.176], sabiás [p. 178], bananeiras em quincôncio [p. 175].

O viés brasileiro relevante está contido na tese defendida por Cendrars em *Morravagin* de que o processo civilizador, iniciado no Oriente, numa saudável regressão, agora demanda o Ocidente, mais especificamente a América. "O mundo atual foi povoado do Ocidente para o Oriente" O berço da humanidade situa-se nas margens do Amazonas [p. 147]. Embora favorável aos indígenas americanos, tal tese não encontrou adeptos nem mesmo entre os futuros antropófagos. Numa carta de 10 de abril de 1926, escrita em São Paulo, Cendrars relatava a Oswald de Andrade, então em Paris, que, no ano anterior, acompanhado de Tarsila, havia visitado o Oriente Médio: "Quando nos revirmos, nós trocaremos o Oriente pelo Extremo Ocidente e teremos um famoso ajuste de contas a acertar."[17] Em 1927, por ocasião da terceira e última viagem de Cendrars ao Brasil ele retomava o tema, em entrevista a Sérgio Buarque de Holanda:

> Não vejo nada de interessante para mim nessa volta ao Oriente que realmente começa a ser pregada em certos círculos literários da França. Quando se descobriu a América a Europa já conhecia a Índia e a China, e, entretanto, veio colonizar o novo continente. A tendência para o Oeste era uma tendência natural do Ocidente. A América é o Extremo Ocidente, e, para mim, o futuro do homem, do homem branco, bem entendido, está na América, principalmente na América do Sul e, sobretudo, aqui no Brasil.[18]

O episódio dos Índios Azuis assemelha-se convincentemente de um relato colonial, entre os tantos que lhe foram apresentados pelo aprendiz de historiador Paulo Prado. Entre correrias de filme de faroeste, como não lembrar dos índios mexicanos que escravizaram Alvar Nuñez Cabeza de Vaca?

Apesar das referências ao Brasil e às Américas, são raras as leituras de *Morravagin* feitas por críticos brasileiros. Resumem-se às de Alexandre Eulalio e Maria Teresa de Freitas. Eulalio apenas esboçou o ensaio que dedicaria a *Morravagin*, cuja tradução chegou a iniciar. O que nos chegou às mãos foram breves anotações ou fragmentos pinçados num contexto maior. Para ele, *Morravagin* é um falso romance ou romance fora de série, com suas colagens de texto, seus palimpsestos, suas transcrições, seus *grafitti*. [Nele, Cendrars, antecipando um movimento que se consolidará em *L'Homme foudroyé* deixa o campo da] escrita linear — no sentido plástico de linha pura — e passa à "escrita polímera ou polimorfa" das narrativas e reminiscências biográfico-fantásticas."[19]

Nesse romance fora de série, Cendrars realiza uma "espécie de paródia (voluntária? involuntária?) da evolução patológica do herói, que é uma caricatura dos últimos avanguardismos: cubismo, primitivismo, negrismo etc." E também do bolchevismo e do anarquismo.

Alexandre Eulalio, no ensaio que não escreveu, pensava ainda em aproximar as histórias de Morravagin e de Febrônio,[20] "o idiota e o tarado", submetidos às "forças da natureza, ao incontrolado, ao irracional", assumindo "a vida como possibilidade, como liberdade", ambos recompensados, pela "limitação do racional", com "a revelação do desconhecido: a maravilha...".[21]
A suspeita de Eulalio é confirmada pela leitura atenta dos dois textos. Os delírios de Morravagin e de Febrônio são muito semelhantes. Morravagin, na sua cela:

> Tudo palpita. Minha prisão se esvanece. As paredes se abatem, batem asas. A vida me ergue nos ares qual um abutre gigantesco. [pp. 56-7]

Terceiro sonho de Febrônio:

> Eu estava completamente nu, como todas as vezes em que celebrava meus sacrifícios na minha clareira e trazia minha espada nua na mão. Devia ser meio-dia. O sol caía a pino sobre o Pão de Açúcar e um bando de abutres voava em círculo, mas sem fa-

zer sombra, o que era um feliz presságio. Dessa vez eu ganhava do Diabo! Mas deu-se um prodígio. Cada vez que o boi me atacava, a árvore, em que me encostava, crescia e me elevava no ar, e cada vez que o Maldito se afastava para dar meia volta, a árvore diminuía e me colocava no chão, de tal modo que meus grandes golpes de espada e suas mais furiosas chifradas feriam juntos o vazio."[22]

Maria Teresa de Freitas, no ensaio "Culturas em guerra: *Moravagine* x *Macunaíma*",[23] trabalha a literatura comparada desses dois romances-não-romances, que, embora se aproximem em muitos pontos, como ela mesma nos fará ver, insistem em manter-se apartados e em universos culturais irredutíveis. Ela estende a *Morravagin* a classificação de rapsódia que Mário de Andrade adotou para uso próprio em *Macunaíma*, aqui entendida como "seqüência de fragmentos épicos"; Morravagin (Morte-à-vagina) é primo irmão de Macunaíma (o Grande mau), ambos anti-heróis; num texto a polarização se dá entre morte e vida (Cendrars), no outro, entre razão e magia (Mário de Andrade); em ambos, a mesma obsessão pelo espaço sideral; os dois textos são paródicos: *Macunaíma* parodia o mito, *Morravagin*, o épico; a polaridade entre ambos reproduz o conflito entre as culturas européia e a latino-americana: disforia versus euforia inocente; ambos os textos introduzem narradores em terceiro grau: o papagaio que atenua a solidão de Macunaíma e o próprio Blaise Cendrars adentrando o romance como personagem, no episódio da aviação.

Apesar de toda essa simetria, não é possível falar de influências: Mário nem sequer abriu o seu exemplar de *Morravagin*, que permanece fechado em sua biblioteca. Cendrars, por sua vez, deu-lhe o troco. O exemplar de *Macunaíma* de sua biblioteca traz a dedicatória: "A Blaise Cendrars, com a amizade do

Mario de Andrade S. Paulo 22-VIII-28", mas também não foi aberto. Cendrars privou-se assim da homenagem que Mário lhe prestara no fim do capítulo VII de *Macunaíma*, intitulado "Macumba", arrolando-o no grupo dos "macumbeiros que saíram na madrugada", ao lado de alguns dos seus amigos mais queridos — Jaime Ovalle, Manuel Bandeira, Ascenso Ferreira, Antônio Bento, Raul Bopp.

Cendrars por essa época já começava a se afastar do Brasil, que lhe negara a possibilidade de realizar bons negócios, de fazer a América. Restaram-lhe as lembranças da fazenda, de seu cavalo, dos seus cachorros, do céu azul, do Fordinho com que percorria as estradas do interior de São Paulo. O Brasil foi a mais profunda experiência de viagem desse viajante inveterado. E ficou inscrita de modo indelével no seu imaginário pregresso: o futuro da humanidade está na América do Sul, na grande floresta, berço da vida, espelho do céu. "Todas as estrelas são duplas."

Carlos Augusto Calil

Notas

MORRAVAGIN

1. Ou Île-de-France, região da França delimitada por quatro rios, entre eles o Sena — daí seu nome de *ilha*. Foi o berço da monarquia capetíngia e da arte gótica. O dialeto que ali se falava prevaleceu e acabou se tornando a língua francesa. (N. T.)
2. Agulha oca, de prata, adaptável à seringa, permitindo injeções a dose pequena. Também conhecida como seringa de injeção, criada pelo médico ortopedista francês Charles Gabriel Pravaz (1791-1853). (N. T.)
3. No original, *grand d'Espagne*, título atribuído aos membros da mais alta nobreza que têm o privilégio de manter-se de chapéu diante do rei. (N. T.)
4. Raymond la Science foi um dos membros da Bande à Bonnot, grupo anarquista que aterrorizou Paris em 1911, e cuja trajetória será mencionada mais detalhadamente no capítulo "Regresso a Paris". (N. T.)
5. Criada por volta de 1893, numa combinação de *epi-* + *(me)tafísica*, a palavra *pataphysique* significa, segundo Jarry, "ciência das soluções imaginárias, que atribui simbolicamente aos lineamentos as

propriedades dos objetos descritos por sua virtualidade" (*Le Petit Robert* — *Dictionnaire de la Langue Française*). (N. T.)

6. *Hippomane* possui vários significados, alguns dos quais relacionados à composição do lendário elixir do amor. Cendrars parece aqui dar ao vocábulo o sentido explicado por Voltaire, em seu *Dictionnaire philosophique*: a placenta e as membranas expelidas pelo útero da égua após o parto, que teriam qualidades afrodisíacas. (N. T.)

7. No original, *communard*, partidário da Comuna de Paris, em 1871. (N. T.)

8. Joseph Ignace Guillotin (1738-1814), médico e político francês, insistiu na criação de uma máquina que trouxesse mais rapidez, eficiência e, portanto, mais dignidade e menos sofrimento às execuções, tão comuns na época, não raro efetuadas por um carrasco inexperiente que precisava dar vários golpes para cortar a cabeça da vítima. A guilhotina, que não foi criada por ele, acabou, para seu desespero, levando seu nome. (N. T.)

9. Língua internacional lançada em 1879 pelo alemão Johann Martin Schleyer (1831-1912). Em francês, também significa, pejorativamente, mistura de línguas. (N. T.)

10. Malas. (N. T.)

11. Antiga denominação para *wagon-lit*, vagões com leitos para viagens noturnas ou longas. O portador de um passe para *sleepings* tem direito a um abatimento no preço dos bilhetes. (N. T.)

12. Presburgo, antigo condado da Hungria, hoje parte da Eslováquia. Ali firmou-se em 1805 um tratado que, entre outras coisas, estabelecia a independência da Suíça. (N. T.)

13. Iluminação tão viva que quase se iguala à luz do dia. (N. T.)

14. À vontade, a bel-prazer. (N. T.)

15. Desde o início. (N. T.)

16. Todas. (N. T.)

17. Grupo de três notas de igual valor, tocadas no tempo de duas, cifradas com o algarismo 3. O mesmo que tresquiláteras. (N. T.)

18. Rio da Suíça que atravessa a Basiléia, indo desaguar no Reno. (N. T.)

19. Da região de Baden, na Alemanha. (N. T.)

20. Em alemão, de *Durchgangszug*, trem expresso, com passagem de sanfona entre um vagão e outro. (N. T.)

21. *Axel*, poema dramático em prosa do escritor francês Auguste de Villiers de l'Isle-Adam (1838-89). Dividido em quatro partes, conta de modo lírico, fantástico, por vezes sombrio, a trajetória que levou duas personagens, Sara de Maupers e Axel d'Auersperg, ambos órfãos, a renunciar ao tesouro que cabia a cada um por herança. (N. T.)

22. Estação ferroviária em Berlim. (N. T.)

23. Hugo Riemann (1849-1919), musicólogo e professor alemão, notabilizou-se sobretudo por seus escritos sobre música, entre os quais se destacam *Musiklexikon*, dicionário de música, *Handbuch der Harmonielehre*, sobre o estudo da harmonia, e *Lehrbuch des Contrapunkts*, sobre o contraponto. (N. T.)

24. No original, "grès pif, grès paf, grès pouf". Trata-se de denominações onomatopéicas dos vários tipos de arenito (*grès*), que têm origem no procedimento segundo o qual, nas antigas pedreiras, conhecia-se a densidade do arenito pelo ruído que fazia sob o malho (*grès pouf* era o arenito mais mole, e assim por diante). (N. T.)

25. No balé, abertura extrema de pernas. Usa-se no Brasil a expressão francesa ou, também, a palavra italiana *spaccato*. (N. T.)

26. Cadeia vulcânica na região de Auvergne, França, cujos cumes, sempre cobertos de neve, sediam conhecida estação de esportes de inverno. (Raymone, a musa de Cendrars, morava na rua do Montdore.) (N. T.) (N. C.)

27. Célebre frase do maestro alemão Hans von Bülow (1830-94). Observa Mário de Andrade, em *Pequena história da música*: "E foi, aliás, pela observação da importância primacial que tem o ritmo na organização da vida humana, tanto social, como individual, que Hans de Buelow, parafraseando a Bíblia, disse aquela sua espirituosa frase: 'No princípio era o Ritmo'...". (N. T.)

28. Pão de trigo em forma de cadeado. (N. R. T.)

29. Padaria famosa em Moscou. (N. R. T.)

30. Partido Socialista Revolucionário. (N. T.)

31. União dos judeus da Lituânia, da Polônia e da Rússia, fundada em 1897. Integrou o Partido Operário Socialdemocrata russo (1898-1903) na qualidade de organização autônoma defendendo as questões do proletariado judeu. (N. T.)

32. Antigo nome da cidade chinesa de Chen-Yang. (N. T.)

33. Nome russo da cidade manchuriana de Pin-Chiang. (N. T.)

34. Viatcheslav Plehve (1846-1904), ministro do Interior russo. (N. T.)
35. Líder revolucionária popular e carismática, militante dos socialistas-revolucionários de esquerda, foi perseguida e encarcerada pelos comunistas em 1918. (N. T.)
36. Em 1907, na Rússia, foi publicado o romance *Sánin*, de M. Arstsybáchiev, que proclamava a liberdade sexual nas relações entre homem e mulher e que deu início ao movimento "saninista". (N. R. T.)
37. No original, *crachat*, que, em francês, significa tanto "condecoração", "insígnia" como "cuspe". (N. T.)
38. Cidade russa próxima de São Petersburgo, onde se situava a residência de verão dos czares, denominada Púchkin a partir de 1937. (N. T.)
39. Mingau. (N. R. T.)
40. Membro do grupo "Vontade do Povo". Cendrars escreve errado: em russo é *narodovóliets*. (N. R. T.)
41. Sacalina é uma ilha montanhosa que abrigava um campo de trabalhos forçados. O czar Alexandre II foi assassinado em 1881, num atentado a bomba assumido pelo grupo "Vontade do Povo", que marcaria o ápice dos atentados terroristas na Rússia. (N. T.)
42. A mulher está toda no útero. (N. T.)
43. Pseudônimo de Boris Savinkov (1879-1925), um dos dirigentes do Partido Socialista Revolucionário. (N. R. T.)
44. Também Kronchtadt, ilha e base naval no golfo da Finlândia, a oeste de Leningrado. (N. T.)
45. Hoje Kalinin, cidade russa situada às margens do Volga. (N. T.)
46. Cidade do Casaquistão. (N. T.)
47. A construção, em 1703, da fortaleza de Pedro-e-Paulo constituiu o marco da fundação de São Petersburgo. Concebida como cidadela de proteção, logo também passou a abrigar a prisão política e a catedral de São Pedro e São Paulo, onde estão sepultados os Romanov. (N. T.)
48. Cidade e porto no oceano Pacífico (Extremo Oriente), situada no final da mais longa linha férrea do mundo, a Transiberiana, cuja outra extremidade é Moscou. (N. T.)
49. Referente ao então principado de Montenegro, república incorporada à Sérvia em 1918. (N. T.)
50. Pequenos ídolos de pedra ou madeira, portáteis, usados nos

cultos domésticos ou como amuleto. Mencionados já no Antigo Testamento, sua origem se perde no tempo. (N. T.)

51. Também Revel, posteriormente Tallin, porto, capital da Estônia, no golfo da Finlândia. (N. T.)

52. Verdadeira vitrine de São Petersburgo, é uma imensa galeria comercial, sob cujas arcadas se alinham, por mais de um quilômetro, as melhores lojas e butiques da cidade. (N. T.)

53. As anotações do poeta romântico francês Alfred de Vigny (1797-1863) foram postumamente publicadas por Louis Ratisbonne sob o título *Journal d'un poète* (1867). (N. T.)

54. Rio da Rússia que vai do lago Ladoga ao golfo da Finlândia, passando por São Petersburgo. (N. T.)

55. Centro de São Petersburgo. (N. T.)

56. Sir Hiram Stevens Maxim (1840-1916), prolífero inventor americano com mais de cem patentes registradas, foi o criador de uma das primeiras metralhadoras. Seu irmão, Hudson (1853-1927), inventou vários tipos de pólvora sem fumaça e um novo tipo de explosivo, a maximita. Seu filho, Hiram Percy (1869-1936), inventou e fabricou silenciadores para armas de fogo e automóveis. (N. T.)

57. Navio de guerra. (N. T.)

58. Os marinheiros do encouraçado *Potiómkin*, fundeado no porto de Odessa, aderiram à chamada Revolução de 1905, quando vários segmentos sociais se revoltaram contra o regime czarista. O episódio foi relatado no célebre filme de Sergéi Eisenstein *Encouraçado Potiómkin* (1925). (N. T.)

59. Capital do Azerbaijão, às margens do mar Cáspio. (N. T.)

60. *Monopolca* (de *Monopol Vodca*) era, na Rússia do final do século XIX até cerca de 1930, o termo de gíria que designava a vodca comercializada por monopólio do Estado. A única alternativa era a do mercado negro, de qualidade bastante inferior. (N. T.)

61. Blaise Cendrars, ainda bem jovem, quando usava o nome de batismo — Frédéric-Louis Sauser —, viajou à Rússia para aprender o ofício de joalheiro e relojoeiro com o sr. H. A. Leuba, cuja loja se situava na rua das Ervilhas, 34 (rue aux Pois), em São Petersburgo. Chegado em 1º de janeiro de 1905, uma semana depois presenciava o tristemente famoso "Domingo vermelho", episódio em que manifestantes,

dirigindo-se ao Palácio de Inverno do tsar para apresentar-lhe suas demandas, foram massacrados pela cavalaria dos cossacos. (N. C.)

62. Tratoria. (N. R. T.)

63. Aleksandr Sergéievitch Púchkin (1799-1837), considerado o fundador da literatura russa moderna, autor, entre outros, de A dama de espadas. (N. T.)

64. Entradas. (N. R. T.)

65. Sopa típica ucraniana, preparada com beterraba e repolho. (N. R. T.)

66. No original, *caviardés*, "caviardados", manchados de tinta. Referência à prática usual da censura da imprensa russa sob Nicolau I. (N. T.)

67. Helsingfors é como se pronuncia, em sueco, Helsinque, capital da Finlândia. (N. T.)

68. Cidade e porto da Romênia às margens do mar Negro. (N. T.)

69. *Aleksándrovski sad*, ao lado do Kremlin de Moscou. (N. R. T.)

70. Policiais. (N. R. T.)

71. Cocheiros. (N. R. T.)

72. Trata-se de faixas de pano que envolvem os pés. (N. T.)

73. Assim grafado no original por se tratar de gíria. O correto, porém, seria *sleeping*. Ver a nota 11. (N. T.)

74. Russos. (N. R. T.)

75. Antiga cidade polonesa, desde 1921 pertence à Bielo-Rússia e chama-se apenas Brest. (N. T.)

76. As três cidades são polonesas. Dantzig (hoje Gdansk) era alemã, até ser reincorporada à Polônia em 1945. (N. T.)

77. Porto e cidade russa situada numa ilha do mar Cáspio, na embocadura do Volga. (N. T.)

78. Jogo que consiste em empurrar, com um taco, discos de madeira ou plástico em direção a espaços numerados marcados no chão. (N. T.)

79. Jogo de golfe, num campo adaptado ao convés de um navio. (N. T.)

80. Remo. (N. T.)

81. Dança de ritmo levemente sincopado, do tipo *ragtime*, criada pelos negros nos Estados Unidos em meados do século XIX, como paródia das danças praticadas pelos brancos. Estes, não percebendo tra-

tar-se de caricatura, passaram a organizar concursos entre os negros, e o casal vencedor ganhava um bolo, donde o nome *cake-walk*. (N. T.)

82. Corrente do Golfo. (N. T.)

83. Lendário continente submerso no oceano Pacífico. (N. T.)

84. Trata-se, segundo Claude Leroy, de Ludwig Rubiner (1881-1920), poeta expressionista alemão que fazia parte do grupo Die Aktion, de Berlim. (N. C.)

85. *Shellmount, shellheap, paradero* e *sambaqui*, vocábulos equivalentes escritos em inglês (os dois primeiros), espanhol e português, respectivamente, no original. (N. T.)

86. Trinta e dois pés correspondem a 9,75 metros. (N. E.)

87. Cidade do Mali, próxima ao rio Níger. (N. T.)

88. Alusões a amigos próximos e conhecidos a bordo de transatlânticos ou em reuniões de sociedade. Charles-Albert Cingria (1883-1954), escritor suíço, cronista e praticante do ciclismo. Cendrars conheceu Émile Laport, dos estabelecimentos Émile Laport & Cia. Sociedade Anônima Exportação/ Importação, do Rio de Janeiro, durante a primeira travessia do Atlântico Sul, em janeiro de 1924, quando se dirigia ao Brasil, a bordo do *Le Formose*. Por distração ou disfarce Laport tornou-se Lopart. (N. C.)

89. *La Tuile*, literalmente, "a telha", assumindo na gíria um significado similar a pepino, abacaxi. (N. T.)

90. Quinze pés correspondem a 4,5 metros. (N. E.)

91. Wala-towa, Towa: grupos Pueblo, que se encontram no Novo México. (N. R. T.)

92. Termo espanhol para a leiva, construção central nos *pueblos*, dedicada aos rituais. (N. R. T.)

93. Imperador asteca cujo reinado se estendeu de 1503 a 1519, quando se implantou a dominação espanhola. (N. T.)

94. Dez mil pés equivalem a 3048 metros. (N. E.)

95. "Gosto mais do ouro que dos ossos!" Em espanhol no original. As citações de Cendrars em língua estrangeira são mais ou menos infiéis: "bourros" por "burros", "calentes" por "calientes", "acclas" por "aqllas" etc. Seguem geralmente a memória do ouvido. (N. C.)

96. Ações. (N. T.)

97. Cidade da costa oeste mexicana. (N. T.)
98. Tipo de obus repleto de balas que são projetadas ao explodir, leva o nome de seu inventor. (N. T.)
99. New Orleans é conhecida como a "cidade das duas luas crescentes" em virtude das duas curvas que faz o rio Mississippi, às margens do qual está situada. (N. T.)
100. *Rocking-chair*, "cadeira de balanço". (N. T.)
101. Navio fruteiro. (N. T.)
102. Em português no original, com a grafia "guarapo". (N. C.)
103. Idem, com a grafia "chica". (N. C.)
104. Planícies. (N. T.)
105. Em português no original, com a grafia "sabas". (N. C.)
106. Doze pés equivalem a 3,6 metros. (N. E.)
107. Em português no original, com a grafia "turuma". (N. C.)
108. Em português no original. Segundo a lenda, a Mãe-d'Água, ou Iara, é uma bela mulher de longos cabelos loiros e olhos verdes que atrai para seu reino, no fundo das águas, os jovens com quem deseja se casar. (N. T.)
109. Grande cacique sutagao da região de Bogotá entre 1470 e 1490 que, à frente de 30 mil guerreiros, buscou estender seu domínio para várias regiões. (N. T.)
110. Uzatama, poderoso cacique dos índios tunja, foi derrotado por Saguanmachica na batalha de Fusagasugá. (N. T.)
111. Arara. (N. R. T.)
112. Em português no original, com a grafia "capahu". (N. C.)
113. Trata-se do *Musée d'Ethnographie du Trocadéro*, fundado em 1878, hoje *Musée de L'Homme*. Situado na place du Trocadéro, em Paris, possui coleções de antropologia, pré-história e etnologia. (N. T.)
114. Cabeça humana encolhida por meio de ervas, em ritual praticado pelos índios jívaros. (N. T.)
115. Em português no original, com a grafia "once". (N. C.)
116. Erva de nicotina ou erva nicótica (mais tarde, tabaco), nome dado por Jean Villemain, senhor de Nicot, embaixador francês em Portugal, às folhas de uma planta por ele introduzida em Paris em 1560 e que já era conhecida pelos espanhóis e portugueses através dos índios sul-americanos. (N. T.)
117. *Aqllas e mamaconas* eram, entre os incas, espécies de monas-

térios onde viviam jovens "mulheres eleitas" de excepcional beleza que, apartadas de suas famílias, eram educadas por anciãs para cumprir várias funções nos cultos religiosos, ou para se tornarem esposas do Inca e de seus chefes. (N. T.)

118. Jules Bonnot, mecânico e militante anarquista, participou em Paris, como motorista, do primeiro assalto "à americana", utilizando o automóvel. Com seus companheiros, os "bandidos de auto", Garnier e Raymond Callemin, ou Raymond la Science, foi caçado entre dezembro de 1911 e abril de 1912, em lendária epopéia amplamente noticiada pela imprensa, que resultou em várias mortes e causou verdadeira comoção social. Bonnot foi encurralado e morto pela polícia, Garnier suicidou-se na iminência de ser preso e Raymond la Science, condenado à morte, foi guilhotinado em 1913. Outros membros do bando foram condenados à morte ou a trabalhos forçados perpétuos. (N. T.)

119. Abreviação coloquial de *fortifications*, lugar onde se erguiam as antigas fortificações que circundavam Paris. (N. T.)

120. A Revolução de fevereiro de 1848, que pôs fim à monarquia (reinado de Luís Filipe) e instaurou a Segunda República. (N. T.)

121. Funcionário do banco encarregado de recolher o dinheiro do comércio. No célebre assalto do bando de Bonnot, em dezembro de 1911, Garnier e Raymond la Science assassinaram um *garçon de recette* do Société Générale. (N. T.)

122. Papel-moeda emitido durante a Revolução Francesa, a princípio garantido pelos bens nacionais. (N. T.)

123. Rosine Bernhardt, viveu de 1844 a 1923 e foi uma das maiores atrizes do teatro francês; era chamada de "a divina". (N. T.)

124. Célebre atriz, viveu de 1873 a 1966. (N. T.)

125. Militante anarquista, diretora do jornal *L'Anarchie*, fundado em abril de 1905. Julgada com mais 21 pessoas no caso Bonnot, foi inocentada. (N. T.)

126. Esposa do político francês Joseph Caillaux, Henriette Caillaux assassinou com um tiro, em março de 1914, Gaston Calmette, diretor do jornal *Le Figaro*. Este, para boicotar a candidatura de Caillaux, então ministro das Finanças, à presidência do Conselho, vinha publicando cartas de sua correspondência pessoal. Henriette temia que acabasse se tornando público o caso que tivera com Caillaux an-

tes de casar-se com ele. Foi julgada e absolvida, num processo em que foi defendida pelo próprio marido. (N. T.)

127. Champcommunal: Campo municipal. (N. T.)

128. Mercado central de Paris (substituído nos anos 60 por um moderno complexo comercial) e, por extensão, o bairro onde estava situado. (N. T.)

129. Cume dos Alpes, na região suíça de Berna, junto a Interlacken, é importante estação de esportes de inverno. (N. T.)

130. Antigo nome de Oslo, capital da Noruega. (N. T.)

131. Antigo nome da cidade de Chen-Yang, na China. (N. T.)

132. Sistema criado por Alphonse de Bertillon, em 1879, para identificar criminosos com base na antropometria. (N. T.)

133. O palácio da Hofburg, em Viena, residência da família imperial austríaca até 1918, abriga hoje os apartamentos do presidente da República e a Biblioteca Nacional. (N. T.)

134. Situada em frente a Cannes, no mar Mediterrâneo, a ilha de Santa Margarida abriga um forte de mesmo nome que data do século IV a.C., hoje transformado em Museu do Mar. (N. T.)

135. Achille Bazaine (1811-88), posto na chefia do exército da Lorena, capitulou em Metz, após ser bloqueado. Sua condenação à morte (1873) foi atenuada para prisão perpétua. Após fugir, terminou seus dias no exílio. (N. E.)

136. Souriceau: filhote de camundongo (*souris*). (N. T.)

137. Um dos vários prisioneiros famosos que passaram pelo forte de Santa Margarida, o homem da máscara de ferro ainda representa um enigma da história. A hipótese mais provável, popularizada pelo romance de Alexandre Dumas, aponta-o como irmão gêmeo de Luís XIV, aprisionado e condenado a usar uma máscara de ferro que lhe ocultasse o rosto. (N. T.)

138. Astrólogo, mestre em filosofias herméticas, morto em Paris em 1954. Henry Miller, a quem fora apresentado por Anaïs Nin na década de 1930, descreve a dificílima convivência que teve com ele em *Um diabo no paraíso* (Pioneira, 1997). (N. T.) De Cendrars, Moricand foi amigo fiel, além de compartilharem o amor pelas ciências ocultas. Cendrars o ajudou a publicar *Les interprètes* (Sirène, 1919) e a ele dedicou *L'Eubage, aux antipodes de l'unité* (Au Sans Pareil, 1926). Moricand,

em contrapartida, dedicou-lhe seus célebres *Portraits astrologiques* (Au Sans Pareil, 1933), acompanhados de mapas astrais, nos quais podemos ler: "Este horóscopo é o de um visionário, e igualmente de um poeta. Tal ser realiza o conhecimento em um plano afetivo por uma espécie de osmose. A visão utilitária do mundo escapa-lhe, não porque a ignore, mas, bem conhecida, ele a ultrapassa para penetrar no coração dos fenômenos e alcançar o seu sentido oculto. Uma 'consciência cósmica', que foi apanágio de Balzac, de Whitman, de Jakob Boehme. O conhecimento do mundo provém não mais da simples observação, mas de uma identificação com os fenômenos perceptíveis, de um tipo de comunhão". Alguém poderia afirmar que Moricand não conhecia bem Cendrars? (N. C.)

139. Em causa própria. (N. T.)

140. O título completo é *La Prose du Transsibérien et de la petite Jehanne de France*, cuja edição "simultânea" de texto e manchas coloridas numa só peça tornou-se raridade bibliográfica. (N. C.)

141. A Biblioteca Mazarina, em Paris. (N. T.)

142. Como é popularmente chamado o bulevar Saint-Michel, à margem esquerda do rio Sena. (N. T.)

143. Personagem de uma série de histórias escritas por Pierre Souvestre e Marcel Allain. Trata-se de um gênio do mal, de um senhor das trevas capaz dos piores e mais hediondos crimes, sempre escapando à justiça. Suas façanhas, que inspiraram dezenas de filmes, quadrinhos etc. e contam até hoje com fãs no mundo inteiro, causaram sensação no meio artístico e literário, fascinando, entre outros, Magritte, Robert Desnos e, mais recentemente, Cortázar. Apollinaire e Max Jacob chegaram a fundar uma sociedade dos amigos de Fantômas. Quanto a Cendrars, chamou-o de "a Eneida moderna" e dedicou-lhe um poema "elástico" em 1914. Fantômas foi levado com sucesso ao cinema por Louis Feuillade, em 1913-14, em uma série de cinco filmes produzida pela Gaumont. (N. T./ C.)

144. *Morravagin* foi considerado o 80º livro mais importante da França no século XX. (N. C.)

145. *Panama ou l'aventure de mes sept oncles*, cuja tradução é "Panamá ou a aventura de meus sete tios". (N. C.)

146. Fora-da-lei. (N. T.)

147. Nos cálculos do escritor há mais de um erro de adição sobre suas páginas escritas. Em 13 de janeiro ele tem apenas 12 e não 15 páginas; ao final são 237 "páginas definitivas" e não 233. (N. C.)

148. No original, *corallien*, alterada para *corallin* (coralino), conforme nota do autor. (N. T.)

149. Pó derivado da pedra filosofal, com o poder de transformar em ouro todo objeto sobre o qual fosse jogado. Graças a ele, os alquimistas medievais pretendiam transmutar o chumbo em ouro. (N. T.)

150. Eugenia de Errazuriz, milionária e mecenas chilena. Cendrars, por distração ou dissimulação, a qualifica de "boliviana". (N. C.)

151. Linha de navios a vapor que não opera com trajetos regulares — os *tramp steamers* vão de porto em porto buscando a carga onde e quando se faça necessário. (N. T.)

152. Dadas pelo autor a Paulo Prado, estão depositadas na Seção de Obras Raras da Biblioteca Mário de Andrade, em São Paulo. (N. C.)

153. Denominação de papel no antigo formato de 50 por 64 centímetros, que se distinguia pela filigrana em forma de cacho de uva (*raisin*). (N. T.)

FIM DO MUNDO

154. Ministros ou pastores. (N. E.)

155. Fundado em 1870 por Phineas T. Barnum (1810-91), a quem posteriormente se associou James A. Bailey, o Barnum & Bailey's foi um dos maiores e mais inovadores circos americanos. (N. T.)

156. William Booth (1829-1912), reformador inglês, fundador e general do Exército da Salvação. (N. E.)

157. Josephin Peladan (1858-1918), fundador da Rosa Cruz católica. Com ele o compositor Erik Satie se iniciou na Rosa Cruz. (N. T.)

158. Ciência cristã, misto de religião e medicina mental, fundada em 1866, nos Estados Unidos, por Mary Baker-Eddy (1821-1910). (N. E.)

159. Personagem diabólica que, no livro de Tobias, é descrito como o demônio dos prazeres impuros. (N. E.)

160. Príncipe do Mal, em oposição a Ormuz, na religião de Zoroastro. (N. E.)

161. Nome bíblico de um rei persa (Xerxes, Dario ou Artaxerxes), que repudiou Vasti e desposou Ester. (N. E.)

162. Religiosa da Ordem da Visitação de Santa Maria, fundada por são Francisco de Sales e santa Joana de Chantal em 1610. (N. E.)

163. Joris-Karl Huysmans (1848-1907), escritor francês que evoluiu do naturalismo para o misticismo cristão. (N. E.)

164. Albigenses ou cátaros, partidários do maniqueísmo que se propagou pelo Sul da França no século XII, e contra os quais o papa Inocêncio III ordenou uma cruzada (1209). Os albigenses, que foram derrotados em Muret (1213) e em Toulouse (1218), pregavam a austeridade e proibiam o casamento. (N. E.)

165. No original: Kekséksa (*Qu'est-ce que c'est que ça?*). (N. T.)

PÓS-POSFÁCIO

1. Todos os críticos são unânimes em concordar que o modelo de *Morravagin* era *Fantômas*, romance seriado que Cendrars acompanhava e valorizava, pois sempre fez questão de não discriminar cultura de massa, pop, e alta cultura. Michèle Touret, em *Blaise Cendrars — Le désir du roman* (Paris, Honoré Champion, 1999, p. 180), indaga se essa paródia não seria mais ampla: paródia de romance? paródia das tentativas dadaístas? dos romances históricos? dos romances de aventuras?

2. Cendrars tinha do livro um "plano preciso e detalhado", que o acompanhava em todo lugar, sempre à sua cabeceira.

3. Como o nome verdadeiro do escritor era Frédéric-Louis Sauser, e Blaise Cendrars, seu pseudônimo, a multiplicação de duplos não se dá em progressão aritmética e, sim, geométrica. Como demonstra Claude Leroy em *La main de Cendrars* (Villeneuve d'Ascq (Nord), Presses Universitaires du Septentrion, 1996, pp. 133-4), "o pseudônimo se torna um simulacro de nome". Pela "troca de assinaturas [entre o pseudônimo e seu duplo], uma prática espiralóide da autocitação, por sua vocação de realizar um romance-não-romance ou estranhas biografias do biógrafo, Cendrars generaliza o reino do falso. Não o falso da ilusão ou da mentira, mas o falso do simulacro".

4. Em *Morravagin*, Cendrars utiliza-se de diversos jargões: do

aviador, do médico, do jornalista, do botânico etc. Às vezes, a colagem é explícita: o relatório médico da morte de Morravagin é a transcrição de um publicado em *La Presse médicale*, em 1917, pelos professores Lhermitte e Claude, que traz inclusive a mesma data da morte do paciente, só o seu nome foi substituído. O recorte está conservado no arquivo do escritor, em Berna. Claude Leroy, *op. cit.*, p. 138.

5. Thomas De Quincey, *The pleasures and pains of Opium*. Londres, Penguin, 1995, p. 5.

6. Idem, p. 6.

7. Yvette Bozon-Scalzitti em *Blaise Cendrars ou la passion de l'écriture* (Lausanne, L'Age d'Homme, 1977) aprofunda a aproximação entre Moravagine e o "Manifeste sur l'amour faible et l'amour amer", de Tristan Tzara (1920/21). Identifica frases que praticamente se repetem nos dois textos: "grande trabalho destruidor, negativo a cumprir", "tudo na vida me parece absurdo", "o que resta e domina é a indiferença". Para Philippe Soupault, "*Morravagin* é a revanche de Cendrars sobre Dada" (pp. 319-20).

8. A página de rosto do manuscrito "Notice sur Moravagine, idiot" traz espetado com um alfinete o recorte de uma manchete: "L'ennemi des lois". Segundo E. Szittya, em "Logique de la vie contradictoire de Blaise Cendrars", este foi, ainda jovem, espectador livresco do anarquismo. Em sua conferência de 1912 "La Beauté devant l'Anarchisme" [A Beleza diante do Anarquismo], Cendrars afirmava "La Vie est Anarchisme. La Vie est Beauté. La Beauté est Anarchisme. L'Anarchisme est la Vie" [A Vida é Anarquismo. A Vida é Beleza. A Beleza é Anarquismo. O Anarquismo é a Vida]. Idem, p. 321.

9. Idiota, segundo o dicionário Houaiss, é o indivíduo particular, homem privado, cidadão plebeu, por extensão, ignorante em determinado ofício, homem sem educação, do próprio país, indígena.

10. Doutrina que pregava aos seus adeptos irem até o fim de seus atos, sem medir conseqüências.

11. *Moravagine*, o título original, tem evidente assonância eslava. Sua tradução, decisão editorial arriscada, implicava manter tanto a alusão quanto a assonância. Na verdade, a tradução mais correta seria Morravágin, com a tônica paroxítona, mais conforme a língua russa. Mas temíamos que soasse estranha demais ao ouvido brasileiro.

12. Pierre Caizergues, "Blaise Cendrars et Jean Cocteau", in: *Cahiers Blaise Cendrars* n. 3, Neuchâtel, La Baconnière, 1989, pp. 129-30.
13. Blaise Cendrars, *Poésies complètes*, TADA 1, org. Claude Leroy, Paris, Denoël, 2001, p. 206.
14. Alexandre Eulalio, *A aventura brasileira de Blaise Cendrars*, edição revista e ampliada por C. A. Calil. São Paulo, Edusp; Imesp, 2001, p. 552.
15. Idem, p. 308.
16. Reproduzido na íntegra em: Alexandre Eulalio, *op. cit.*, pp. 136-43.
17. Aracy A. Amaral, *Blaise Cendrars no Brasil e os modernistas*. São Paulo, Editora 34, Fapesp, 1997, p. 159.
18. Alexandre Eulalio, *op. cit.*, p. 420.
19. Idem, p. 33.
20. Febrônio Índio do Brasil foi um místico, que violentou dois meninos e os assassinou no Rio de Janeiro em 1927. Cendrars estava na cidade naquela ocasião e acompanhou com interesse as investigações da polícia. Em 1938, publicou sobre o tema uma série de reportagens num jornal francês que intitulou "Pénitenciers de noirs". Mais tarde transformou as reportagens numa novela "Fébronio (Magia sexualis)" e a publicou em *La Vie dangereuse*. Ver Alexandre Eulalio, *op. cit.*, pp. 36-7; Blaise Cendrars, *Etc..., etc... (Um livro 100% brasileiro)*. Trad. Teresa Thiériot. São Paulo, Perspectiva, 1976, pp. 166-85.
21. Alexandre Eulalio, *op. cit.* p. 584.
22. Blaise Cendrars, *Etc..., etc... (Um livro 100% brasileiro)*, *loc. cit.*, p. 185.
23. *Revista da USP*, n. 18, jun/jul/ago 1993, pp. 199-207.

ESTA OBRA FOI COMPOSTA PELO GRUPO DE CRIAÇÃO EM ELECTRA,
TEVE SEUS FILMES GERADOS PELA SPRESS E FOI IMPRESSA PELA
GEOGRÁFICA EM OFSETE SOBRE PAPEL PÓLEN SOFT DA COMPANHIA
SUZANO PARA A EDITORA SCHWARCZ EM ABRIL DE 2003